현대 바람 시의 정체성 찾기

이 저서는 2007년 정부(교육과학기술부)의 재원으로 한국연구재단의 지원을 받아 수행된 연구임(NRF-2007-362-A00021)

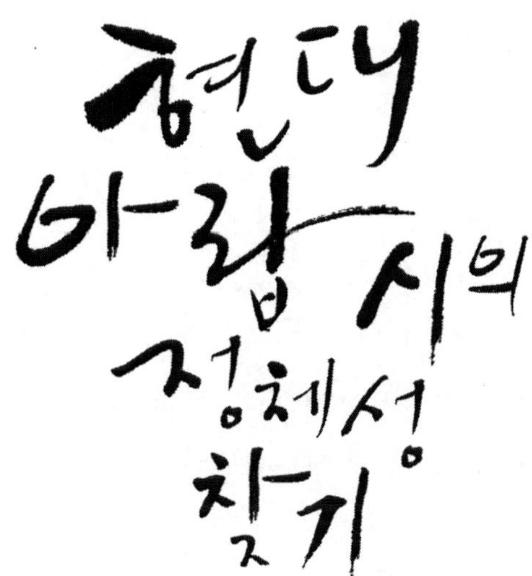

현대 사랑시의 정체성 찾기

임병필 지음

이담
Books

2012년 10월 아랍 시인 아도니스가 노벨문학상 후보에 거론되었고 최근 10여 년 동안 계속해 상위권에 랭크되고 있다. 이는 아도니스 개인이 세계적인 지명도가 있다는 뜻이기도 하지만 또 한편으로는 아랍 시가 세계인들의 주목을 받고 있다는 의미이다. 그만큼 아랍 시의 완성도와 공감대가 세계적인 수준에 이르고 있다고 할 수 있다.

그렇다면 세계인이 주목하는 현재의 아랍 시는 과연 어떻게 발전해왔을까? 그 내용과 형식은 어떠할까? 아랍 시가 가지고 있는 독창성과 보편성은 과연 무엇일까? 현대의 주도적인 세계 문학과의 차별성은 무엇이며, 독자성은 무엇일까?

이 글은 아랍 시의 현재적 정체성을 찾아가는 과정이다. 어떤 시인이 "우리의 시 한 행과 서구의 비행기를 맞바꾸겠다"고 했을 만큼 큰 가치를 부여했던 아랍 시의 자긍심을 탐구하는 과정이다.

현재의 아랍 시는 형식적으로는 자유시, 내용적으로는 서정시(감정시)라 할 수 있다. 그런데 원래의 아랍 시는 형식적으로는 정형시, 내용적으로는 행사시가 주된 흐름이었다. 이런 경향은 나폴레옹이 이집트를 점령한 1798년 말까지도 거의 불변이라 할 만했다. 사실 좀 더 엄격한 잣대를 적용하면 19세기 말에 이르러서야 불변의 경향을 탈피하려는 시도들이 시작되었다고 할 수 있다. 즉, 나폴레옹의 점령 이후 프랑스와 영국을 중심으로 한 서구의 시문학들이 소개되었지만, 아랍 시인들에 의한 변화의 움직임은 19세기 말부터 활동을 시작했던 신고전주의 시인들에 의해 시작되었다.

 '신고전'은 사실 서구의 문화 침입에 저항하려는 움직임으로서 아랍 시문학의 황금기인 중세 압바스 시대(750~1258)로 회귀하려는 움직임이다. 어찌 보면 가장 정형적이고 가장 행사시의 성격이 강한 고전 시대로의 복귀라 할 수 있다. 이러한 회귀는 한마디로 거의 본능적이었다. 아랍무슬림들에게 서구 기독교 세력의 침입은 무조건적으로 저항해야만 할 절체절명의 사건이었으며, 서구의 문화 또한 막아야만 하는 무시무시한 것이었다. 따라서 서구문학에 맞선 아랍 지성인들의 반응은 자신들의 가장 영광스러운 전통인 고전 까시다의 부활과 시인 정신을 일깨우는 것이었다.

 그러나 '신고전' 경향을 주도했던 시인들은 고전시의 전통을 되살리면서도 형식의 지나친 엄격함이 시인의 자유를 억압하고 있다는 점을 인식하였다. 그 결과 다양한 형식적인 실험들을 통해 정형시를 탈피하고자 노력하였으며, 내용 면에서도 대중의 감정 전달에 중점을 두었던 행사시를 쓰면서도 시인 개인의 감정을 전달하려는 '자유시' 운동을 시작하였다. 이들 신고전 시인들은 주로 19세기 말부터 1910년대까지 활동하였으나, 이라크를 중심으로 한 샴 지방에서는 1940년대까지도 활발한 시작 활동을 하였다.

한편 1920년대에는 이집트를 중심으로 한 '디완 그룹' 시인들이 아랍 세계에 낭만주의를 도입하였다. 이들 디완 시인들은 '영국학파'라고 할 정도로 영시에 많은 영향을 받았으며, 신고전 시인들에 의해 시작된 고전시의 자유시 운동에 좀 더 박차를 가하였다. 이들 시인들에 의해 형식적으로 다양한 시도들이 실험되었으며 내용적으로도 좀 더 많은 서정시가 탄생되었다.

이후 1930년대에는 '아폴로 그룹' 시인들에 의해 아랍 시의 자유화 운동이 이집트를 넘어 수단, 레바논, 시리아, 이라크 등지로 확대되었다. 신고전 시인들에 의해 시작되고 디완 시인들에 의해 확대된 자유시 운동이 아폴로 시인들에 의해 다양하고 본격적인 실험을 하기에 이르렀던 것이다. 형식적으로도 자유시에 가까운 실험들이 많아졌으며, 내용적으로도 행사시가 줄고 감정시가 대량으로 증가했다.

이와 같은 2세기에 걸친 노력들은 마침내 1947년 아랍 세계 최초의 자유시를 탄생시키기에 이르렀다. 어떤 이는 아랍의 자유시가 순전히 영시, 특히 T. S. 엘리엇(1888~1965)의 「황무지」(1922)의 덕택이라고도 하지만, 아랍 시인들의 기나긴 노력이 없었더라면 불가능했을 일이다. 다시 말하면 엘리엇의 자유시가 1950년 아랍 세계에 번역되면서 본격적인 아랍 자유시가 시작되었던 것은 사실이지만, 엘리엇을 수용할 수 있을 정도의 시적 토대를 마련한 것은 순전히 근대 아랍 시인들의 몫이었다.

이에 여기서는 아랍의 자유시, 즉 현대 아랍 시의 형성과 발전 과정을 '아랍 시 전통과 서구 모더니티의 융합과 발전'으로 보고 신고전 시인들, 디완 시인들, 아폴로 시인들의 근대시를 향한 시적 실험과 노력들을 살펴볼 것이다.

2013년 2월

Contents

마흐무드 사미 알바루디　　아흐마드 샤우끼　　하피드 이브라힘

1. 머리말

18세기 말부터 시작된 아랍 시의 문예부흥(나흐다)은 아랍 시문학의 창조적 전통을 되살리는 작업으로부터 시작되었다. 무엇보다 이집트, 이라크, 시리아, 레바논 시인들이 주축을 이루었던 신고전 시인들은 독창성이 최고점에 달했던 압바스 시대(750~1258)와 '무왓샤하트', '자잘'이라는 새로운 유절시(有節詩) 형식을 창안했던 안달루스 시대(711~1492)의 시 형식과 주제를 되살리는 길이 아랍 시의 모더니티를 획득하고 서구에 저항하는 최상의 방법이라고 여겼다.

따라서 형식 면에서, 신고전 시인들은 아랍 시의 불변의 전통이었던 단일 율격과 단일 운, 2반행 운율체계를 엄격히 고수하고자 노력하였으며 일부분이지만 유절시, 서사시, 산문시, 무운시, 이야기시 등과 같은 시 형식들 또한 실험하였다. 주제 면에서는 찬양시, 애도시, 비방시, 묘사시 등 전통 아랍 시의 주제들을 주로 다루면서도 정치사회시, 역사시, 아이들을 위한 시, 찬송가 등과 같은 당대의 생활, 정치, 사회의 현안 문제들과 관련된 주제들을 다루어 시대정신을 표출함으로써 변화를 자연스럽게 수용하고자 노력하였다.

일반적으로 신고전 시인들의 활동 범위는 19세기 후반부터 낭만주의 경향의 시를 쓴 디완 그룹 이전, 즉 1910년대까지로 본다. 그러나 신고전주의는 낭만주의의 조류 속에서도 아흐마드 샤우끼(1868~1932)와 하피드 이브라힘(1871~1932)이 사망하는 1932년까지, 더 나아가 이라크 신고전 시인들이 활동하는 1940년대 말까지 영향력을 발휘하는 저력을 보여 주었다.

이 글에서는 대표적인 신고전주의 시인들인 이집트의 마흐무드 사미 알바루디(1839~1904), 하피드 이브라힘, 아흐마드 샤우끼와 이라크 시인들인 자밀 시드끼 앗자하위(1863~1936), 마으루프 앗루사피(1875~1945), 무함마드 마흐디 앗자와히리(1900~1997)를 중심으로 형식과 주제 면에서 전통의 부흥과 새로운 시도를 위한 노력들을 살펴볼 것이다. 특히 신고전주의가 궁극적으로는 아랍의 현대시, 즉 자유시를 향한 구체적인 첫걸음이라는 점에서 시인들 각자의 새로운 시도에 더 많은 관심을 기울일 것이다.

2. 마흐무드 사미 알바루디

1) 머리말[1]

단일 운과 단일 율격이라는 엄격한 형식을 통해 사랑, 칭송, 비방, 애도, 묘사 등 아랍 베두인들의 솔직하고 다양한 삶의 모습들을 표출했던 고전 아랍 시 까시다는 이슬람 이전 시대(450~622)에 이미 아랍인들의 가장 주도적인 문학 매개체로 확고히 자리를 잡았다. 이후 우마이야 시대(661~750)를 거쳐 아랍-이슬람문학의 황금기인 압바스 시대에 이르기까지 주제와 내용의 일부 변화에도 불구하고 까시다는 아랍인들의 삶의 기록이었으며 영광의 원천으로 존속하였다. 그러나 압바스 시대 말기부터 시작된 페르시아와 터키의 영향력에 밀려 18세기 말 아랍문학의 르네상스를 맞이하기까지 약 5세기 동안에는 독창성과 활력을 잃고 황금기 시대 작품들의 모방에만 열중하였다.

이러한 아랍 세계의 오랜 문화적 침체를 탈피하고 아랍 문학의 르네상스를 연 사건은 1798년 나폴레옹의 이집트 점령이었다. 이후 거침없이 쏟아져 들어오는 서구 문화와 문학에 대해 아랍 세계는

---

1) 이 글은 2008년도에 『중동연구』 제26-2호에 게재되었으며, 일반 독자들을 위하여 일부 내용을 수정, 보완하였다.

서구를 적극적으로 수용하는 방식과 동시에 서구에 대한 강력한 저항의 방식으로 반응했다. 전통의 기반이 다소 약했던 소설이 서구 문학을 긍정적으로 수용한 반면, 아랍인들의 문화적 자긍심이었던 시문학은 서구문학의 유입에 강력하게 저항하였다.

한편 서구에 대한 반작용으로 저항을 선택했던 아랍 시는 아랍 시문학의 창조적 전통을 되살리는 작업으로부터 르네상스를 시작하였다. 아랍 시 고전의 부활을 통해 새로운 활력을 불어넣으려는 신고전 시인들, 즉 마흐무드 사미 알바루디, 하피드 이브라힘, 아흐마드 샤우끼는 시적 독창성이 최고점에 달했던 압바스 시대와 새로운 유절시 형식을 창안했던 안달루스 시대의 시적 어법, 이미지, 은유, 주제를 되살리는 길이 아랍 시의 모더니티를 획득하고 서구의 시에 저항하는 최상의 방법이라고 여겼다. 이들 신고전 시인들은 이러한 경향을 '신고전(Neoclassicism)'이라 이름 지었으며, 그들의 신고전주의는 서구의 영향, 즉 당시 서구 문단을 풍미하고 있던 낭만주의에 대한 반작용인 동시에 전통 아랍 시로의 회귀를 의미하였다.

신고전 시인들은 이집트, 이라크, 시리아, 레바논 시인들이 주축을 이루었으며, 그들 중 진정한 신고전주의의 선구자는 이집트의 마흐무드 사미 알바루디라 할 수 있다. 왜냐하면 그는 독창성이 충만했던 고전 아랍 시로의 회귀 필요성을 강력하게 의식하고 작품으로 실천했던 최초의 시인이었기 때문이다. 이러한 이유 때문에 일부 비평가들은 그를 '기적', '무타납비(915~965)와 앗샤리프 앗라디으(970~1015) 이래 아랍 세계의 가장 독창적인 인물'이라고 평가했다. 또한 바루디는 '르네상스의 무타납비'로 불렸으며, 신고전 시인들을 '바루디 학파'라고 부를 정도였다. 특히 그의 시는 오스만 터키 시대(1299~1922)의 아랍 시에서 나타나는 엉성한 시 형식과 메마른 정서를 극복하고 조잡한 수사적 기교에서 벗어난 최초의 근대(modern) 아랍 시로 평가된다.

이 글은 전통 회귀를 통해 아랍 시의 본격적인 모더니티를 획득하였던 신고전 시인들에 대한 체계적인 연구의 기초 작업이다. 따라서 신고전주의의 주도적인 시인이며 순수한 고전 어법의 바탕 위에 진지한 마음과 인상적인 개성을 솔직하게 표출하였던 마흐무드 사미 알바루디의 생애와 시에 대한 견해, 작품세계를 우선 살펴보고자 한다.

2) 생애 및 작품

바루디는 하이집트 지역의 이타이 알바루드라 불리는 작은 마을의 유명한 이집트-코카서스 가문에서 태어났다. 그의 조상은 맘룩조(1258~1517)의 술탄이었던 바르스베이 까라 알무함마디(1421~1438 재위)의 형제로까지 거슬러 올라가며, 부하이라주에 농부들로부터 세금을 거둘 수 있는 세습 영지를 가지고 있었다.

바루디의 아버지는 코카서스인들이나 터키인들로 구성되었던 무함마드 알

무함마드 알리

리(1805~1848 재위) 군대의 포병 장교였다. 그는 당시 군대와 민간 업무가 명확히 분리되지 않았던 까닭에 정부 관리로 발탁되었으며, 무함마드 알리 군대의 수단 정복 이후 둔깔라주의 총독으로 임명되었다. 그러나 그는 수단에 부임한 지 얼마 되지 않아 풍토병으로 사망했으며, 그때 바루디의 나이는 7살이었다.

바루디는 가문의 전통에 따라 카이로 군사학교에서 교육을 받았으며, 1854년에 졸업한 후 오스만터키 정부가 있는 이스탄불에 훈련생으로 파견되었다.

이스탄불 파견 동안 바루디는 터키어와 페르시아어를 유창하게 숙달시켰다. 당시 훈련생 제도는 무함마드 알리 통치하에 있던 이집트의 자치권에도 불구하고 이집트와 오스만 정부 간의 확실한 연결고리 역할을 했다.

사이드

1863년 이집트의 통치자였던 사이드(1854~1863 재위)의 뒤를 이어 이스마일(1863~1879 재위)이 보위에 오르고, 이스탄불에 있는 술탄에게 충성을 맹세하는 전통적인 방문이 있은 후 바루디는 10년 동안의 이스탄불 생활을 정리하고 이스마일을 따라 이집트로 돌아왔다. 이후 바루디는 이집트 군사 파견단

이스마일

의 일원으로 프랑스와 영국을 방문하였으며, 1865년에는 오스만터키를 지원하는 이집트 군대의 일원으로 크레타에서 일어났던 전쟁에 참가했고, 이후 케디브의 안전을 책임지는 수장이 되었다.

그는 케디브 이스마일의 개인 비서로 임명되어 외교사절단으로 이스탄불을 여러 차례 방문하였다. 또한 1877년에는 오스만터키와 러시아 간에 일어났던 발칸전쟁에 참가하여 성공적인 전과를 올리면서 장군이 되었다. 이후 바루디는 군대에만 머물지 않았으며, 1878년에는 샤르키야 주의 총독으로 임명되었다.

타우피끄

1879년 이스마일이 물러나고 그의 아들 타우피끄(1879 - 1892 재위)기 왕위를 계승한 이후 1881년에 종교성 장관과 국방 장관을 역임했다. 1882년에는 우라비혁명 정부의 수상이 되었으나 위협을 느낀 타우피끄가 영국을 끌어들임으로써 영국의 이집트 진출의 빌미를 제공하였으며, 바루디는 영국 군대와의 군사 충돌 직전에 총리직을 사임했다. 그러나 혁명군의 지도자였던 육군대령 아흐마드 우라비(1839~1911)가 총리직을 맡은 이후에도 혁명정부 편에 가담하였으며, 1882년 9월 13일 혁명군이 패한 후 우라비와 함께 실론 섬으로 추

우라비

방되었다. 그 후 바루디는 17년 이후인 1900년에야 이집트로 돌아왔으며, 4년 뒤인 1904년 9월 12일 사망했다.

바루디의 생애를 살펴볼 때 서구의 군사 교관들과 교사들에게 교육을 받았고 군사 작전을 위해 유럽으로 파견된 적이 있었지만 바루디의 배경은 거의 전적으로 동양적이었다. 또한 바루디는 국가적인 측면에서나 개인적인 측면에서 볼 때 터키와 이집트의 친밀한 관계를 구체화시켰던 인물들 중의 하나였다.

무엇보다 바루디의 생애를 통해 가장 주목할 만한 사실은 코카서스라는 뿌리와 이집트의 통치 가문인 케디브가와의 밀접한 관계에도 불구하고, 이집트 민족주의운동의 하나인 우라비혁명에 적극적으로 가담하였다는 점이다. 또 하나는 오스만제국의 통치하에서 순수한 아랍어와 아랍문학의 유일한 보고였던 아즈하르 대학교에서 공부하지 않았고, 당시의 문인들과도 교류를 하지 않았다는 사실이다. 이러한 이유 때문인지 그의 시는 일반적인 기교와 문체와는 매우 달랐으며, 이로 인해 그는 자신을 '시적 재능을 타고난 시인'으로 불렀다.

3) 아랍 시에 대한 견해

바루디는 아랍 시의 전통과 자신의 위치를 잘 이해하고 있었다. 그는 자신이 속해 있는 동시대의 감성을 표출했을 뿐만 아니라, 현재에 존재하면서 현재의 질서를 표출하고 있는 전통 아랍 시의 감정을 동시에 표현하였다. 그는 자신의 작품들이나 그가 편집했던 압바스 시대 시인들의 방대한 시 선집에서, 또한 아랍 시 유산에 대한 자신의 견해를 피력한 서문에서 이를 분명하게 드러내고 있다.

시는 하찮은 오락이나 단순한 지적 활동이 아니라 진지한 목적을 가진 예술이라는 바루디의 정의는 오랜 세월 동안 인정되어 왔던 운율을 중시하는 아랍 시에 대한 형식적인 정의를 정면으로 거부하는 것이었다.

> "시는 마음속에서 빛나는 상상의 불꽃이다. 그것은 심장에 불빛을 보내고 흘러넘쳐 마침내 혀끝에 도달하게 된다. 그러면 혀는 어둠을 쫓아버리고 여행자를 안내하는 온갖 지혜들을 쏟아낸다."

이처럼 바루디는 창조적인 과정에 모든 개성이 참여하고 있으며, 시가 독자에게 생생한 영향을 미친다는 것을 그 누구보다 잘 알고 있었다. 시는 인간이 실제로 필요로 하는 것을 충족시키며, 시에 대한 사랑은 인간의 마음에 선명한 흔적을 남기게 되는 것이다. 또한 좋은 시를 선물로 받게 되면 마음에 덕이 생기고 마음이 깨끗해져서 자신을 잘 통제하게 된다.

따라서 바루디에게 있어 시의 가장 중요한 요소는 도덕성이었다. 만일 시가 영혼을 가르치고 사려 분별을 훈련시키며 마음에 고결한 도덕을 일깨워준다면 시는 궁극적인 목적을 달성하게 되는 것이다. 그러나 시가 지나치게 도덕적이거나 교훈적이어서는 안 된다고 보았다. 왜냐하면 시는 근본적으로 예술이며, 예술로 습득되고 숙달되어야 하기 때문이다.

또한 바루디는 시인의 정직함과 성실성을 강조했다.

"나는 장래의 희망을 위한 수단으로 시를 이용하지 않았으며, 시를 통해 세상의 이득을 희망하지 않았다. 대신에 나는 내 마음속에 넘쳐흐르던 넓은 마음과 사랑의 마음에 의한 자극 때문에 시를 썼다. 그것은 나로 하여금 시를 소리 높여 외치게 만들었으며 내 영혼의 위안을 얻기 위해 시를 낭송하게 만들었다."

이 말을 통해 바루디는 자신이 그의 앞 시대 시인들과 구별되고 현대 아랍 시의 가장 중요한 부분이 될 원칙을 밝혔다. 다시 말하면, 시인은 세상의 이득을 얻기 위해서가 아니라 내적인 자극이나 충동에 충실해야만 한다는 것이다.

사실 아랍 시의 역사 속에서 자신의 재능을 팔아 명성을 얻었던 시인들을 발견하기는 어렵지 않다. 특히 오랜 전통을 가진 칭송시의 경우 시인들이 자신의 솔직한 감정을 표현하지 못했다고 생각했다. 그래서인지 시인의 혁신적인 자세를 중요하게 생각했던 바루디는 칭송시를 거의 쓰지 않았다.

바루디는 시의 기법과 기교에 대한 완벽한 숙달에 대한 중요성을 충분히 알고 있었음에도 불구하고, 내면의 자극과 충동과 같은 자연발생적 요소를 강조했다. 또한 바루디는 정직, 진실, 자연, 자연발생의 필요에 대한 독자의 관심을 언급했다. 그에 의하면 최고의 시는 조화를 이룬 시어들과 기발한 사상들이 두드러지게 드러나는 것이거나 명확하고 깊이가 있는 것이며, 또한 인위적인 오염으로부터 해방된 것이다. 시는 마음의 진수이며, 낭송하면 사람들이 감탄하는 그런 시야말로 최고의 시라는 것이다.

한편 바루디를 포함한 신고전 시인들은 시인의 역할을 자신이 속해 있는 사회의 교사들이며 개혁자로 보고 사회적·정치적 불의들을 공격했다. 이들 시인들은 고전 아랍 시의 형식적·문체적 한계들 속에서 사회의 문제들과 편견들을 적절하게 표현하려 애썼으며, 그 결과 시인의 역할이 크게 변화되었다. 자신의 상품을 가장 높은 값에 팔기 위한 준비를 하거나 언어 마술과 문체 활용 솜씨를 동료 장인들과 겨루었던 장인으로서의 시인은 점차 자신이 속한 사회 대변인으로서의 시인으로 대체되었다.

사실 대변인으로서 시인의 역할은 아랍 시 역사에서 새로운 기능은 아니었다. 그것은 오랫동안 상실되었던 기능이었으며, 그것을 회복함으로써 아랍 시가 수세기 동안의 지적 상실을 겪은 이후 다시 삶과 밀접한 것이 되었다. 대변인으로서의 기능은 저명한 이집트 작가인 야흐야 학끼(1905~1992)에 의해 "부족 시인의 현대적 확장"이라고 평가되었던 아흐마드 샤우끼에게만 한정되는 것이 아니라 바루디를 포함한 신고전 시인들 모두에게 적용될 수 있다. 그들은 아랍 시의 발전에 끼친 각자의 방식으로 이러한 역할을 수행했던 것이다.

신고전 아랍 시는 사회적이나 정치적인 참여로부터 완전히 자유로울 수는 없었다. 그들이 고전 아랍 시로부터 가져온 인용구, 낭송조, 수사적 과장과 웅장한 문체, 명백하고 주문적인 리듬, 엄격한 각운이 시를 대중적인 문체로 만들었다. 더불어 신고전 시인들은 강력한 힘을 가진 선언의 언어를 사용하였으며, 수사학과 설득의 대가였기 때문에 독자들에게 직접 연설하는 사회정치시에서 매우 성공적이었다. 신고전 시인들은 자신들이 사용하는 신고전적인 시 형식과 문체가 대중적 주제들에 매우 적합하다는 사실을 잘 알고 있었음에도 불구하고, 시인 자신들의 개인적인 사상들을 공유하려는 노력을 게을리하지 않았다. 대표적으로 바루디와 아흐마드 샤우끼는 전통 인습들을 시인 자신의 개인적인 용법으로 사용함으로써 전통의 틀 속에서 자신들 내면의 사상과 감정을 어느 정도 표출할 수 있었다.

또한 바루디는 시 형식을 실험하기도 했던 의식 있는 혁신자였다. 그는 새로운 지평을 열기 위한 시도로 신기함을 극대화하기 위해 전기, 사진기, 기차와 같은 현대 과학 발명품이나 발견들의 분야에서 가져온 이미지들을 무리하게 사용하기도 하였다. 바루디는 이후에 활동한 신고전 시인들에 의해 '현대적인 시인'으로 여겨졌지만 과학적인 발견이나 현대적 창조물에 대한 언급은 그의 현대성에 어떠한 도움도 되지 못했다.

바루디에게 '현대 아랍 르네상스 최초의 시인' 또는 '최초의 현대 아랍 시인'이라는 명성을 제공한 것은 고전 관용구들을 통해 자신의 강력하고 진지한 개성을 생생하게 표출한 그의 능력 때문이었다. 더불어 바루디는 단순한 언어 마술과 쓸모없는 지식으로부터 시를 드높이고, 시인 자신을 직접적인 경험과 연관시킴으로써 아랍 시의 실질적인 혁신을 이루었다. 진지함이 결여되었던 아랍 시가 마침내 삶의 진지한 사건들을 표출하게 된 것이다.

바루디의 아랍 시 개혁 의지는 두 가지 측면으로 요약해볼 수 있다. 첫째, 당시에 유행하던 인습적인 시 전통의 족쇄로부터 해방하여 압바스 시대 대가들의 고전 작품으로 회귀함으로써 진정한 시적 재능을 획득하는 것이었다. 바루디는 1909년과 1911년에 카이로에서 네 권의 시선집을 출판하였다.

이 시선집에는 이븐 알루미(1207~
1273)와 부흐투리(820~897), 무타납비
(915~965)를 포함하는 30명의 압바스
시대 시인들의 작품 39,593편이 포함되
었다. 바루디는 이러한 작업을 통해 위
대한 시인들에 대한 관심을 부활시켰으
며, 이들을 문학적 감상의 무한한 근원
으로 만들었다. 더욱이 바루디가 도덕
을 첫 번째 주제로, 칭송과 애도를 부차
적인 주제로 정리하였다는 사실은 바루
디 자신뿐만 아니라 다른 시인들의 시형
을 좀 더 자유롭고 개인적인 새로운 경
향으로 나아가게 만드는 출발이었다.

둘째, 활력을 불어넣음으로써 시어를
시인의 사상과 감정 표현을 위한 효과
적인 매개체로 만드는 것이었다. 바루
디는, 최고의 시어는 어휘들이 조화를
이루고 의미들이 모호하지 않은 것이라
고 주장했다. 실제로 그는 가장 순수하
고 가장 역동적인 고전 형식 속에 놀라
울 정도로 시어를 지배했던 시인이었
다. 바루디는 고전 시인들, 특히 압바스 시대 시인들의 것과 매우

이븐 알루미

부흐투리

무타납비

유사한 시어를 사용했다. 그는 비둘기를 '작은 숲의 아이', 수탉을 '봉우리가 있는 것', 바닷새를 '물의 딸들'과 같은 고전적이고 고풍스러운 어휘들과 시적 어법들을 특히 더 좋아했다. 그러나 가끔씩 바루디는 자신과 전통을 강하게 관계 지으려는 열망으로 인해 시인의 개성이 전통의 무게에 눌려 뭉개지는 결과를 낳기도 했다.

4) 작품세계

바루디는 코카서스 가문에서 태어나 현대적인 군사학교에서 교육받은 후 장교로 이스탄불에서 근무했다. 이후 이집트의 통치자 이스마일의 측근이 되어 크레타에서 발생한 반란을 진압하고 러시아-터키 간의 발칸전쟁에 참가해 성공적으로 임무를 수행하면서 장군이 되었다. 그 후에는 샤르키야 지방과 카이로 총독을 지냈으며, 타우피끄 통치하에서는 교육부와 종교성 장관을 역임했고, 우라비혁명 정부의 수장이 되었다. 그러나 우라비혁명이 실패하면서 실론 섬으로 추방되어 그곳에서 17년을 보냈으며, 감금되어 있는 동안 딸과 아내가 사망하고 오른쪽 눈이 거의 실명하게 되는 아픔을 겪었다.

이와 같은 바루디의 다사다난한 삶의 모습들은 그의 시의 중요한 소재로 사용되었다. 그의 시들은 참가했던 수많은 전쟁과 폭넓은 여행을 통해 방문했던 여러 나라의 다양한 경치에 대한 묘사들로 가득 차 있다. 또한 그의 많은 시는 최고의 권력으로부터 패배의 굴욕에 이르기까지 그가 경험했던 운명의 극단적인 변화를 겪은 시인 자신 삶의 영고성쇠를 다루고 있다. 그 외의 또 다른 많은 시는 추방의 슬픔, 향수와 이상적인 이집트에 대한 소망으로부터 시적 영감을 받았다.

사실 바루디는 고전과 현대 사이의 중간 위치에 서 있는 시인이다. 정직, 자연발생, 시인의 개성에 대한 필요성을 선언했던 현대성에도 불구하고, 그가 사용한 언어는 매우 전통적이었다. 그의 작품에는 전통적 양상과 아랍인들의 과거 문학 유산에 대한 의식적인 회귀 경향이 수없이 나타나고 있다.

바루디는 자랑, 풍자, 애도, 술, 사랑, 사냥, 전쟁, 묘사, 격언, 도덕, 교훈, 예언자의 칭송과 같은 고전 아랍 시의 주요 주제들을 다루었다. 또한 그는 앗나비가 앗두브야니(535~604), 아부 누와스(750~810), 앗샤리프 앗라디이이, 앗투그리이(1061~1122), 이부 피라스 알하마다니(1314~1385), 무타납비, 이븐 앗나비흐(?~1222) 같은 고전 아랍 시인들을 그들과 같은 운율체계를 사용하여 모방하였다. 그는 고전 시인들처럼 연인이 묵었던 야영지의 흔적들(아뜰랄)을 회상하거나 사막 생활을 묘사하였으며, 전통적인 서두인 나시브에서 사상들, 이미지들, 직유들과 은유들을 사용하였다. 사랑하는 연인은 가잘이며, 그녀의 눈은 야생 소의 눈이었다. 특히 그는 여성들에게 두려움의 원천이었던 부족의 명예를 드러내는 우마이

아부 누와스

아부 피라스 알하마다니

야 시대의 사랑시 전통을 강력하게 반향했던 사랑시를 썼다.

그러나 바루디는 자힐리야 시대, 우마이야 시대, 압바스 시대의 유명한 고전 시인들을 모방함에 있어 그들을 기계적으로 모방하지 않고 창조적으로 모방함으로써 섬세한 효과를 증대시켰다. 특히 바루디는 인습적인 구조 속에 현대적인 삶이나 자신의 실제 상황으로부터 가져온 요소들을 상세히 소개함으로써 자신의 실제 경험을 표현하고, 동시에 전통 아랍 시의 문맥 속에 자신의 작품을 두는 두 가지를 동시에 실천하려 노력했다. 그는 여행을 위한 전통적 서두로 시를 시작하지만, 그 여행은 그리스인들에게 맞서 싸우기 위한 오스만제국의 원정이다. 시인과 동료들의 출발, 연인들과의 이별을 알리는 것은 기차의 경적 소리이며, 낙타는 그 어디에도 존재하지 않는다. 이처럼 바루디는 인습적인 것과 새로운 것, 전통과 현대의 병렬을 매우 기술적으로 사용하였다.

한편 바루디는 강력한 개성과 열정을 무기로 인습적인 말씨와 어법을 타파하려는 지속적인 노력을 기울였다. 그가 주로 사용한 언어가 매우 전통적이고 수사적이며, 관용구들이 고전 아랍 시의 한 장르인 자랑시에서 주로 사용되었던 것이지만 그의 대부분의 작품에서는 자신의 개성과 정서를 잘 표출하였다. 특히 아내의 죽음을 애도하는 작품에서 시인은 자신의 슬픈 감정을 분명하게 표출하였다.

> 당신이 떠나 버린 지금 내 마음은 이제 두 번 다시
> 슬픔으로부터 쉴 수 없을 것입니다.
> 내 침대는 이제 두 번 다시 부드럽지 않을 것입니다.
> 잠에서 깨어났을 때 나는 맨 처음 당신을 생각합니다.

내가 잠을 잘 때면 당신은 나의 마지막 영양분입니다.

무엇보다 바루디의 창조성은 개인적인 추억이나 개인적인 정서를 표출하는 새로운 주제들에서 잘 드러난다. 이러한 주제들은 전통 아랍 시에서는 다루어지지 않았던 것이다.

나는 작고 낯선 소리를 들었다.
그것은 새벽에 나를 찾아왔던 희망 여행이었던 잠을
내 눈에서 쫓아 버렸다.
나는 귀가 들었던 것을 탐험하라고
내 눈에게 요청했다.
그러자 눈이 대답했다. '우리는 보게 될 거야.'
탐색, 마침내 두 눈은 나뭇가지에 앉아 주변을
은밀하게 둘러보고
조심스럽게 귀 기울이고 있는 새를 발견했다.
그는 오랫동안 보이지 않는 사랑스러운 이를
기억하는 마음처럼
날개를 펄럭이며 덤불 위로 날아갈 준비를 한다,
덤불에 자리 잡자마자 또 다른 곳으로 날아가며
다리를 쉴 새 없이 움직인다
그러면 나뭇가지는 흔들리며 들판의
공을 친 막대기처럼
허공으로 솟아오른다,
그처럼 안전하고 건강한 존재가 언제나 경계와
두려움으로 사방을
둘러보아야만 할 정도로 그를 괴롭히는 것은 무엇일까?
부드러운 초원 한가운데 있으려면 위로

올라가야만 하고,
시냇물을 마시거나 부리로 모이를 먹으려면
아래로 내려가야만 한다.
새여, 너는 한밤중에 나를 찾아와
나에게 기쁨을 주었던
내 사랑에 대한 생각을 쫓아 버렸구나,
가잘의 눈을 가지고 있는, 빛을 내면 달처럼 아름다운
하얀 모습의 그녀.
그녀의 모습이 내게서 사라지자 나는 열망, 슬픔,
불면에 시달린다.
그런 잠이 나에게 다시 돌아오면 나는
그녀의 모습으로
내 열망을 만족시킬 수 있을 텐데!

이 작품은 사랑시인 동시에 자연시이기도 하다. 사랑시로 볼 때 이 시는 새롭고 독창적인 상황을 기초로 하고 있으며, 자연시로 볼 때는 시인이 은밀한 움직임들을 자세히 관찰하고 기록한 새에 대한 동정심을 표현하고 있다. 이러한 표현들은 1920년대 이후에 본격화되는 아랍의 낭만주의 경향의 작품들에서 주도적으로 자리 잡게 되는 동정적인 태도의 기원이 되었다.

사실 자연은 바루디 시의 주요 주제들 중의 하나이다. 그는 거의 모든 작품에서 개인적 경험으로부터 가져온 폭풍우 치는 밤, 달빛이 아름다운 하늘, 격렬한 바다, 산들과 숲들과 같은 다양한 자연 현상을 묘사하였다. 또한 그는 봄의 즐거움, 가을, 구름들과 새벽, 야자나무들, 시냇물과 새들에 관한 많은 시를 썼다.

특히 그의 작품들에는 이집트의 시골, 목화밭, 돛단배들로 복잡한 나일 강과 같은 이집트의 지역적 색채들이 풍부하게 나타난다. 그는 자연과 시골의 전원생활에서 사납고 위험한 정치 세계로부터의 피난처를 발견하였다.

물론 그의 묘사시가 자연과 시골에 한정된 것만은 아니었다. 어떤 경우엔 피라미드와 같은 파라오 이집트의 유적들을 묘사하기도 하였다. 이러한 시는 리파아 라피으 앗따흐따위(1801~1873)의 애국시에 영감을 받은 것이 확실하지만, 샤우끼와 같은 신고전 시인들의 작품들을 모델로 삼기도 하였다. 바루디는 애국주의를 표현하는 수단을 고전 까시다 형식과 영웅을 칭송하는 하마사 형식에서 발견하였던 것이다.

피라미드

리파아 라피으 앗따흐따위

쌍둥이 가슴들처럼, 나일 강으로부터 우유를 뿜어내고
잠시 흐르는 동안 메마른 땅을 적신다.
그들 사이에는 스핑크스가 서 있다.
웅크리고 있는 맹수,
앞발을 쭉 뻗고 가슴을 붙이고 드러누워
동쪽을 향해 부드러운 눈길을 돌린 채
간절히 새벽을 기다리고 있다.

광대한 기자에게 이집트의 두 피라미드에 관해
물어 보아라.

그러면 예전엔 알려지지 않았던 비밀을
알게 될 것이다.
오랜 세월의 공격들을 물리친 두 구조물.
그런 공격들을 물리치다니 얼마나 대단한가!
그들은 수많은 재난에도 불구하고 세상에
그들을 지은 이들의 영광을 증명하기 위해 서 있다.
얼마나 많은 민족이 멸망하고 얼마나
많은 세월이 흘렀나
그들은 여전히 눈과 마음의 경이로움을
간직하고 있는데

사실 바루디의 애국시는 이집트 민족주의운동을 반영하고 있으
며 그의 작품에는 정의, 자유, 권리, 민족, 조국, 방어 등과 같이 입
헌적이고 민족적인 운동들로부터 파생된 용어들과 많은 관용적 표
현이 효과적으로 사용되었다.

오 이집트여, 신께서 너의 그림자를 펼치셨고
너의 대지를 나일 강의 깨끗한 물로 적시셨다.
너는 우리 민족의 피난처이며, 우리 가족의 한 가지
내 친구들의 놀이터요, 내 선조들이 말을 달리던 곳
젊음이 내 어린 시절의 부적을 떼어 버린 나라
내 어깨에 칼집을 걸어놓았던 나라.
나는 관대한 가족들과 이웃들을 그곳에 남겨두었다.
그들은 매일 아침 나에게 돌아온다.
나는 그들과의 이별 뒤 삶의 달콤함을 버렸고
청춘의 부드러운 꽃에 안녕을 고했다.

한편 바루디는 자신의 작품들이 단순한 언어유희가 되지 않고 삶의 중대한 사건들을 진솔하게 표출하는 것이기를 원했기 때문에, 그가 직접적이든 간접적이든 정치적인 주제들을 다루었다는 사실은 너무도 당연한 일이었다. 그는 많은 작품에서 정치 비판을 하거나 이스마일과 타우피끄의 독재를 다양하게 공격하였으며, 좀 더 민주적인 정부 조직을 실현시키기 위해 봉기할 것을 국민에게 촉구하였다. 또한 그는 부패한 정치 상황에 대한 분노와 경악을 솔직하고 노골적인 언어들로 표현하였다. 타우피끄의 즉위식 때 쓴 작품에서 바루디는 정부에 무엇인가를 말할 필요성이 있음을 대중들에게 강조하였다. 이 시는 칭송시라고 말하기에는 이상할 정도로 독재에 대한 결코 부드럽지 않은 말을 담고 있다.

> 가장 치명적인 병은 눈이 독재자가
> 나쁜 일을 하는 것을 보고 있는 것이다.
> 대중 집회에서
> 그를 칭송하는 노래를 부르는 것이다.

바루디는 독재와 박해에 대항하는 봉기에 동참했으며, 우라비혁명에 동참한 이유로 체포되고 추방된 사실은 그의 작품들에 커다란 흔적을 남겼다. 그는 많은 작품에서 자신이 겪었던 고통과 행복했던 이집트의 과거에 대한 향수, 추방 기간 동안에 발생한 친척들과 친구들, 가족들의 죽음을 표현하였다. 또한 바루디는 혁명 실패 후 감옥에 투옥되었을 때의 감정들을 기록하기도 하였다.

슬픔으로 쇠약해지고, 불면으로 지쳤다.
나는 걱정의 장막으로 맹인이 되었다.
밤의 어둠은 지나가지 않을 것이다.
밝은 아침은 기대할 수도 없다.
내 불편을 들어줄 동지도 없고,
오는 소식도 없다, 지나가는 모습도 없다.
나는 벽들 사이에 단단히 잠긴 문들 뒤에 있다,
그것은 간수가 열 때마다 삐걱거리는 소리를 낸다
그는 밖에서 올라갔다 내려갔다 한다.
그러나 작은 소리를 내자 그가 걸음을 멈춘다.
내가 무엇인가를 하려 하면 어둠이 나에게 말한다:
멈춰, 움직이지 마.
나는 원하는 것을 찾아 손으로 길을 더듬는다.
그러나 나는 찾는 것을 발견하지 못한다
내 영혼도 휴식을 발견하지 못한다.
별 하나 없는 어둠이
내 숨결에 의해 부서진다.
나의 영혼이여, 소망을 이룰 때까지 참아.
훌륭한 인내는 성공의 열쇠.
우리는 지나가 버린 숨결보다 못한 존재
인간은 운명의 죄수.

　무엇보다 이 작품은 새로움과 고전의 진정한 결합을 이루어낸 바루디의 시적 재능과 힘이 잘 드러나 있는 작품이다. 감방의 끝없는 어둠 속에서 느낀 슬픔, 근심, 소외, 외로움의 감정들이 모두 표현되어 있다. 밖에서 왔다 갔다 하는 간수, 삐거덕거리는 감방 문을 사실적으로 언급함으로써 시인 자신이 처한 상황을 분명하게 드러내 보이고 있는 것이다. 시인 자신의 희망과 열망의 실패로 나타난 실망감과 좌절감은 분노로 표현되었으며, 심지어는 격한 분노가 불타는 숨결의 이미지로 표출되었다. 진부한 표현들도 없고, 쉽고 간편한 인습적 구절도 없지만 걱정이 장마으로 맹인이 되었다거나 시인의 불타는 숨결에 의해 부서진 별 하나도 없는 어둠과 같은 창조적인 이미지들이 풍부하다. 그러나 시의 끝부분에서 참아야 한다고 스스로를 다그칠 때 시인은 전형적이고 전통적인 일반화와 객관화에 의지하고, 고전 금언시나 도덕시와 관련되어 있는 여러 가지 감정들과 경건한 생각들로 시를 끝마치고 있다.

사실 이 작품에는 시의 본체에서 표출된 개성과 확실한 경험, 그리고 결론 부분의 객관화 간의 불일치기 니디니고 있다. 숨결들은 시인의 숨결과 연결되고, 남자가 운명의 죄수라는 생각은 실제로 죄수가 된 시인 자신에 의해 암시된다. 즉, 시인 자신의 개인적인 상황을 객관화함으로써, 시인 자신의 개인적인 운명을 전 인류의 운명으로 일반화함으로써, 시인은 그의 상황에 맞서 자신을 강하게 만들고 그럼으로써 인내하고 자신의 어려움을 참고 견딜 수 있게 된다. 시인이 사용한 순수한 문학적 인습, 고전 아랍 시의 단순한 문체적 특징은 실제로 위로와 정신적인 안전의 근원이 되고 있다. 따라서 이 시는 현대 신고전 아랍 시 중에서 시적 관용구를 가장 기능적으로 사용한 가장 훌륭한 보기로 여겨지고 있다. 다시 말하면, 이 시는 고전적인 것과 현대적인 것이 잘 조화를 이루고 있으며, 고전이 바로 현대를 위한 힘의 원천으로 작용하고 있음을 보여주고 있는 것이다.

5) 맺음말

마흐무드 사미 알바루디는 군인으로서나 시인으로서 대단한 성공을 거두었으며 '칼과 펜의 대가', '아랍 시 모더니즘의 필립 시드니', '기적', '무타납비 이래 가장 독창적인 인물', '르네상스의 무타납비', '시인들의 기사' 등과 같은 수많은 찬사를 들었다. 19세기 중반부터 20세기 초반에 활동했던 신고전 시인들을 '바루디 학파'라고 부를 정도였다.

바루디가 이러한 찬사를 받는 이유는 오스만터키의 지배를 받는 오랜 기간 동안 아랍문학의 전통이 되었던 모방의 인습을 탈피하는 결정적인 계기를 마련했기 때문이다. 나폴레옹의 이집트 점령과 서구문학의 유입에 대한 저항의 방식으로 신고전 시인들은 아랍 문학의 영광이며 버팀목이었던 고전시 까시다를 부활시키는 전통 회귀를 선택했다. 특히 바루디는 아랍 문학의 황금기인 압바스 시대의 순수한 어법, 힘 있는 표현, 고전주의를 자신의 독특한 개인적 경험들과 결합하기 위해 노력했다. 그는 무타납비와 같은 압바스 시대 선배 시인들이 독창적인 주제와 내용을 표출했던 까시다 형식을 통해 시인 자신의 진지한 마음과 인상적인 개성을 솔직하게 표현함으로써 모티니티를 획득하였던 것이다. 이러한 점이 바로 아랍 시문학의 모더니즘을 여는 선구자로 바루디를 지명하는 이유인 것이다.

한편 바루디는 터키어와 페르시아어에 능숙했으나 어떠한 서구 언어도 알지 못했으며, 그의 작품들 속에 서구문학의 어떠한 흔적도 발견할 수 없다. 그는 신고전 시인인 아흐마드 샤우끼처럼 서구 언어를

자유자재로 구사하지도 못했으며, 하피드 이브라힘처럼 서구 언어를
잘 알지도 못했다. 이 또한 바루디가 고전 아랍 문학의 부흥을 이끌
었던 이집트 문예부흥의 최초 선구자라는 명백한 증거라 할 것이다.

3. 아흐마드 샤우끼

1) 머리말[2]

아흐마드 샤우끼는 현대적인 교육을 받았을 뿐만 아니라 프랑스
와 영국 여행을 통해 서구문학을 접함으로써 아랍 세계 최초의 서
사시와 여러 편의 시극을 짓는 등 새로운 시 형식을 실험하였다. 그
럼에도 불구하고 샤우끼는 독창성으로 충만한 고전시의 부흥을 통
해 19세기 말과 20세기 초 이집트와 아랍 세계의 시대정신을 표출
했던 '신고전주의 최고의 시인'이라는 칭호를 얻었다.

한편, 아랍 세계에서 신고전주의는 18
세기 말부터 본격화된 서구와의 접촉에
따른 아랍인들의 각성과 반작용으로써
등장하였으며, 아랍 문학의 황금기인
압바스 시대의 시 전통을 부흥시키는

---

2) 이 글은 2008년도에 『외국문학연구』 제32호에 게재되었으며, 일반 독자들을 위하여 일부
   내용을 수정, 보완하였다.

길만이 서구에 저항하고 아랍의 정체성을 확립하는 길이라는 인식
으로부터 시작되었다. 이러한 경향은 주로 이집트와 샴 지역(이라
크, 시리아, 레바논, 팔레스타인)에서 나타났으며, 1940년대 말까지
도 그 영향력이 지속되었다. 그러나 신고전주의가 가장 활발했던
곳은 이집트에서였으며, 19세기 말 '칼과 펜의 대가'로 불렸던 마흐
무드 사미 알바루디에 의해 토대가 마련된 후, 1910년대 아흐마드
샤우끼와 '대중의 시인'으로 불렸던 하피드 이브라힘에 의해 정점
에 달했다.

이들 신고전 시인들의 공통된 특성은 단일 운과 단일 율격의 까
시다 형식을 통해 당대의 시대정신을 표출하였다는 점이다. 특히
수많은 정치적·사회적 사건들에 직면한 아랍 민중들의 정서를 솔
직하게 표출하는 '대변인'의 역할을 통해 현실 참여를 적극적으로
실천하였다는 점이 주목된다.

따라서 이 글에서는 '신고전주의 최고의 시인'이라 불리는 아흐
마드 샤우끼의 작품세계와 그의 시에 나타난 신고전적 특성을 살펴
보고자 한다. 이러한 목표를 위해 샤우끼의 작품세계를 두 시기, 즉
약 20여 년 동안 통치자들의 대변인으로 다소 '구속된' 활동을 했
던 궁정시인 시기(1892~1914)와 독립된 개인으로서 '자유로운' 시
작 활동을 했던 시기(1915~1932)로 구분할 것이다. 또한 샤우끼의
시적 특성을 좀 더 구체화하기 위해 자유로운 활동을 했던 시기를
5년 동안의 스페인 유배 시기(1915~1920)와 귀국 후 사망할 때까
지의 시기(1920~1932)로 세분하고자 한다.

한편, 수백여 편에 달하는 샤우끼의 작품들을 제한된 지면에 모

두 소개할 수 없기 때문에, 여기서는 각각의 시기에 샤우끼가 시도 했던 새로운 시적 실험들과 정치적·사회적 사건들과 관련되어 발표된 작품들을 중심으로 형식, 주제 및 내용, 시와 시인의 역할 및 기능이 어떻게 변화하는지, 그리고 무엇보다 신고전저 특성이 무엇 인지를 살펴볼 것이다.

2) 궁정시인 시기(1892~1915)

샤우끼는 대학 생활 중에 케디브 타우피끄(1879~1892 재위)의 칭송시를 썼으며, 이를 계기로 1887년 졸업 후 1년간 정부의 번역 부서에서 일하다 정부의 후원을 받아 1888년부터 프랑스 몽펠리에 와 파리에서 법학을 공부했다. 4년여 동안의 프랑스 유학생활과 몇 개월의 영국 여행은 그가 서구문명과 문학, 특히 연극을 접하는 계 기가 되었으며, 이러한 경험은 이후 그 가 아랍 세계 최초의 서사시와 시극을 쓰게 되는 바탕이 되었다.

유학을 마친 후 이집트로 귀국한 샤 우끼는 왕실의 고위직에 임명되었다가, 1년 뒤 새로운 케디브가 된 압바스 2세 (1892~1914 재위)의 궁정시인으로 임 명되었다.

이후 1914년 영국이 케디브 압바스를 폐위한 뒤 카밀 후사인(1914~1917 재

압바스 2세

위)을 술탄으로 옹립하고 이집트를 보
호령으로 선포하였다. 그러자 샤우끼는
영국의 제국주의 야욕을 비난하는 시를
발표하였으며, 이를 빌미로 스페인으로
추방당하기까지 약 22년 동안 케디브
압바스와 오스만 술탄을 대변하는 궁정
시인으로 활약했다. 이 시기 동안 샤우
끼는 통치자와 그의 정책을 칭송하거나
이집트에 대한 영국의 정책을 비난하는
등 케디브의 공식적 또는 비공식적 정
책을 지지하는 작품을 통해 시인 자신

카밀 후사인

의 감정보다는 궁정시인으로서의 공식적인 작품들을 주로 발표하
였다. 한편 그는 이 시기에도 사랑시(가잘), 노래시, 묘사시, 교훈시
등과 같은 많은 비공식적인 시들과 산문 또한 작시하려고 노력했
다. 그러나 다양한 시도에도 불구하고 궁정시인이었던 아흐마드 샤
우끼는 아랍과 이집트 민중들의 생활과 정서를 대변하기보다는 통
치자와 그의 정책을 옹호하는 시를 주로 씀으로써, 자신의 감정을
솔직하게 표현하지 못하는 '구속된' 활동을 할 수밖에 없었다.

1894년, 샤우끼는 제네바에서 개최된 동양학자들의 모임을 기념
하여 아랍 세계 최초의 서사시 「나일계곡의 대사건들」을 발표하였
다. 이 작품은 264행에 달하는, 처음부터 끝까지 하나의 단일 운
(/ā/)을 가지고 있는 장편 까시다로서, 고대 이집트의 파라오 시대부
터 근대 이집트에 이르는 역사를 다루고 있다.

노아의 방주가 걱정했다. 물이 그것을 에워쌌다
믿음이 부족한 이들이 흔들리기 시작했다
높은 파도의 바다가 배를 때렸다
하늘이 그것을 하늘만큼 크다고 생각했다
대지의 그물을 통과한 사람들은
바다가 펼쳐놓은 그물을 보았다
어둠처럼 밀려오는
산들 속에서 파도치는 산들을
말들이 준비했던 것 같은 천둥소리를
전투가 경비병들을 깨웠다
여기저기의 깊은 바다는
사막이 파도처럼 요동치게 하는 언덕 같다
어떤 때는 배들이 나타난다
어떤 때는 두려움이 배의 유령들을 압도한다
올라갔다 내려갔다 하며 걸어가는
낙타 몰이꾼들처럼 노랫소리가 흔들린다 [……] (1~8행)

　샤우끼는 위에서 소개한 도입부에서 나타나듯이, 거친 바다 위의
배를 사막 위의 낙타로, 바다에서 들려오는 소리를 전투에 참가한
말들의 소리로, 파도를 사막의 산들로, 파도를 헤치고 나아가는 배
의 움직임을 사막을 여행하는 대상 낙타들의 움직임으로 묘사하였
다. 그런데 도입부에 낙타 여행, 말, 대상, 사막의 환경 등을 묘사하
는 것은 전통 까시다의 도입부(나시브)나 본 주제(가라드)로 나아가
기 위한 이행부(타칼루스)에서 주로 등장하던 소재 또는 내용이었
다. 이와 같이 샤우끼가 까시다의 전통적인 구조, 관용적 표현들,
이미지, 언어를 사용한 것은 과거와 현재를 연결시키고자 한 시인

의 의도된 기법이었다.

그 외에도 샤우끼는 이집트 식민지의 행
정관인 크로머(Cromer, 1841~1917)의 이
임, 오스만 군대의 승리와 패배, 칼리파제
의 종말, 프랑스 제국주의에 맞선 시리아
의 투쟁, 이집트 최초 비행사의 무사 귀
환, 국립대학 설립, 이집트은행 설립 등과
같은 수많은 사건과 행사(무나사바)들에
대한 작품들에서, 고전시의 관용적 표
현들을 현대적인 문제들과 관련지음으
로써 시가 현대 이집트의 삶을 직시하

크로머

는 힘과 매개체가 되게끔 만들려고 노력했다.

특히 샤우끼의 시에 나타나는 사막의 이미지, 전통적인 도입부와
같은 고전 아랍 시의 전통들은 현대 서구시의 그리스·로마신화와
같은 기능을 하는데, 과거와 현재의 만남을 통해 샤우끼의 시에 아
름다움과 위엄을 제공하는 명백한 상징이라 할 수 있다. 무엇보다
샤우끼는 전통적인 도입부를 많은 정치사회시에서 사용하였는데,
이는 본 주제로 들어가기 전에 까시다의 도입부에 익숙하고, 까시
다가 아랍 최고의 문학 전통이라는 자긍심을 가지고 있던 아랍 대
중들의 이목을 사로잡기 위한 노력이었다. 이처럼 샤우끼는 아랍의
영광스러운 전통과 비참한 현재를 연결함으로써 무기력한 현재를
더욱더 부각시켰다.

1901년에는 우라비혁명(1882)을 주도했던 아흐마드 우라비가 귀

양지인 말타에서 귀국하자, 샤우끼는 「우라비 이집트에 돌아오다」
와 「우라비와 죄」라는 두 편의 시를 발표하였다. 그리고 그 다음 해
에는 「해골의 소리 혹은 앗텔 알케비르의 희생자들 앞에 선 우라비」
를 발표하였다. 샤우끼는 이 작품들을 통해 우라비와 혁명으로 빚
어진 결과를 비난하였다. 대부분의 시인이 우라비를, 반영 사상을
구체적인 행동으로 실천한 애국주의 운동가와 이집트 국민의 영웅
으로 인정하였지만 샤우끼는 우라비를 무모하게 일을 저지르기만
했지, 아무것도 성취하지 못한 소인(小人)으로 표현하였다. 또한 우
라비혁명은 영국이 이집트를 점령할 구실을 만들어 주었고, 그 이
후 점령된 상태가 지속되고 있음에도 불구하고 우라비의 죄가 용서
된 것을 불평하였다.

　1907년에는 제국주의의 부당한 통치에 대한 상징이 되었으며 민
족주의 감정을 부추기는 발단이 되었던 '딘샤와이 사건'을 계기로,
20년 이상이나 이집트를 신탁통치하였던 크로머가 이임하였다. 그
는 이임사에서 이집트 국민은 무능하기 때문에 영국의 통치를 계속
받아야 한다는 연설을 하였으며, 이에 대해 샤우끼는 「크로머의 이
임」이라는 작품을 발표하였다.

힘으로 노예들을 복종시키는 통치자여
왜 당신은 마음으로 방법을 수용하지 않나요?
당신이 이 땅을 떠날 때 확실하게 알게 될 것입니다
당신은 물러가는 전염병과 같다는 것을
당신은 이별의 날 우리에게 비난을 퍼부었지요
당신의 예의범절은 본보기가 될 수 없답니다 [……]

당신은 노예근성이 계속되고 비참함이 남아 있고
그 상태가 변하지 않을 것이라
우리에게 경고했지요 [……]
당신들은 이집트의 특징들을 파괴하고
기초를 무너뜨렸으며
독립의 희망을 빼앗아가 버렸지요 [……]
모든 보고서에 당신이 우리를 창조했다고
말하는데요, 당신의 보고서가 우리를 더 힘들게 만들고
있다는 것을 아나요?
교육을 중단시키고 축구를 가르치는 것이
학교들에 대한 당신의 관대함인가요?
딘샤와이의 판사를 대리인으로 데려온 것이
이집트의 재판과 법을 보호하는 것인가요? [……]

이 작품은 첫 행부터 마지막 행까지 2반행과 단일 율격을 가진 완전한 까시다 형식을 취하고 있다. 샤우끼는 여기서 영국 총독 크로머를 절대적인 힘으로 통치했던 독재자 파라오와 전염병에 비유하였다. 작품의 중반에서는, 이집트에 들어온 영국이 처음에는 복음과 결핵치료제와 같은 우호적인 존재였지만 부당한 식민정책으로 이집트의 희망을 송두리째 빼앗아간 적대적인 존재로 전락했음을 지적하였다. 마지막 부분에서는, 조용히 영국으로 돌아가 그곳이나 잘 다스리라는 말로 이집트에서 크로머와 영국군대가 철수할 것을 강력하게 촉구하고 있다.

한편 샤우끼는 칭송은 유행에 뒤떨어지는 주제이며, 시는 너무도 고상하기 때문에 칭송시와 같은 직업적인 수준으로 타락해서는 안 된다고 생각했다. 그럼에도 불구하고 궁정시인이었던 샤우끼는 타우피끄, 압바스, 후사인, 푸아드 1세(1922~1936 재위)와 같은 케디브들의 칭송시를 지을 수밖에 없었다.

　다음 시는 1893년 샤우끼가 케디브 압바스의 궁정시인 초기에 쓴 칭송시이다. 작품에서 샤우끼는 자신이 마치 이집트 국민을 대변하는 사람처럼 케디브를 나일 강의 주인이며 이집트를 영광스럽게 할 통치자로 칭송하였다. 동시에 이집트를 풍요롭게 만들 수 있는 여러 가지 충고들을 까시다 형식과 선언적인 어조로 제안하였다.

　　　신의 창조 가운데 있는 나일 강의 주인이여
　　　신이 창조한 물로부터 나일 강을 해방시키십시오
　　　당신의 목소리를 높이십시오, 당신의 시대는
　　　자유로운 시대입니다
　　　당신의 목소리는 반드시 들려야만 합니다
　　　통치권이야말로 나라가 되고
　　　통치권을 통해 나라는 영광스러워지기 때문입니다
　　　그러니 방향을 잡고 성공하십시오
　　　당신의 백성은 지식 습득을 목표로 하고 있습니다
　　　인간성이 배움의 요람이라고 오랫동안 인식되어 왔던
　　　나라를 방문해 배울 것을 명령하십시오
　　　우리를 인도할 수 있도록 그곳에 전기를 일으키고
　　　우리를 풍요롭게 만들도록 증기보다 더한 힘을
　　　전기에 부여하십시오
　　　쇠의 강함을 드러내어
　　　건설의 황금기를 새롭게 여십시오 [……]

그러나 샤우끼는 위와 같은 직접적인 칭송보다는, 행사나 사건과 관련된 많은 작품 속에서 케디브와 그의 정책을 지지하는 간접적인 칭송의 방법을 주로 사용했다. 이러한 부분적인 칭송시의 구체적인 예는 1923년에 발표된 「투탕카멘」에서 찾아볼 수 있다. 이 작품은 94행에 달하는 까시다 형식을 택하고 있는데, 마지막 10여 행에서만 푸아드 1세를 칭송함으로써 대부분의 시행을 칭송에 할애하는 전통적인 방식과는 다른 구성을 보여 주고 있다. 또한 '푸아드를 칭송하며'가 아닌 '투탕카멘'이라는 제목을 사용함으로써, 과거 위대했던 파라오 문명과 투탕카멘을 현재의 이집트, 푸아드와 연결함으로써 푸아드를 파라오 투탕카멘의 합법적이고 정당한 상속자로 인식시키고 있다.

한편 궁정시인 시기에 샤우끼는 많은 애도시를 지었다. 우선 개인적으로는 자신의 부모들이나 할머니 등 가족들의 죽음을 애도하였으며, 공식적으로는 무스타파 카밀(1874~1908), 사아드 자글

투탕카멘 발굴

푸아드 1세

무스타파 카밀

룰(1857~1927), 까심 아민(1863~1908)
등의 정치 지도자들이나 사회 개혁가들
의 죽음을 애도하였다. 그 외에도 시인
인 하피드 이브라힘(1872~1932), 마흐
무드 사미 알바루디, 소설가인 만팔루
티(1876~1924), 주르지 자이단(1861~
1914) 등 아랍 세계의 시인, 작가나 언
론인들을 애도하였으며, 빅토르 위고
(1802~1885)나 톨스토이(1828~1910),
이탈리아의 음악가인 베르디(1813~
1901) 등 서구의 유명 인물들 역시 애
도하였다. 또한 오스만의 술탄, 오스만
의 비행사들, 이탈리아에서 열차 사고
로 사망한 11명의 학생들, 터키의 장군
들, 케디브 압바스 2세의 어머니, 여러
명의 공주, 법조인, 외무장관 등 이집트
뿐만 아니라 전 아랍 세계의 많은 인물
에 대한 애도시를 썼다.

사아드 자글룰

까심 아민

특히 샤우끼를 포함한 신고전 시인들
에 의해 적극적으로 시도되었던 '장례
애도시(marthiyah/funeral elegy)'는 단순한 애도의 행위가 아니라,
사회적인 목적을 위해 창조되고 양식화되고 연출된 애도인 것이다.
이 시의 사회적인 목적은 애도 대상자의 삶과 행동을 애도함으로써 그 사회에 출현한 신화를 표현하는 것이었다. 이 신화 속에서 시인은 가장 중요한 애도자가 아니라 대변인이 되며, 최고의 애도자는 바로 사회가 된다. 따라서 이 시에서 창조된 인물은 사망한 인물 그 자신이 아니라 바로 통합된 사회 그 자체이다. 그래서 사회는 애도를 받는 인물의 추종자들로 묘사된다. 즉, 사회 그 자체가 그의 상속자가 되고 대리인이 되어 수동적인 추종자에서 능동적인 자기만족의 존재로 변화되는 것이다. 가장 좋은 보기는 무스타파 카밀과 사아드 자글룰이다. 그들의 죽음은 지도자 개인의 애도를 넘어 이집트의 민족의식을 최고조로 고취시켰던 것이다. 한마디로 신고전 시인들, 특히 샤우끼의 애도시는 사회와 민족의 슬픔을 대변하고 민중들의 민족의식을 촉발시키는 매우 적극적인 사회참여 시인 것이다.

아흐마드 샤우끼는 20여 년에 걸친 궁정시인 시기 동안 케디브와 그의 정책을 홍보하는 대변인 역할을 수행하였다. 많은 사건에 대한 케디브의 공식적이거나 비공식적인 견해들을 칭송시나 애도시 등의 형태로 표현하였으며, 전통적인 도입부나 관용적 표현들을 현대적인 사건들과 결합함으로써 현재의 상황을 더욱더 효과적으로 드러내었다. 특히 많은 애도시를 통해 한 개인의 죽음을 이집트와 아랍, 이슬람 사회 전체의 슬픔과 상실로 승화시킴으로써 케디브와 오스만 술탄을 지지하거나 영국을 비난하고, 때로는 민족의식을 고양시키는 장으로 활용하였다.

3) 궁정시인 이후(1915~1932)

(1) 유배 시기(1915~1920)

제1차 세계대전(1914~1919)이 발발하자 영국은 이집트를 자국의 보호령으로 선포하고, 터키에 체류 중이던 케디브 압바스의 귀국을 금지하였다. 이어 카밀 후사인을 압바스의 후임으로 지명하고 '술탄'이라는 칭호를 주었다. 술탄이라는 칭호를 이집트 통치자에게 부여한 것은 이집트가 더 이상 오스만제국의 속국이 아니라는 것을 밝힘으로써, 이집트에 대한 오스만의 영향력을 배제하는 동시에 영국이 지배권을 더욱더 강화하려는 속셈이었다.

한편 폐위된 통치자의 오랜 궁정시인이었던 샤우끼는 즉시 「술탄 카밀 후사인」이라는 작품을 썼으며, 영국의 제국주의적 야욕을 비난함으로써 스페인 바르셀로나로 추방되었다. 스페인에서의 유배 동안 샤우끼는 안달루스 시인들에 대한 관심을 가졌으며, 과거 안달루스에서 꽃핀 아랍문명의 영광을 찬양하고 흔적들을 묘사하는 시를 지었다. 또한 그는 이집트에 대한 향수와 유배 생활의 고통을 솔직하게 표현하였다. 그 결과 유배 생활은 샤우끼의 시적 경향을 궁정시인의 속박에서 벗어나 케디브가 아닌 자신의 정서와 감정에 충실한 시인으로 변모하게 만드는 계기가 되었다.

무엇보다 샤우끼는 중세 서정시의 대가인 이븐 자이둔(1003~1071)의 작품

이븐 자이둔

을 탐닉했으며, 이븐 자이둔이 잃어버린 낙원을 그리워하며 쓴 시를 모방해 조국을 그리워하는 내용을 담은 「안달루시아」를 쓰기도 했다. 이 작품은 형식적인 측면에서 볼 때 단일 각운(/īnā/)을 사용하는 까시다 형식을 취하고 있는데, 이는 이븐 자이둔의 각운을 그대로 모방한 것이다.

우리의 비극을 닮은 앗딸흐의 우는 새여
우리는 너의 계곡을 위해 통곡하느냐, 우리의
계곡을 위해 슬퍼하느냐?
무엇을 우리에게 얘기하느냐
너의 날개를 꺾은 손이 우리의 품에서
자유롭게 움직이는데
이별은 우리에게 가시덤불을 던지는구나
우리의 오락 친구를 낯선 이로, 사교장을
그늘로 바꾸었네 [……]
너는 이 가지 저 가지로 기어서 다니는구나
네 꼬리를 질질 끌며 의사를 찾는구나
네가 원할 때 육신을 고칠 의사는 있건만
누가 우리 영혼을 고치는가 [……]

이 시는 시인 자신과 앗딸흐 계곡에서 우는 새를 고통이라는 매개물로 연결시키고 있다. 즉, 샤우끼는 나일 강과 조국에 대한 향수 때문에 받는 고통과 앗딸흐의 새가 물과 둥지를 찾아다니며 받는 고통에서 동질성을 느끼며 자신과 새를 동일시하고 있다.

또한 이 당시에 샤우끼는 「안달루스로의 여행」이라는 작품을 썼는데, 중세 시인 부흐투리가 사산제국(226~642)의 전설적인 통치

자였던 호스로우(531~579) 왕궁의 폐허에 관해 쓴 시를 모방하여,
시인 자신의 화려했던 시절이 덧없이 지나갔음을 노래하고 있다.
특히 모방의 흔적은 형식적인 측면에서 명백하게 드러나는데, 부흐
투리의 「시니야」와 동일한 단일 각운을 사용하였다.

> 밤과 낮의 차이가 잊혀진다
> 나에게 젊은 시절을, 우호의 나날들을 언급하라
> 나에게 청년 시절을 제공하라
> 다양한 모습을 묘사하고 느껴 보아라
> 변덕스러운 동풍처럼 사납게 불었다
> 백일몽처럼 은밀한 달콤함처럼 지나갔다
> 이집트를 잊었다: 마음이 이집트를 잊었나
> 슬픈 세월이 그의 상처를 치료했나?
> 밤들이 지나갈 때마다 그에게 동정심을 느꼈다
> 밤 시간이 더 괴롭고 힘들지
> 첫날 밤 배들이 뱃고동을 울리면
> 경적 소리를 울리면 마음이 심란해지지 [……]

위에서 언급한 「안달루시아」와 「안달루스로의 여행」에서처럼,
고전시의 운과 율격뿐만 아니라 경우에 따라서는 주제까지도 모방
하는 기법을 '무아라다'라고 한다. 이는 샤우끼뿐만 아니라 대부분
의 신고전 시인들에 의해 사용되는데, 이러한 기법을 사용하는 이
유는 원래의 작품들과 경쟁하거나 비교를 통해 동질성을 획득하기
위함이었다.

한편 중세의 원형들이 현대의 '무아라다' 시에 끼친 자극은 운과

율격, 주제에만 한정되지 않는다. 원형의 흔적은 모방하는 시 구절을 나란히 배열하거나 운의 근접도에서도 분명하게 나타난다. 어떤 시인은 자신이 차용했다는 것을 인정하기 위해 중세 시인의 이름을 언급하기도 하고, 원형으로부터 시행 또는 반행을 인용하거나 병치하는 등의 다양한 장치들을 사용하기도 한다. 샤우끼도 「사도 무함마드의 길」에서 「사도 무함마드의 외투」의 원 저자인 중세 시인 부시리(1211~1294)의 이름을 직접 언급하였다.

이처럼 아흐마드 샤우끼는 이븐 자이둔, 부흐투리 외에도 아부 탐맘(?~845/6), 무타납비(915~965), 아부 알알라 알마아르리(973~1057), 부시리, 후스리 등의 작품들을 모방한 50여 개 이상의 '무아라다' 시를 지었으며, 샤우끼의 시 일부도 많은 시인에 의해 모방되었다.

아부 탐맘

이 시기 샤우끼는 케디브나 정부의 정책을 지지하는 작품을 주로 썼던 궁정시인 시절과는 달리, 유배 생활의 고통과 조국에 대한 향수를 솔직하게 표현하는 개인적이고 자유로운 시적 경향을 보여 주었다. 즉, 잃어버린 낙원을 그리워한 중세 안달루스 시인 이븐 자이둔의 시를 모방하여 조국에 대한 향수를 표현하거나, 폐허가 되어 버린 화려했던 왕국의 덧없음을 노래한 압바

아부 알알라 알마아르리

스 시인 부흐투리의 작품을 모방하여 화려했던 궁정시인의 자리
에서 유배를 와 있는 자신의 감정을 노래하였다. 결국 이 시기는
케디브나 국가를 위한 대변인이 아니라, 조국에 대한 그리움과 유
배 생활의 고통을 솔직하게 표현하는 시인 자신의 대변인이었던
시기였다.

(2) 귀국 이후(1920~1932)

샤우끼는 5년 동안의 스페인 유배생활을 마감하고 1919년 말 이
집트로 귀국했다. 그런데 샤우끼가 유배 생활을 끝내고 귀국한
1920년대 초는 이집트 민족주의운동이 최고조에 달한 시기였다. 무
엇보다 1922년에 발굴된 투탕카멘 무덤의 유물들은 고대 파라오 문
명에 대한 이집트 국민의 자부심을 한껏 북돋아주었다. 이에 아흐
마드 샤우끼는 투탕카멘을 소재로 한 3편의 작품들인 「투탕카멘」
(1923), 「투탕카멘과 의회」(1924), 「투탕카멘과 그 시대의 문명」
(1925)을 연속으로 발표하였다.

이렇듯 샤우끼가 위대한 과거를 거론한 까닭은 근대에 들어 영국
에 의한 신탁통치로 인해 좌절과 실의에 빠져 있는 이집트 민중들
에게 영광스러운 역사를 일깨워줌으로써 부활의 희망과 용기를 북
돋아주기 위함이었다.

투탕카멘의 발견과 발굴에서처럼, 샤우끼는 국내외에서 일어나
는 수많은 정치적·사회적 사건들에 관한 많은 '행사시'를 발표하
였다. 샤우끼는 교육대학의 50주년 기념일, 국립대학의 설립, 이집
트 대학의 설립, 이집트 은행의 설립, 이집트 은행의 신축 건물 개

장, 이집트 은행의 알렉산드리아 지점 개장, 동방 음악 클럽 설립, 적십자사 설립 등을 축하하는 작품을 발표하였다. 또한 노동자들과 유럽을 향해 출발하는 유학단을 위해 시를 지었으며, 언론을 환영하고 사회복지를 위한 후원 노력을 지지하였다. 그 외에도 아즈하르 대학의 개혁 환영, 여성들에 대한 교육과 자유의 방어, 시험에 실패한 학생들의 자살 증가에 대한 놀라움, 탐욕스러운 부모로부터 어린 소녀를 사는 늙은 남자들에 관한 내용 등 샤우끼의 관심과 참여의 폭은 놀라울 정도였다. 이처럼 많은 사건과 행사에 대한 샤우끼의 작품은 현대 이집트에서 발생했던 정치적·사회적·지적인 사건들에 대한 매우 인상적인 기록이며 역사가 되었다.

한편 1927년, 샤우끼는 카이로에서 개최된 시선집 출판 기념 모임에 참석한 이집트와 아랍 세계의 많은 시인들에 의해 "시인들의 왕자"라는 칭호를 부여받았다. 샤우끼가 이러한 영광스러운 칭호를 얻게 된 주된 이유는 시적 대상을 자신의 조국인 이집트에 국한하지 않고 전 아랍 세계와 더 나아가서는 전 세계를 대상으로 하였다는 점이다.

샤우끼의 시적 대상이 얼마나 광범위했는지는 그의 애도시를 통해서도 잘 엿볼 수 있다. 그의 시 선집 제3권에는 60편의 애도시가 실려 있는데, 애도의 대상이 된 인물들의 국적과 직업을 살펴보면 다음과 같다.

	이집트	히자즈	샴	리비아	오스만	인도	프랑스	러시아	이탈리아
정치 지도자/장군	18		1	1	2				
작가	6						1	1	
시인	3								
법조인	4								
음악가	5								1
왕족	3	1							
여성 운동가	2								
이슬람 지도자	1					1			
언론인	1								
교사	1								
의사	1								
가족	3								
유학생	1								
비행사				1					

　이상의 표에서 볼 수 있듯이 샤우끼는 이집트를 중심으로 하여 9개 지역의 인물들을 애도의 대상으로 다루었다. 특히 시인이 애도한 인물들의 직업은 정치지도자, 장군, 작가, 시인, 법조인, 음악가(가수), 왕족 등 실로 다양하였다. 그중에서도 유럽으로 유학을 갔다가 기차 사고로 사망한 유학생들에 대한 애도시나 빅토르 위고, 톨스토이, 베르디와 같은 서구 지성들의 죽음을 애도한 샤우끼의 광대한 관심과 섬세한 감정이야말로 그를 "시인들의 왕자"라고 부르기에 손색이 없을 지경이다.

　샤우끼는 5년 동안의 유배 생활을 마치고 1920년 귀국한 이후에는 정치적, 사회적 사건들에 대해 독립된 시인으로 스스로의 감정을 솔직하고 과감하게 표현하였다. 특히 1920년대는 이집트 민족주의가 최고조에 달한 시기였으며, 1922년 투탕카멘의 무덤 발굴, 1922년 이집트 독립, 이집트 국립대학 설립, 이집트 은행 설립 등과 같은 많은 정치적, 사회적 사건들이 꼬리에 꼬리를 물고 발생하였다. 이때마다 샤우끼는 축하, 비방, 애도 등과 같은 주제를 통해 이집트 민중들의 감정을 솔직하게 표출하였다. 따라서 이 시기의 샤우끼 시는 이집트에서 일어난 사건들의 기록이며 역사이고, 이집트 민중의 정서를 적극적으로 대변한 현실 참여시라고 할 수 있다.

4) 맺음말

이상에서 샤우끼의 작품세계와 신고전적 경향 및 태도를 궁정시인 시기와 궁정시인 이후 시기로 나누어 살펴보았다. 전 시기에 걸쳐 가장 두드러지게 나타나는 시적 특성은 주로 까시다 형식을 사용하였다는 점, 주제 및 내용적인 측면에서는 주로 행사시에 집중했다는 점, 시와 시인의 기능 및 역할의 측면에서는 대변인으로서의 역할에 충실했다는 점으로 요약할 수 있다.

첫째, 형식적인 측면에서 샤우끼는 서사시, 극시와 같은 새로운 시 형식들의 실험과 더불어 일부 작품들에서 2행시, 무왓샤하트, 자잘과 같은 까시다의 변이형들을 실험하였지만, 대부분의 작품들에서 단일 율격과 단일 운의 까시다 형식을 사용하였다. 또한 케디브의 칭송, 사회지도자의 죽음에 대한 애도 등과 같은 작품에서도 고전시의 서두인 나시브를 사용한다거나 관용적 표현들을 사용함으로써 고전시 전통에 대한 강한 애착을 보여 주었다.

둘째, 주제 및 내용적인 측면에서 샤우끼는 언제나 정치적, 사회적 사건들에 대해 민감하게 반응하였다. 케디브 압바스의 궁정시인 시절에는 우라비혁명, 딘샤와이 사건, 크로머의 이임, 무스타파 카밀의 사망, 압바스의 퇴임 등과 같은 많은 사건들에 관한 시를 썼다. 스페인 유배 시기에는 대부분 서정시에 몰두했으나, 귀국 이후에는 투탕카멘 유적 발굴, 이집트 독립, 정당들 간의 투쟁, 이집트 국립대학의 설립, 이집트 은행의 설립과 알렉산드리아 지사 개장, 사범대학 50주년 기념, 아즈하르 대학 혁신 등과 같은 정치적, 사회적 사건들과 관련한 작품들을 발표하였다. 또한 타우피끄, 케디브 압바스 2세, 푸아느 1세 등의 칭송시를 썼으며, 이집트와 아랍 세계의 많은 지도자, 시인, 작가 등의, 더 나아가 빅토르 위고나 톨스토이와 같은 외국의 대문호 등의 죽음에 대한 애도시를 썼다. 따라서 샤우끼 시의 가장 중요한 주제는 정치적, 사회적 사건들, 즉 행사들이었다.

셋째, 시와 시인의 역할 및 기능의 측면에서 샤우끼는 궁정시인 시기, 유배 시기와 귀국 이후의 시기를 통틀어 지위나 상황의 변화에도 불구하고 전 생애를 통해 '대변인'의 역할을 충실히 수행하였다. 궁정시인 시절의 샤우끼는 궁정시인으로서 주로 케디브 개인과 가족, 케디브 정부의 입장, 오스만 제국과 술탄을 대변하는 역할을 수행하였다. 스페인 유배 시기에는 유배와 향수라는 시인 자신의 고통을 솔직하게 표현하는 자신에 대한 대변인이었다. 귀국 후에는 많은 정치적, 사회적 사건들을 맞이하여 이집트 사회와 민중의 정서를 표현하는 민중의 대변인 역할을 충실히 수행하였다. 따라서 샤우끼는 궁정시인 시절에는 통치자의 대변인으로서, 유배 시기에는 자신의 대변인으로서, 귀국한 이후에는 대중과 인민의 대변인으로서의 역할을 하였다. 이 모든 과정들이 대변인으로서 당대의 현실에 참여하는 것이 곧 시인의 역할이라는 신고전 시인들의 가장 주요한 특징 중의 하나인 것이다.

결론적으로, 샤우끼는 고전 까시다의 형식을 통해 이집트와 아랍 세계에서 일어난 당대의 정치적, 사회적 사건들을 다룸으로써 적극적으로 때론 소극적으로 현실에 참여했던, 이집트를 넘어 아랍 세계의 대변인 역할을 충실히 수행 신고전 시인이었다.

특히 전통적인 언어를 바탕으로 한 고전 까시다 형식과 당대의 사건들과의 결합은 시사하는 바가 크다. 샤우끼는 까시다로 상징되는 과거, 즉 강력한 국가를 건설했던 위대한 파라오 문명과 영국을 필두로 한 제국주의의 침략과 점령으로 인한 이집트의 나약하고 무기력한 현재를 대비시키고 있는 것이다. 이러한 기법을 통해, 이집트 민중들에게 영광스러운 이집트의 역사를 부단히 인식시킴으로써 비참한 현재를 탈피할 수 있다는, 더 나아가 강력한 국가로 부활할 수 있다는 믿음을 일깨워주고자 노력하였다.

4. 하피드 이브라힘

1) 머리말[3]

하피드 이브라힘은 언제나 아흐마드 샤우끼와 동시에 거론되고 비교된다. 왜냐하면 두 사람은 '부활학파의 시인들' 또는 '보수주의 시인들'이라 불리기도 하였던 '신고전주의 또는 바루디 학파'의 대표 시인들이기 때문이다. 그런데 두 사람의 삶은 대조적이라 할 정도로 달랐다. 아흐마드 샤우끼는 거의 평생을 부유하고 권력 있는 궁정시인으로 살았으나, 하피드 이브라힘은 언제나 가난하고 힘없는 대중시인의 삶을 살았다. 아흐마드 샤우끼의 시가 웅장한 스타일인 반면 하피드 이브라힘의 시는 가난하고 불행한 삶으로 인해 우울한 분위기를 띠고 있다.

한편 하피드 이브라힘은 단순하고 명쾌한 시를 지었으며, 대중들에게 자신의 시를 능숙하게 낭송함으로써 '대중의 시인'이라는 칭호를 받았다. 그의 작품은 매우 훌륭한 웅변시였으며, 그는 연설시의 대가였다. 그리고 무엇보다 그가 인기가 있었던 것은 이집트인들과 아랍인들의 감정을 솔직하고 명쾌하게 대변하였기 때문이었다.

---

3) 이 글은 2008년도에 『지중해지역연구』 제10-2호에 게재되었으며, 일반 독자들을 위하여 일부 내용을 수정, 보완하였다.

우선 시인의 생애에 관한 사실들을 최대한 수집·정리할 것이다.
시인의 삶을 통해 "대중의 시인"으로 불렸던 하피드 이브라힘의 작
품을 좀 더 잘 이해할 수 있기 때문이다. 다음으로 시인의 작품 활
동에 영향을 주었던 다양한 요인들을 살펴보고, 시인이 썼던 다양
한 주제들 중 당대의 최고 시인이었던 아흐마드 샤우끼보다 더 좋
은 평가를 받고 있는 애도시를 살펴볼 것이다. 또한 그에게 "대중의
시인"이라는 영광스러운 칭호를 주었던 사회, 정치 참여시를 작품
소개와 함께 살펴보고, 마지막으로 하피드 이브라힘의 시에 가장 두
드러지게 나타나는 아이러니 기법을 살펴볼 것이다.

이 글은 하피드 이브라힘의 개인에 관한 작가 연구인 동시에, 훌
륭한 고전의 부활을 통해 근대 아랍의 문예부흥을 소망했던 신고전
시인들에 대한 연구이기도 하다. 따라서 하피드 이브라힘의 고유한
시적 특성뿐만 아니라 신고전 시인들과 공유하고 있는 공통된 특성
이 무엇인지를 함께 고려할 것이다.

2) 생애

하피드 이브라힘은 1871년 이집트 혈통의 아버지와 터키 혈통의
어머니 사이에서 태어났다. 사실 그의 출생 연도인 1871년은 건강
진단서를 통해 추정된 것이며, 전기 작가들은 대체로 1870년부터
1872년 사이로 보고 있다. 이러한 사실은 그가 가난한 집안 출신이
라는 하나의 증거이기도 하다. 그는 상이집트에 위치한 다이루트
근방의 나일 강 집배(house-boat)에서 태어났으며, 이는 이후에 그

가 "나일 강의 시인"으로 불리는 이유가 되었다.

엔지니어였던 그의 아버지는 하피드 이브라힘이 네 살 때 사망했다. 그때부터 그는 어머니와 함께 카이로에서 엔지니어로 일했던 외삼촌의 집에 더부살이했다. 가난 속에서도 이브라힘은 카이로에서 초등학교와 중학교를 다녔다. 그러다 1887년 외삼촌이 딴따 지역으로 이사를 가게 되면서 그는 정규교육이 아닌 아흐마디 모스크의 부속학교인 '쿳탑'에 다니게 되었다. 이후 이브라힘은 변호사가 되기 위해 여러 곳의 변호사 사무실에서 도제로 일했지만 적성에 맞지 않는다는 사실을 깨달았다. 그래서 그는 변호사 사무실을 그만두고 1888년 카이로의 군사학교에 입학하였다.

하피드 이브라힘이 군사학교에 입학한 것은 매달 일정한 봉급이 있었으며, 지배 계층의 특권은 없었지만 신분 상승을 할 수 있는 디딤돌이 될 수 있다는 판단 때문이었다. 또한 군인과 시인으로서 모두 성공해 "칼과 펜의 대가"로 칭송을 받았던 마흐무드 사미 알바루디처럼 되기를 원했기 때문이었다.

그는 3년 동안의 과정을 마치고 1891년 19살 때 장교로 군사학교를 졸업하였으며, 이후 3년 동안 국방부에서 근무했다. 그 후 당시 이집트가 경찰과 군대가 명확히 분리되지 않은 상태였기 때문에 내무부로 옮겨 바니 스위프시에서 한동안 경찰관으로 일했으나, 1896년에 다시 군 장교로서 수단으로 파견되었다. 당시 수단에서는 이집트 군대의 지원을 받으며 영국 지휘 아래 진행되던 평화조약이 위태로운 국면을 맞고 있었다. 그러던 1899년 하피드 이브라힘은 영국에 저항하던 이집트인들의 반란에 연루되었으며, 1900년 이집트로 소환되었고 한 달 월급이 4파운드에 불과한 예비대에 배치되었다. 그러다 1903년 그의 나이 31세 때 군대를 떠났으며, 그에게 남은 것은 쥐꼬리만 한 연금이 전부였다.

이후 1903년부터 1911년까지 하피드 이브라힘은 이집트 주요 일간지 중 하나인 알아흐람 신문에 구직 신청을 하는 등 사방으로 직업을 구하기 위해 노력했으나 모두 성공하지 못했다. 그러다가 당시 이집트의 유명한 사회, 종교 개혁가였던 무함마드 압두후를 만났다. 그는 무함마드 압두후가 주도하는 모임에서 당시 각 분야의 지도자들로 활동하고 있던 사아드 자글룰, 까심 아민, 무스타파 카밀, 아흐마드 루뜨피 앗사이이드(1872~1963)와 같은 인물들을 만났다. 하피드 이브라힘에게 있어 이들 지도자들과의 모임은 정치, 사회, 학문 등 당시의 다양한 문제들을 토론하고 배우는 좋은 기회가 되었다. 하피드 이브라힘은 타고난 위트와 유머 감각으로 환영을 받았으며, 그들과 교류하면서 그들에 대한 칭송시나 그들과 관련된 다양한 사회적·정치적 주제들에 관한 시를 지었다.

무함마드 압두후

루뜨피 앗사이이드

그는 또한 이 시기에 프랑스어를 배우기 시작했으며, 1903년에는 빅토르 위고의 『레미제라블』을 『비참한 사람들』이라는 제목으로 번역, 출판하기도 하였다.

1906년 하피드 이브라힘은 결혼하였으나 몇 달 뒤 이혼하였으며, 평생 독신으로 살았다. 1907년에는 어머니와 외삼촌이 사망했다. 한편 그는 여성에 대한 관심이 없었으며, 그의 작품들 중 사랑시(가잘)가 거의 없는 것을 보면 여성으로부터 거의 영향을 받지도 않았던 것으로 보인다.

1903년부터 뚜렷한 직업이 없던 그는 1911년 마침내 국립도서관의 문예분과 책임자로 임명되었으며, 이는 8년이라는 오랜 기간 동안의 경제적인 어려움을 벗어나는 세기가 되었디. 그러나 이때부터 그는 직업을 잃고 다시 가난해지는 것이 두려워 공개적인 정치적 발언을 꺼렸다. 그는 혁신적인 성향의 정치시를 쓰고 친구들에게 낭송하기는 하였으나 출판하지는 않았다. 국립도서관 근무는 매우 한가해서 그는 대부분의 시간을 친구를 방문하거나 차를 마시면서 보냈다. 젊고 용기 있던 민족주의 시인이 게으른 공직자로 전락했으며, 예언자의 불꽃이 담배 연기 속에 삼켜졌다는 이야기를 들을 정도였다. 하피드 이브라힘은 1932년까지 국립도서관에서 일했으며, 은퇴한 지 넉 달 만인 1932년 7월 12일, 그의 나이 60세에 지병인 당뇨병이 악화되면서 카이로에서 사망했다.

친구들이나 비평가들에 의하면, 하피드 이브라힘은 약간의 낭비벽이 있었다고 한다. 그는 술을 전혀 하지 않았으며 커피숍에서 동료들과 어울려 대화하기를 좋아했다. 그는 과묵한 첫인상에도 불구하고 위트와 유머로 친화력이 뛰어났으며, 친구들이 "인간적인 셰이크"라고 할 정도로 관대하고 솔직한 사람이었다. 그럼에도 직업을 잃을까 두려워했으며 자기 자리에 지나치게 집착하기도 하였다. 그는 변호사 도제 생활과 군 생활에서 보여 주었듯이 한 가지 일을 꾸준히 하지 못하고 싫증을 잘 냈으며, 조직적응력 또한 매우 부족했다고 한다.

3) 작품세계

마흐무드 사미 알바루디, 아흐마드 샤우끼, 하피드 이브라힘에 의해 주도되었던 신고전주의는 19세기 말부터 20세기 초까지 아랍 세계를 위협하는 서구문학에 저항하기 위해 고전 아랍문학의 부활을 당면 과제로 내세웠다. 현실 참여 시인들이었던 그들은 개인적인 감정보다는 20세기 전반기의 이집트와 아랍 세계의 다양한 정치적·사회적 현안 문제들을 단일 운과 단일 율격의 고전 까시다 형식을 통해 표출하였다. 그들은 수사학적이고 선언적인 어조, 음악적인 효과를 중시하였으며, 까시다의 주제들과 구조 또는 이미지까지도 재현하려는 노력을 기울였다.

이렇듯 고전 아랍 시의 부활을 주도하였던 신고전 시인이면서도 현대 시인으로 불리기를 원했던 하피드 이브라힘에게 끼친 시적 영향은 크게 세 가지로 요약해볼 수 있다. 첫째는 신고전 시인 마흐무드 사미 알바루디의 영향이며, 두 번째는 아랍의 위대한 고전 시인들의 영향, 세 번째는 서구의 영향을 들 수 있다.

우선, 하피드 이브라힘에게 가장 큰 시적 영향과 영감을 준 시인은 바루디였다. 하피드는 바루디를 시뿐만 아니라 삶의 본보기로 여길 정도였다. 그래서 그는 바루디처럼 군사학교에 입학했고, 바루디가 1882년 이집트 민족주의운동의 일환인 우라비혁명에서 한 것처럼 수단에서 영국에 저항하기도 하였다. 한편 그의 시는 바루디보다 더 수사적이었지만 단순했으며, 대중 집회에서의 선언이나 신문들에 발표하기 위해 의도된 시들이었기 때문에 대중들에게 좀 더 폭넓은 인기를 얻었다. 그의 대중적 인기는 아흐마드 샤우끼처럼 투쟁적이고 야심적이며 귀족주의자로서의 강력한 개성보다는, 이집트 사회의 하층 계층인 농민들의 정신에 맞는 부드럽고 조화로운 개성에 기인하였다.

다음으로, 하피드 이브라힘은 자신의 시적 영감을 위해 아랍의 시적 전통 유산에 관심을 가졌으며, 압바스시대 시인들의 수사적이고 함축적인 시구들을 모범적인 스타일로 삼으려고 노력했다. 젊은 시절에는 문학잡지인 『문학의 수단』에 게재되었던 후사인 알마르사피(1915~1890)의 문학 강의를 좋아했으며, 그곳에서 많은 압바스 시대의 시들뿐만 아니라 바루디의 시들을 읽고 암송하기도 하였다. 무엇보다 그가 가장 즐겨 읽었던 것은 중세의 유명한 시들과 시인들에 관한 내용을 담고 있는 아부 알파라즈 알이스파하니(897~967)의 『노

후사인 알마르사피

래의 서』였다. 이 책을 통해 하피드 이브라힘은 아랍 전통에 대한 견고한 기반을 다졌다.

이스파하니 『노래의 서』

따라서 그는 매우 아랍 중심적이었으며, 아랍 시가 가장 위대하고 어떤 언어로 된 것보다 훨씬 더 웅변적이라고 믿었다. 하피드 이브라힘은 주로 칭송, 애도, 묘사와 같은 전통적인 유형의 시를 지었으며, 일부이지만 사랑이나 술과 같은 주제들 또한 다루었다. 그의 일부 애도시에서 예외가 나타나고 있지만 대부분의 시는 냉담하고 인위적이며 모방적이었다.

이렇듯 매우 전통적인 시적 경향을 보였던 하피드 이브라힘이기에 형식에 있어서도 혁신적인 면을 보이지 못한 것은 그리 놀라운 일이 아니다. 이브라힘은 까시다의 단일 운과 단일 율격에 충실했다. 정통 칼리파였던 우마르 이븐 알캇땁(586~644)을 칭송하는 장편시인 「우마르 이븐 알캇땁」에서는 까시다의 전통적인 서두인 나시브로 시를 시작하였다. 그리고 무슬림 젊은이들의 연합을 축하하는 송가인 「무슬림 젊은이들의 송가」에서는 오랫동안 송가의 형식으로 사용되었던 전통적인 2행시 형식(두바이트)의 유절시 형식을 사용하였다. 또한 빅토리아 여왕의 죽음을 애도하는 「빅토리아 여왕에 대한 애도」에서는 전통적인 5행시(무캄마스) 형식을 사용하였다.

خَـرَجَ الغَـوانِي يَحْتَجِجْ * نَ وَرُحْتُ أَرْقُبُ جَمْعَهُنَّه

فإذا بِهِـنَّ تَحَـدَّنَ مِنْ * سُـودِ الثِّيَـابِ شِـعارَهُنَّه

فَطَلَعْنَ مِثْلَ كَـواكِبٍ * يَسْطَعْنَ فى وَسَطِ الدُّجَنَّه [1]

وأَخَذْنَ يَخْتَرِنَ الطَّرِيـ * ـقَ وَدارُ (سَعْدٍ) قَصْدُهُنَّه

يَمْشِينَ فى كَنَفِ الوَقا * رِ وَفـدُ أَبَـنَّ شُعُورَهُنَّه

وإذا بِجَيْـشٍ مُقْبِـلِ * وَالخَيْـلُ مُطْلَقَـةُ الأَعِنَّـه

وإذا الجُنـودُ سُـيُوفُهَا * قَـدْ صُوِّبَتْ لِنُحُورِهِنَّـه

وإذا المَـدافِـعُ والبَنـا * دِقُ والصَّـوارِمُ والأَسِنَّـه [2]

「여성들의 데모」 첫 부분. 고전 까시다의
형식인 2반행과 단일각운이 시각적으로
두드러지게 나타나고 있다.

한편 하피드 이브라힘이 까시다 형식을 고수하였다고 해서 새로운 사상들에 전혀 영향을 받지 않았던 것은 아니다. 오히려 그는 아랍 시가 전통적인 주제들에 너무 지나치게 집착하고 있다고 비판했으며, 「시」라는 제목의 작품에서는 전통과의 관계를 단절할 것을 권고하였다. 또한 하피드 이브라힘을 강하게 비판하기도 했던 낭만주의 디완 그룹 시인인 이브라힘 압드 알까디르 알마지니(1890~1849)는 그를 당시의 새로운 운동을 거부하지 않았던 유일한 시인이라고 평가하였다.

그러나 혁신에 대한 포용적인 사고에도 불구하고 「사띠흐의 밤들」이라는 전통 마까마 형식의 산문시를 제외하고는 다른 장르들에 대한 시도를 거의 하지 않는 등 그는 실제 작품을 통해서는 혁신에

대한 포용적인 사고를 작품으로 실천하
지는 못하였다.

마지막으로, 하피드 이브라힘의 시에
는 많지는 않지만 서구의 영향을 받은
흔적이 발견된다. 그는 셰익스피어, 톨
스토이, 빅토르 위고와 같은 외국 작가
들에 대한 시를 썼으며, 빅토르 위고의
『레미제라블』의 일부분을 번역하여 출
판하기도 하였고, 셰익스피어의 비극
『맥베스』 속의 유명한 연설을 운문으로
번역하였다. 또한 그는 1912년 이탈리
아 해군에 의해 수행된 베이루트 폭격
을 주제로 한 시극을 시도했다. 그러나
이러한 시도들은 외국어에 대한 부족한
능력과 시극에 대한 무지를 고스란히
드러내었다.

셰익스피어

빅토르 위고

어떤 측면에선 하피드 이브라힘의 전
통주의와 신고전주의는 그가 서구 언어들에 대한 부족한 지식으로
인해 서구문학의 영향을 흡수하지 못한 것과 어느 정도는 관계가
있어 보인다.

한편 전통을 중시했던 하피드 이브라힘은 자신이 모더니스트로
불리기를 원했다. 그는 비행기나 기차와 같은 현대적 발명품들을
관련성이 적거나 또는 전혀 없는 작품 속에 장황하게 소개함으로써

우스꽝스러운 결과를 낳기도 했다. 고아원의 개원에 관한 작품에 나타난 기차에 관한 지나친 묘사는 마치 고전 까시다 시인들이 전통적인 서두인 나시브에서 낙타에 대한 묘사를 장황하게 하는 듯한 모습이었다. 따라서 그의 일부 시들은 신구 간의, 또는 전통 아랍 문화와 현대 서구 문명 간의 긴장이 용해되지 않은 어색한 모습을 보여 주었다.

(1) 애도시

신고전주의, 고전 아랍 시, 서구 등 다각적인 영향을 받은 하피드 이브라힘은 칭송시, 애도시, 묘사시, 사랑시, 주시(酒詩) 등과 같은 다양한 주제의 시를 지었다. 한편 그가 실험했던 다양한 주제들 중에서도 시인 자신의 삶을 솔직하게 투영함으로써 좋은 평가를 받고 있는 것은 애도시이다. 하피드 이브라힘은 무함마드 압두후, 무스타파 카밀, 사아드 자글룰, 까심 아민, 마흐무드 사미 알바루디와 같은 유명한 인물들의 죽음을 슬퍼하는 애도시들을 지었다. 또한 그는 톨스토이와 빅토리아 여왕의 애도시를 짓기도 하였다.

그의 애도시들은 이집트의 비평가이며 소설가인 따하 후세인(1889~1973)에 따르면, 시인의 섬세한 감성과 친구들에 대한 성실함이 잘 표현된 훌륭한 작품으로 평가되었다. 하피드의 시집 서문을

따하 후세인

썼던 아흐마드 아민(1886~1954) 역시
그의 애도시를 칭찬했으며, 그 외 여러
비평가 또한 애도시와 자연 재앙의 묘사
시에 있어서만큼은 하피드 이브라힘이
당대의 최고 시인 아흐마드 샤우끼를 능
가했다고 평가했다. 시인 자신도 슬플 때
시 쓰기를 즐겨 했다고 했으며, 그 결과
시집의 절반 이상이 애도시일 정도이다.

아흐마드 아민

한편 많은 비평가에 의해 그의 애도
시가 현대 시인들 중 가장 높게 평가되
는 이유는 사망한 인물의 행동, 도덕, 가치를 단순히 그 사람 개인의
문제가 아닌 대중들의 본보기와 모델로 객관화하고 승화시켰기 때
문이었다. 즉, 사회, 정치 지도자들의 죽음은 그 개인의 죽음이 아니
라 사회 개혁, 이슬람 옹호, 민족 부흥을 부르짖던 목소리의 중단이
되었던 것이다.

하피드 이브라힘은 민족 지도자인 무스타파 카밀에 관한 세 편의
애도시를 지었다. 첫 번째는 고인이 매장될 때이며, 두 번째 시는
그의 죽음을 기념하는 40일째에, 세 번째는 그의 사망 일 년이 지난
후에 작시되었다. 시인은 고인의 죽음을 맞아 뜨겁게 통곡하였으며,
이는 고인의 죽음을 애도하고 슬퍼하는 대중의 마음을 솔직하게 대
변하는 것이었다. 이 작품들을 통해 하피드 이브라힘은 진정한 민
족시인으로 인식되었다.

무덤이여, 이 손님은 움마의 희망
축하하라, 칭송하라, 당신의 손님에게 무릎을 꿇어라
우리는 무스타파 당신에게서
시든 생명의 꽃을 칭송하는 순교자를 봅니다
무덤이여, 우리가 그 혼자만을 잃고 슬퍼한다면
커다란 슬픔이 치유될 텐데
우리는 그를 잃음으로 모든 것을 잃었다
운명이 다시 한 번 그에게 오는 것은
절대 불가능할 테지
매장하는 이여, 남성다움과 영광이 어디에 있으며
지혜와 현명한 판단은 어디에 있나?
너에게 화 있을지니
그들에겐 얼마나 다행인지 그들이 모든
외침을 믿게 만듭시다
높았던 소리가 잠잠해졌다
감정들을 살리고 영광으로 이끌었던
산산이 부서진 영혼들을 살렸던 그가 죽었다 [······]

또한 하피드 이브라힘은 1905년 무함마드 압두후의 죽음을 애도
하는 다음의 시를 통해 고인의 죽음을 이집트와 이슬람 세계의 상
실과 슬픔으로, 모든 동방의 불행이며 재난으로 객관화하였다. 시인
은 고인의 죽음을 진정으로 슬퍼하며, 그 슬픔을 그를 지지하였던
대중들의 목소리로 말하고 있는 것이다.

무함마드 이후 이슬람에는 평화가 있었다
영광스러운 그의 시절에는 평화가 있었다
이슬람과 세상에는, 학문과 지식에는

헌신과 관대함에는, 올바른 행동들에는
나는 그보다 먼저 죽음이 공격해올까 두렵다
내 생명이 길어질까 두렵다
나와 그 사이의 무덤이
옛일들을 회상하며 한숨을 내쉬었다
나는 모자를 벗고 그곳에 서 있었다
마치 내가 아라파트 동산의 무덤 앞에
서 있는 것처럼 두려워하며
그들은 이맘(무함마드 압두후)의 가치를 알지 못했다
사막의 짐승들에게 그의 육체를 던져주었다
그들이 메카와 예루살렘의 두 모스크에 무덤을 팠다면
육체의 복에 대지의 축복을 내려주었을 텐데
당신이 이 종교, 무함마드의 종교와
서로를 축복했더라면
이 세상에 비보호자들이 남아 있겠느냐?
당신이 이미 죽은 동방의 학자와 서로를 축복했더라면
중상모략자들을 향한 종교의 창이
무디어졌을 텐데 [……]

이상의 애도시들에서 보았듯이 하피드 이브라힘의 애도시는 시인 자신의 우울한 정서와 매우 일치하는 듯하며, 모임에서 발휘되던 뛰어난 유머 감각이 거의 나타나지 않는다.

한편 그의 많은 작품에는 시인 자신의 불행과 세상으로부터 받았던 부당한 대우에 대한 불평들로 가득 차 있다. 또한 그가 수단에서 근무할 때 썼던 대부분의 작품에서는 열악한 근무 환경과 경제적 어려움, 친구들과의 만남에 대한 희망, 카이로의 익숙한 경치들과 모임 장소에 대한 향수로 넘쳐나고 있다. 사실 그는 1903년 군대를 떠난 이후 1911년 국립도서관에 근무하기까지 오랫동안 직장이 없이 가난하게 살았기 때문에 그의 시 분위기가 우울하다는 것은 어쩌면 당연한 일일지도 모른다. 이 세상과의 이별을 노래한 시에서는 자신을 무덤의 어둠 속에서 더 많은 위로와 이득을 발견하는 존재라고 묘사할 정도였다. 시인 스스로가 우울하고 슬프기 때문에 그의 애도시는 진실되고 애절할 수밖에 없었다.

(2) 대중시

하피드 이브라힘은 오스만 칼리파의 퇴위, 1904 영국과 프랑스의 협상, 전령자의 부당한 대우, 고아원과 교육기관의 설립 등 정치적이거나 사회적인 사건들에 관한 많은 대중시를 지었다. 또한 그는 화재나 지진과 같은 자연 재해나 대동아전쟁에서 일본이 러시아에 거둔 승리와 같은 사건들을 다루기도 했다. 하피드 이브라힘은 이러한 대중시를 통해 이슬람과 아랍의 주장과 대의명분에 대한 찬성과 지지, 조국의 정치적인 열망에 대한 믿음, 가난이나 무지, 질병과 같은 당시의 사회적 문제들에 관한 시인의 솔직한 감정들을 표출하였다. 특히 그는 가난한 사람들과 자연 재해의 희생자들이 겪는 아픔을 강조하였다. 이처럼 하피드 이브라힘은 시대와 민족, 이집트에서 일어났던 사건들을 기록한 시를 많이 씀으로써 "대중의 시인"이라는 칭호를 얻게 되었던 것이다.

또한 하피드 이브라힘은 작품을 통해 여성운동에 대한 관심과 지지를 보냈으며, 그의 영향력은 당대의 어떤 시인들보다 더 큰 것으로 인정되고 있다. 그리고 지나치게 부를 낭비하는 소수들과 가난한 대중들을 대조하는 등 가난의 문제를 당대의 어떤 시인들보다 더 많이 다루었다. 가난한 집안에서 자라 평생을 가난하게 살았던 시인은 단순한 관찰자가 아니라 그들의 경제적인 어려움을 이해하고 동참하는 입장에서 대중의 어려운 환경을 묘사할 수 있었던 것이다.

하피드 이브라힘의 대중시들 중 일부는 이집트의 민족적 주장을 지지하는 민족시였다. 그의 민족주의는 주로 영국의 점령과 점차 증가하는 이집트에 대한 서구의 영향에 대한 걱정과 두려움에 기인하는 것이었다. 그는 궁정시인이었던 아흐마드 샤우끼처럼 터키 혈통을 가지거나 오스만터키의 술탄에 의해 임명된 이집트 통치자인 케디브를 지지하는 사람들과 특별한 관계를 유지하지 않았음에도 불구하고 터키에 커다란 관심을 가졌다. 그 이유는 당시 터키가 주도적인 이슬람 국가로서 다가오는 서구 세력들을 막아줄 최후의 보루라고 생각했기 때문이었다. 이런 점에서 하피드 이브라힘의 민족주의는 아랍주의(Arabism) 또는 범아랍주의(pan-Arabism), 경우에 따라서는 이슬람주의(Islamism)라고도 할 수 있다.

이런 시각에서 하피드 이브라힘은 독재자로 여겨졌던 오스만 술탄 압드 알하미드(1774~1789 재위)의 즉위 기념식에 즈음하여 그에 대한 칭송시 「술탄 압드 알하미드를 축하하며」를 지었다.

압드 알하미드

그리고 1909년 혁명 이후 압드 알하미드가 물러났을 때는 그의 운명을 애도하는 「오스만의 전복」이라는 시를 썼다. 이후 새로운 오스만 정부를 매우 중요하게 생각했으며 이를 「오스만 헌법의 향연」이라는 시로 표현했다. 사실 하피드 이브라힘은 특정한 통치자 개인을 칭송하기보다는 그 자리에 앉은 사람을 칭송했는데, 이는 그의 기회주의적인 소심한 성격과 대중의 소리를 대변하는 태도에 기인하고 있다.

한편 아랍어를 소홀히 하는 교육 정책에 두려움을 느낀 하피드 이브라힘은 「아랍어가 대중들 사이에서 자신의 운명을 슬퍼한다」라는 1903년 작품을 통해 아랍어를 옹호하였다. 일본과 러시아 간의 전쟁에 대한 반응을 그린 「일본 리시아 전쟁」에서는 이슬람과 동방과의 결속을 강조했으며, 「시리아와 이집트」에서는 이집트와 시리아의 결합을 영광스러운 일로 표현했다. 이처럼 하피드 이브라힘은 자신의 개인적인 감정보다는 대중의 감정에 의해 고무되었다. 심지어 개인적인 신앙심조차도 무슬림 대의명분과의 부합으로 표현할 정도였다.

그러나 소신 있는 민족주의 시인이었던 하피드 이브라힘은 국립도서관에 근무하게 된 이후부터는 다시 직업을 잃고 가난해지는 것이 두려워 더 이상 민족적 주장을 공개적으로 표출하지 못하였다. 또한 1915년에는 영국에 의해 압바스 2세의 후계자로 지명된 후사인 카밀을 축하하고, 술탄에게 영국과 사이좋게 지낼 것을 충고하는 「술탄 후사인 카밀을 축하하며」라는 시를 짓기도 하였다. 이처럼 하피드 이브라힘이 국립도서관에서 일하게 된 이후의 정치적 태도는 그의 민족주의 사상에 대한 많은 의구심을 자아내고 있는 부분이다.

이상에서 보았듯이 하피드 이브라힘의 많은 작품은 사회적이고 정치적인 사건들이나 행사들과 관련되어 있으며, 이집트 대중의 빈곤 문제에 대한 깊은 관심을 보여 주고 있다. 이는 그가 시인의 사회적·민족적 의무에 대한 강한 믿음을 가지고 있었기 때문이다. 하피드 이브라힘은 시인이 세계의 모든 큰 사건들에 대해 시를 써야 할 뿐만 아니라 모든 대중적·사회적 활동들에 적극적으로 참여해야 한다고 생각했다. 그가 무함마드 압두후, 무스타파 카밀, 사아드 자글룰, 까심 아민 등과 같은 당대의 지도자들과 친밀한 관계를 유지한 이유 또한 시인의 사회적 참여 의식과 무관하지 않다. 당대의 대시인이었던 아흐마드 샤우끼보다 더 많은 인기를 누렸던 것 또한 하피드 이브라힘의 이러한 사회참여시 때문이라 할 수 있을 것이다.

그런데 사회 참여적이고 사회 대변인적인 태도는 하피드 이브라힘만의 독특한 특성이라기보다는 신고전 시인들의 공통된 특성이었으며, 더 나아가 고전 까시다 시인들의 특성이기도 하였다. 따라서 19세기 후반과 20세기 초에 생산된 많은 시는 특별한 상황이나 사건들과 관련된 '특별한 행사를 위한' 시라고 할 수 있다. 하피드 이브라힘과 더불어 신고전주의를 대표하였던 아흐마드 샤우끼는 이집트 은행, 적십자사, 이집트 대학교의 개교를 축하하는 시를 지었으며, 터키의 칼리파제 붕괴와 술탄 후사인 카밀을 애도하였다.

한편 "대중의 시인"으로 많은 인기를 얻었던 하피드 이브라힘은 신랄한 비판을 받기도 하였다. 낭만주의 디완 시인이었던 압바스 마흐무드 알악까드(1889~1964)는 이후에는 그의 고상함과 음악성을 높이 평가하였으나, 1909년 한 일간지에서 하피드 이브라힘을 비판하였다. 이브라힘 알마지니는 1915년『우카즈』라는 잡지에서 압드 알라흐만 슈크리(1886~1958)의 시를 "거품이 이는 바다"라고 한 반면 하피드 이브라힘의 시를 "악취를 풍기는 늪"이라고 혹평하였다. 따하 후세인은 「하피드와 샤우끼」에서 하피드 이브라힘을 "학생" 또는 "바루디의 모방자"라고 평가했다. 또한 일부 비평가들은 하피드 이브라힘이 서정적·선동적·피상적·수사적인 시들만을 생산한 시인이었으며, 따라서 그의 시는 역사적인 가치 외에는 없다고 혹평하기도 하였다.

그러나 이상에서와 같은 비판과 혹평에도 불구하고 하피드 이브라힘이 아랍 시의 시적 기법에 끼친 공헌은 적지 않다. 그의 유창한 스타일, 단순성, 직접적인 접근, 감정의 흐름은 독자와 청자들 모두에게 즉각적인 호응을 불러일으켰다. 격동적인 감정이나 웅장한 스타일은 아니지만 단순하면서도 자연스러운 스타일은 하피드 이브라힘을 "대중의 시인"으로 만들었던 것이다.

(3) 아이러니 기법

하피드 이브라힘의 시에 나타난 가장 뛰어난 기법은 아이러니이다. 시인의 아이러니 기법은 지나친 감상주의에 대한 제어장치의 역할을 하였으며, 시인의 비전을 명확하게 유지하고 비극적인 요소를 경감시키는 역할을 하였다.

그런데 하피드 이브라힘의 아이러니는 시인 자신의 뛰어난 유머 감각과 큰 관계가 있다. 그는 자신의 가슴속에 가득 차 있는 불행과 슬픔을 가볍게 만들기 위해 삶에 대한 조롱과 풍자처럼 유머를 사용하곤 했다. 즉, 그는 내면의 슬픔을 위트와 유머로 표출했던 것이다.

하피드 이브라힘의 아이러니 기법이 가장 잘 돋보이는 작품은, 바로 제국주의의 부당한 통치에 대한 상징이 되었으며 민족주의 감정을 부추기는 발단이 되었던 딘샤와이 사건에 대해 쓴 작품에서이다.

1906년 6월 13일, 총독 크로머가 이집트를 통치하던 당시 일단의 영국 장교들이 딘샤와이라는 마을로 비둘기 사냥을 나갔다. 그들과 주민들 사이에 오해가 발생해 소동이 벌어졌으며, 총이 발사되었고, 뜻하지 않게 탈곡장에 불이 붙었다. 또한 한 농부의 부인이 총에 맞았다. 이에 분노한 주민들은 집단으로 영국 장교들을 몽둥이로 때리기 시작했고, 장교 중 한 명이 도망치다 일사병으로 사망했다. 이에 영국 당국은 이를 사전 계획된 암살로 보고 57명의 농부를 군사 법정에 세웠다. 이들 중 네 명은 교수형, 두 명은 종신형, 세 명은 1년형, 15명은 가족들 앞에서 채찍형을 선고받았다. 또한 교수형이 마을에서 공개적으로 집행되었다.

공개처형이 이루어진 직후인 1906년 7월 2일, 하피드 이브라힘은 「딘샤와이 사건」이라는 작품을 통해 영국의 잔인한 행위를 강력하게 비난함으로써 이집트 민중들의 감정을 솔직하게 대변하였다. 이 시를 통해 하피드 이브라힘은 "민족시인", "딘샤와이를 세

딘샤와이 사건

계에 알린 시인"이라는 칭호를 얻었다. 이후 이 시는 "동방의 별"이라는 칭호를 얻었던 이집트의 대가수 움 쿨숨 (1898~1975)에 의해 노래로 불렸다.

움 쿨숨

우리를 통치하는 이들이여
우리의 우정과 호의를 잊었는가
당신들의 군대를 진정시키고 조용히 잠재우시오
당신들의 사냥을 찾아 세계를 돌아다니시오
목걸이처럼 띠를 두른 비둘기들이 당신들을
비참하게 만들면
언덕들 사이에 있는 인간들을 사냥하시오
사실 우리와 비둘기는 하나
우리의 목걸이들은 목을 떠나지 않았소
우리를 순종하지 않는 사람들이라 생각하지 마시오
우리가 이성을 잃었을 때 우리를 인도해주시오
이슬람공동체(움마)에 죽은 이(영국 장교)의
복수를 하지 마시오
그를 사냥한 건 바로 태양이었잖소
우리의 어리석음이 사건을 만들었소
그런데 당신들은 너무도 잔인했소
당신들이 용서를 원치 않는다면 살인을 명령하시오
당신들이 원하는 것은 처벌인가 속임수인가
진정 당신들이 용서를 원치 않는다면
살인을 명령하시오
당신들이 원하는 것은 마음인가 시체인가
내가 소망하는 것이 사건조사법원이나
네로의 시대가 돌아오는 것일까? [……]

　　또한 하피드 이브라힘의 아이러니 기법은 「여성들의 데모」에서
도 잘 나타나고 있다. 시인은 이 작품에서 1919년 이집트 민족주의
지도자인 사아드 자글룰의 체포와 말타로의 추방에 반대하는 여성
들의 평화 행진과 영국 군대 간의 불공정한 전투를 조롱조의 다소
과장된 어조로 묘사하고 있다.

　　아름다운 여자들이 나와서 데모를 했다
　　나는 그들의 무리를 보기 시작했다
　　그녀들은 검은 옷을
　　상징으로 입고 있었다
　　그녀들은 별들처럼 떠올랐고
　　어둠 속에서 밝게 빛났다
　　그녀들은 길을 따라 행진을 했다
　　그녀들의 목적지는 사아드 자글룰의 집
　　그녀들은 당당하게 행진하며
　　자신들의 감정을 분명히 드러내었다
　　그때 군대가 다가왔다
　　말은 고삐가 풀려 있었다
　　군대는 칼을 뽑아
　　여자들의 목을 겨누었다
　　대포들과 총들과
　　날카로운 창들이
　　말과 기수들이
　　그녀들의 주위를 에워쌌다
　　장미들과 박하들이
　　그날 여자들의 무기들이었다
　　두 명의 군인들이 시간을 짓밟고

그녀의 머리카락을 하얗게 만들었다
여자들이 비틀거렸다
여자들은 힘이 세지 않다
그러자 그녀들은 뿔뿔이
자신들의 집을 향해 흩어졌다
군대가 승리한 것을 그녀들을 패배시킨 것을
자랑스럽게 환호하게 만들자
독일군들이 검은 옷을 입고
그녀들 사이에 있었을 수도 있다
독일 장군이었던 힌덴부르크가
이집트에 숨어 그녀들을 이끌었을 수도 있다
그래서 그들은 그녀들의 용기를 두려워했다
그녀들의 꾀를 두려워했다(전문)

4) 맺음말

　나일 강의 집배에서 태어나 "나일 강의 시인"으로 불렸던 하피드 이브라힘은 가난한 어린 시절과 어려운 청소년기를 거쳤다. 그는 훌륭한 군인이며 시인이었던 마흐무드 사미 알바루디를 흠모해 군사학교를 다녔으며, 졸업 후 이집트와 수단에서 군 생활을 했다. 전역한 이후 약 10년 동안(1903~1911)은 직업 없이 경제적 곤란 속에 살아야만 했다. 그는 이 시절 동안 앞장서 대중들을 선동하고 봉기를 촉구하였으며, 사회적·정치적 사건들을 단순하지만 친근한 리듬감으로 솔직하게 표출하였다. 특히 1906년 딘샤와이 사건에 대한 대중들의 참담한 심정을 솔직하게 표출함으로써 대중들의 사랑을 받으며 "대중의 시인"이란 칭호를 얻었다. 이후 20년 동안(1911~ 1932)의 국립도서관 생활 동안에는 직업 상실과 경제적 어려움에 대한 두려움으로 작품 활동을 절제한 삶을 살았다.

어렵고 불행한 삶으로 인해 그의 시는 대체로 우울한 정서를 담고 있으며 가끔은 불평불만으로 가득 차기도 하였다. 그는 찬양시, 묘사시, 사랑시(가잘) 등 전통적인 주제들을 다양하게 다루었으나 주로 사회정치시에 몰두했으며, 무엇보다 가장 빛을 발한 것은 애도시에서였다. 이는 그의 고단하고 슬픈 삶의 여정과 무관하지 않은 까닭이다.

선배 신고전 시인인 바루디를 흠모해 삶과 시에서 그를 닮으려고 노력했던 하피드 이브라힘은 비행기나 기차와 같은 현대 문명의 산물을 다루는 등 시대정신과 현대 문명으로 시의 지평을 넓히려고 노력하였다. 그러나 대부분의 작품에서 단일 운과 단일 율격의 고전시 형식을 고수함으로써 전통 마까마 형식의 산문시인 「사띠흐의 밤들」에서 보여 주었던 그의 혁신 노력은 제한적일 수밖에 없었다. 그럼에도 당시에 발생했던 사회적·정치적 사건들을 다룸으로써 단순히 고전시 대가들의 무조건적인 모방에서 탈피하는 주제의 혁신을 보여 주었다.

결론적으로, 하피드 이브라힘은 고전 까시다 형식을 통해 딘샤와이 사건이나 케디브의 즉위와 사임, 유명 인사들의 죽음에 대한 애도 등 당시에 일어난 정치적·사회적 사건들을 다루었던 "대중의 시인"이었다. 또한 하피드 이브라힘은 단순하고 솔직하며 리듬감 있는 선언의 시어를 통해 이집트, 아랍 세계, 이슬람 민중의 마음을 시원하게 표현했던 '대변인'이었다.

5. 이라크 신고전주의 시인들 - 자하위, 루사피, 자와히리

자밀 시드끼 앗자하위　　　마으루프 앗루사피　　　무함마드 마흐디 앗자와히리

1) 머리말4)

　　1798년 나폴레옹의 이집트 침공을 시작으로 무서운 기세로 몰려오는 서구에 대해 일부 시인들은 찬란했던 아랍 전통의 부활이 서구에 대한 가장 적합한 저항의 방식이라 생각했다. 이처럼 아랍의 신고전주의는 19세기 말부터 20세기 초까지 마흐무드 사미 알바루디, 아흐마드 샤우끼, 하피드 이브라힘이라는 이집트 시인들에 의해 주도되었다. 이들 이집트 신고전 시인들이 활동했던 20세기 초는

---

4) 이 글은 2008년도에 『한국중동학회논총』 제29-1호에 게재되었으며, 일반 독자들을 위하여 일부 내용을 수정, 보완하였다.

고전주의에 반대하는 경향, 즉 낭만주의가 또한 무르익어 가고 있었다. 낭만주의 경향의 정확한 시작 시점을 언급하기는 어렵지만 대체로 1910년대에 활동했던 이집트의 디완 그룹, 1920년대에 본격적인 활동을 했던 북미와 남미의 이주 그룹, 1930년대 활발한 활동을 했던 아폴로 그룹 시인들에 의해 아랍 세계에서 확고한 자리를 잡았다. 한편 이집트의 신고전주의는 1910년경부터 낭만주의와 공존하였으나 점차 낭만주의에 밀려 힘을 잃다가 1932년 아흐마드 샤우끼와 하피드 이브라힘이 사망하면서 완전히 주도권을 잃게 되었다.

그러나 이라크에서는 1940년대 말까지도 신고전주의가 주도적인 영향력을 발휘했다. 1920년대와 30년대에 활발한 작품 활동을 했던 자밀 시드끼 앗자하위(1863~1936), 마으루프 앗루사피(1875~1945)에 의해 본격화된 이라크의 신고전주의는 무함마드 마흐디 앗자와히리(1900~1997)에 의해 절정에 달했다. 특히 자와히리는 "마지막 신고전주의자"라는 명성을 얻었다.

따라서 자하위, 루사피, 자와히리를 중심으로 이라크 신고전주의 전통과 모더니티에 관한 논의를 전개할 것이다. 무엇보다 전통과 모더니티에 대한 각 시인의 견해 및 새로운 시 형식 실험들과 같은 각각의 독특한 작품세계를 살펴볼 것이다. 한편, 시적 견해와 작품세계를 탐구하면서 세 시인들의 공통점과 차이점을 고려할 것이다.

특히 1947년 최초의 자유시를 쓴 시인들인 바드르 샤키르 앗사이얍(1926~1964)과 나직 알말라이카(1923~2007)가 이라크 시인들이었다는 사실에 주목하고, 이라크 신고전 시인들의 활동이 자유시 형성에 어떤 영향을 끼치게 되는가를 살펴볼 것이다.

바드르 샤키르 앗사이얍

2) 자밀 시드끼 앗자하위

(1) 생애 및 작품

자밀 시드끼 앗자하위는 쿠르드 혈통의 부모에게서 태어났으며, 그의 아버지는 바그다드의 이슬람 법학자였다. 그래서 자하위는 어린 시절 전통적이고 종교적인 교육을 받으며 자랐다. 한편 그는 터키어와 아랍어로 번역된 자료들을 통해 자유사상과 현대 과학사상에 대한 관심을 충족시켰다. 또한 그는 현

나직 알말라이카

우마르 알카이얌

대의 천문학, 생리학, 해부학 등에 관한 아랍어 잡지들과 정기간행물들을 통해 많은 과학 지식을 습득했으며, 1910년에는 유사 과학 논문인 「중력에 관해」를 발표하기도 했다. 자하위는 영어나 프랑스어를 알지 못했으나 터키어와 페르시아어를 능숙하게 구사했으며, 1928년에는 우마르 알카이얌(1044~1123)의 4행시인 『루바이야트』를 아랍어로 번역하였다.

자하위는 평생 교육, 출판, 언론, 법 등과 관련된 많은 직업을 경험했다. 1886년에는 바그다드 교육위원회 위원이 되었고, 바그다드신문 사장으로 일했으며, 1888년에는 『사선』이라는 이름의 관보 발행인, 1890년에는 바그다드 항소법원 위원으로 활동했다. 1896년에는 오스만 술탄의 명령으로 예멘 개혁을 위한 정부사절단의 설교자 자격으로 예멘에 파견되었다. 1년 뒤 이스탄불로 돌아왔으나 술탄을 공격하는 시를 지었기 때문에 체포되어 감옥에 갈 것이라는 소식을 듣고는 곧바로 이라크로 도피했다. 이라크에서 자하위는 와하비즘의 지도자와 반목하게 되면서 이단론자라는 공격을 받았으며, 술탄의 정책을 공격했다는 혐의로 오스만 정부에 고발을 당했다. 그래서 자하위는 이러한 비난에 대한 반작용으로 1905년 카이로에서 와하비즘을 반박하는 『진실의 새벽』이라는 책자를 출판했으며, 술탄의 분노를 피하기 위해 그 책의 서문을 술탄에 대한 칭송으로 시작하였다.

1908년 터키혁명이 있은 이후 자하위는 이스탄불로 갔으며 그곳에서 이슬람 법철학 강사로 임명되었으나, 얼마 후 바그다드로 가 바그다드 법과대학 강사로 일했다. 같은 해 이집트 신문인 『후원』지에 여성운동을 지지, 옹호하는 「여성을 변호하여」라는 글을 발표했다. 이 글은 이슬람법인 샤리아를 공격했다고 생각했던 많은 이의 적개심과 분노를 불러일으켰으며, 이로 인해 자하위는, 이후에 복직되었지만, 바그다드 법과대학 강사 직위를 박탈당하게 되었다. 한편 그는 이라크가 영국의 신탁통치 기간 동안(1920~1932) 오스만법 번역위원회 위원장으로 일했으며, 특히 1925년부터 1929년까지 4년 동안은 상원위원을 역임했다.

이상에서 보았듯이 자하위는 시인으로, 사상가로, 정치가로, 사회 개혁가로 매우 활동적인 삶을 살았다. 무엇보다 시인으로서 자하위는 여러 권의 시집을 낸 다작의 작가였다. 『시적 언어들』(1908, 베이루트), 『자하위의 4행시』(1924, 베이루트), 통합 시집인 『자하위 시선』(1924, 이집트), 『본질』(1928, 바그다드), 1931년에는 베이루트의 한 잡지에 장편의 이야기시 「지옥의 반란」을 출판했다. 이 시는 이후 1934년에 『물방울』(바그다드)에 포함되었다. 그가 사망한 이후 『물거품』(1939, 바그다드)과 『사악한 선동』(1963)이라는 두 권의 시집이 더 출판되었다.

(2) 시와 시인에 대한 견해

자하위는 과거 이라크시의 부자연스러운 인위성, 정서의 결여, 전통에 대한 무조건적인 모방을 강하게 비판했다. 시와 사회에 대한 그의 혁신적인 견해들은 이라크를 뒤흔들었으며, 이러한 이유로 이후 "현대 이라크시의 아버지"라는 칭호를 얻게 되었다. 특히 자하위는 과거에 성행했던 '말장난'으로부터 이라크시를 벗어나게 하려 노력했으며, 시의 중요성과 시인의 중대한 역할에 관한 글을 자주 썼다.

그는 1924년에 발행된 『자하위 시선』에서 많은 지면을 할애하여 시와 시인에 대한 견해를 밝혔다. 여기서 그는, 시는 그동안의 모든 미화법과 거짓 사상들, 과장된 언어를 탈피해야 하며, 최고의 시는 마음과 그 안의 슬픔을 설명하는 것이라고 언급했다. 시에서 거짓은 결코 달콤하지 않으며, 속임수는 허용되어서는 안 된다고 강조하면서, 가장 달콤한 시는 가장 많은 거짓을 가지고 있다고 보았다.

또한 그는 시 그 자체가 규범이기 때문에 어떠한 규범도 필요 없으며, 시인은 8세기경 알칼릴 븐 아흐마드(?~786)에 의해 체계화되어 근대에 이르기까지 불변의 진리처럼 여겨져 왔던 운율 체계에 관계없이 자신이 원하는 어떠한 운율로도 시를 쓸 수 있어야 한다고 강조했다.

알칼릴 븐 아흐마드

그래서 그는 연인의 남겨진 야영지와 그 흔적(아뜰랄) 위에서의 통곡이나 사막생활의 묘사와 같은 고전 아랍 시(까시다)의 기계적인 모방을 탈피하고 시인 자신의 사회적·정치적·지적 경험들을 시로 썼다. 더불어 봄과 가을, 일출과 일몰, 새들, 밤하늘과 같은 자연의 다양한 모습들을 묘사하는 많은 자연 묘사시를 썼다. 그러나 시와 시인에 대한 혁신적인 사상과 변화의 강렬한 열망, 그리고 이야기시, 무운시와 같은 새로운 형식들의 실험에도 불구하고 자하위는 시적 토대를 전통에 두고 있기 때문에 신고전 시인 또는 "낭만주의 이전의 시인"으로 불렸다.

لموت الفتى خير لـه من معيشة   يكون بها عبأ ثقيلا على الناس

وانكد من قد صاحب الناس عالم   يرى جاهلاً في العز وهو حقير

يعيش نعيم البال عُشرٌ من الورى   وتسعة اعشار الورى بوُساء

أما في بني الارض العريضة مصلح   يخفف ويلات الحياة قليلا

اذا ما رجال الشرق لم ينهضوا معاً   فاضيع شيء في الرجال حقوقها

اذا ناب اوطانا نشأت بارضها   خراب ولم تحزن فانت جماد

「무운시」

　한편 위와 같이 자하위는 1905년 이집트의『후원』지에「무운시」라는 제목의 무운시를 발표함으로써, 아랍 세계 최초의 무운시를 쓴 시인으로 언급되기도 하였다. 그는 율격이 시의 필수적인 부분이지만 운은 사용될 수도 있고 생략될 수도 있는 것, 즉 시의 필수적인 요소는 아니라고 보았다. 특히 단일 운은 시인의 생각과 감정 표현의 자유를 억제하며, 까시다의 고정된 운이 아랍 시의 서사시, 이야기시, 극시의 가능성을 빼앗았다고 생각했다. 한편 그의 동료 시인인 마으루프 앗루사피는 무운시를 공격하면서 아랍 시의 단일 운을 옹호하였다. 왜냐하면 운과 율격이 있는 시는 운과 율격의 음악을 필요로 하는 노래와 연결되기 때문이라고 보았다.

　이후 1928년에 출판된 시집『본질』에서는 '새로운 시'를 현대적인 의식들을 흡수한 것이며, 따라서 시는 시인 개인의 의식이 아니라 시대의 의식 상태를 표현하는 것이어야 한다고 보았다. 현대를 다른 시대들과 구별하는 것은 현대의 복잡한 지식, 과거의 아랍 시인들은 몰랐지만 현대는 이용할 수 있는 지식들의 광범위한 증가에 있다는 것이다. 이러한 자신의 주장을 뒷받침하기 위해 자하위는 천문학 자료들로부터 다윈(1809~1882)의 진화론과 니체(1844~

다윈

니체

1900)의 초인에 이르기까지 광범위한 과학적 사실들과 지식들을 작품에 나열했다. 따라서 그의 시는 서두부터 결부까지 삼단논법에 따라 진행되면서 매우 논설적이고 논쟁적이 되었다. 결국 그의 시어는 문학어보다는 과학어에 더 가깝다는 인상을 줄 정도였다. 이집트의 디완 그룹 시인이며 비평가인 압바스 마흐무드 알악까드 (1889~1964)는 그의 시를 "운문화된 철학이나 과학"이라고 평하기도 하였다. 그의 작품 「별들을 보며」와 「하늘의 경치」에는 온갖 과학적 사실들로 가득 차 있다.

(3) 작품세계

현대 시인의 의무가 현대적 의식을 표출하는 것이라고 생각했던 자하위는 이러한 자신의 믿음을 당시의 정치적·사회적 사건들에 관한 작품들을 통해 표출하였다.

우선 정치시에서, 자하위는 동시대의 신고전 시인들처럼 오스만 술탄에 관한 칭송시들을 지었다. 그러나 압드 알하미드의 잔인함과 부당함이 나날이 더해지자 「바그다드의 폭군」이라는 작품에서처럼 술탄과 이라크의 독재자를 공격하였다. 또한 시인은 「팟잔에게」라는 작품에서 술탄과 그의 스파이들에 의해 고통을 당하고 상처를 입은 힘없는 백성을 다루었으며, 「군인의 과부」에서는 오스만 군대에 의해 그리스나 러시아와의 전쟁에 끌려 나가 목숨을 잃은 군인 아내들의 참상을 그렸다. 그는 여러 편의 시를 통해 1908년 청년터키당의 혁명을 환영하였으며, 이후에는 터키인들의 아랍인들에 대한 부당한 대우에 대한 실망감을 표현하기도 하였다. 또한 오스만

터키의 시리아 총독이었던 자말 파샤
(1915~1917)에 의해 참수형에 처해진
많은 시리아인들의 죽음을 슬퍼하는 장
편시를 짓기도 했다. 한편, 영국의 점령
에 대한 자하위의 태도는 매우 불분명
하였다. 1920년 이라크혁명 이후에도
영국을 칭송하는 시를 쓰기도 했으며,
이러한 사실 때문에 그는 애국주의나
민족주의가 부족한 사람으로 인식되기
도 했다.

자말 파샤

다음으로, 사하위는 사회시에 이야기시 형식을 많이 사용하였다.
이와 같은 방식은 18세기 말부터 본격화된 문예부흥 시기의 새로운
문학 현상이었으며, 자하위가 이야기시 형식을 자주 사용함으로써
이것이 그의 독특한 특징처럼 인식될 정도였다. 「라일라와 라비아
의 살인」에서는 안전과 평화와 질서의 부재를, 「살마, 이혼녀」에서
는 돈 때문에 결혼하고 돈을 모두 탕진한 뒤 이혼을 당하는 여자의
짓밟힌 권리를, 「아스마」에서는 젊은 여자가 나이 든 남자와 강제
로 결혼하게 되고 그녀들 중 일부가 자살을 하게 되는 상황을 이야
기시 형식을 통해 묘사하였다.

한편 자하위는 여성문제에 큰 관심을 가지고 있었으며 그의 가장
인상적인 사회시들은 여성의 권리들을 다루고 있는 작품들이었다.
그는 이 작품들에서 여성운동과 여성교육을 지지하고 옹호하였으며,
여성들이 사회에서 남성들과 동등한 역할을 할 것과 베일을 벗어던질

것을 촉구하였다. 또한 그는 여성 할례를
강하게 비판하기도 하였다.

무엇보다 많은 작품 중 자하위의 대
표시는 바로 서사시인 「지옥에서의 반
란」이다. 1929년에 쓰인 이 작품은 434
행에 달하는 장시로서, 1931년 베이루
트의 정기간행물인 『긴 시간들』에 실렸
다. 이 작품은 자신과 비평가들, 동양학
자들에 의해 자하위 최고의 작품으로
평가되고 있으며, 동양학자인 위드머
(Widmer)에 의해 독일어로 번역되기도
하였다. 이 시는 압바스 시대의 대시인
아부 알알라 알마아르리의 『용서의 서』
의 영향들을 보여 주고 있으며, 단테
(1265~1321), 밀턴(1808~1674), 빅토
르 위고의 직접적인 영향을 받은 것으
로 여겨지고 있다.

단테

밀턴

"시인은 자신이 죽어 매장되는 꿈을 꾼다. 그가 무덤에 있는데 두 명
의 천사들이 그를 심판하기 위해 온다. 천사들은 그에게 이슬람 신앙의
복잡한 사실들과 미신과의 유착에 관한 많은 질문을 던졌다. 시인이 인
권을 위한 끊임없는 노력, 여성운동과 진리의 옹호와 같은 보다 가치
있는 사실들에 관해 질문해줄 것을 요구할 때도 천사들은 미신에 관한
그의 지식을 시험하겠다고 고집을 부렸다. 시인이 이유를 묻자 천사들
은 그를 고문하고는 지옥에 보내기 전에 잠깐 천국을 보여 주었다. 그

는 천국과 지옥을 코란에서 파생된 용어들로, 아이러니와 풍자를 통해 묘사한다. 그는 지옥에서 한때 사랑했던 라일라를 발견한다. 또한 단테, 셰익스피어, 이므룰 까이스, 우마르 알카이얌, 아부 누와스, 무타납비, 마아르리와 같은 위대한 아랍 시인들과 소크라테스, 플라톤, 아리스토텔레스, 알킨디, 이븐 시나, 이븐 류수드와 같은 철학자들, 코페르니쿠스, 뉴턴, 볼테르, 루소, 다윈, 스펜서와 같은 사상가들과 과학자들을 발견한다. 지옥에 살면서 자신들의 운명에 만족하지 못하는 인류 가운데서 지적이고 재능 있는 이들이 천사들에 맞서 반란을 일으켰다. 악마들의 도움과 맹인인 마아르리의 지휘 아래 지옥의 거주자들은 승리를 거둔다. 그들이 천사들의 주최로 승리를 축하할 때 시인은 꿈에서 깨어난다."

이 작품은 전체적으로 아이러니에 의해 매우 인상적인 것이 된다. 무엇보다 아이러니가 최고조에 달하는 것은 너무도 허무하게 끝나는 결말에 있다. 시인은 아침에 일어나 중천에 떠 있는 태양을 보게 된다. 그리고 모든 것이 악몽이었다는 것을 알게 된다. 시인이 잠을 자러 가기 전에 너무 많은 음식을 먹었기 때문에 악몽을 꾸게 되었던 것이다.

3) 마으루프 앗루사피

(1) 생애 및 작품

마으루프 앗루사피는 바그다드의 평범한 집안에서 태어났다. 그의 아버지는 경찰관이었으며 집을 자주 비웠기 때문에 거의 전적으로 어머니의 보살핌을 받으며 자랐다. 이는 이후 루사피가 여성문제에 많은 관심을 갖는 계기가 되었다. 그는 소년 시절에는 바그다드에 있는 코란 학교에 다녔으며, 군사학교에 입학했으나 3년 후에 중단하였다. 이후 곧바로 바그다드에 있는 종교학교에 들어가 아랍어와 전통 이슬람학을 공부했다. 졸업 후에는 1908년 터키 청년혁명 때까지 바그다드의 공립학교에서 아랍어를 가르쳤다. 1908년에는 이스탄불로 가서 그곳에서 발행되는 아랍어 일간지인『이성의 길』의 편집인으로 일했다. 또한 그곳에서 아랍어 교사로 일했으며, 1912년에는 오스만 의회의 이라크 남부 대표로 임명되었다. 그곳에서 터키 여성과 결혼했으며, 제1차 세계대전 동안에도 계속 아랍어 교사로 일했다. 전쟁이 끝난 후에 루사피는 이스탄불을 떠나 시리아 다마스쿠스로 갔으며 그곳에서 몇 달을 머문 후, 예루살렘으로 가서 그곳의 교육대학에서 아랍문학을 가르쳤다. 그 후 1921년 이라크 정부의 초청으로 바그다드로 돌아왔으며 그때부터 교육, 정치, 언론 분야에서 일했다. 그는 활발한 정치 활동을 했으며, 특히 1924년부터 1929년까지는 교육부의 감독관으로, 다음엔 아랍문학 강사로 일했다. 1930에는 국회의원이 되었다. 그러나 말년에는 직업 없이 초라한 아파트에서 살아야만 했으며, 그러다 바그다드를 떠났고 쓸쓸한 삶을 살다가 1945년 가난한 생을 마감했다.

루사피는 1910년 베이루트에서 첫 번째 시집『루사피 시선』을 출판했다. 이후 이 작품은 1931년에 많은 작품이 추가되고 다양한 장으로 분류되어 재발행되었다. 두 번째 시집『교육의 부적들』은 1924년 베이루트에서 출판되었다. 그 외에도 그의 많은 시가 불에

타 사라지는 등 여러 가지 이유로 발표되지 못하였다. 또한 시 외에도 동요모음집인『민족의 송가들』, 아랍 문학의 강의모음인『아랍 문학 공부』, 문학비평인『비평의 편지들』등을 출판했으며, 1940년에 쓴 산문집『이라크에 대한 편지』는 아직도 출판되지 않고 있다.

(2) 작품세계

루사피는 시가 외로움을 위로해주는 존재라고 보았다. 또한 자신이 우울하기 때문에 우울한 시를 쓰는 경향이 있다는 고백을 통해 시에 대한 직접적이고 감정적인 견해를 표현했다.

루사피는 현대시에 대한 보수적인 견해를 제시했다. 즉, 율격과 운은 시에서 필수적인 부분이며, 그러므로 전통적인 형식을 준수할 필요가 있다고 강조했다. 그는 실제 작품을 통해서도 율격과 운을 버리지 않았으며, 단일 운 형식을 벗어나는 실험을 할 때도 안달루스 무왓샤하트의 유절시 구조에 의존했다.

한편 루사피는 산문시가 율격의 음악성이 결여되어 있다고 생각했지만 새로운 형식을 옹호하였다. 특히 이라크 시인 무라드 미카일(1906~1986)의 산문시를 칭찬하였으며, 산문시를 지어 그에게 헌사하기도 하였다.

이와 같이 루사피는 시에 대한 보수적인 경향에도 불구하고 '현대 시인'으로 불리기를 원했다. 그래서 그는 기차,

무라드 미카일

전화 등과 같은 현대적 발명품들에 관한 작품과 축구경기와 같은 현대적인 생활 장면들을 묘사하는 작품들을 쓰기도 했다.

한편 원래 전통적인 묘사시는 주로 자연의 묘사에 집중되었으나, 신고전 시인들은 이 장르를 현대적 발명품의 묘사로까지 확대하였다. 그들은 새로운 발명품의 묘사야말로 전통시와 구별되는 중요한 요소라고 생각했던 것이다. 특히 루사피는 현대적 발명품들을 고대 아랍의 원래 수단들과 비교하기도 하였다. 루사피는 「나이팅게일과 장미」나 「황혼」과 같은 작품들에서 자연의 아름다움을 묘사하였으나, 초원의 꽃들을 아름다운 여인이 걸치고 있는 보석과 진주에 비유하는 등 전형적인 신고전 경향을 보여 주었다.

또한 루사피는 이집트의 하피드 이브라힘과 더불어 아랍 세계 최초로 작품을 통해 비참한 사람들의 어려움을 묘사하고 사회가 그들을 구제해줄 것을 요청하였다. 루사피는 「고아들의 엄마」, 「어린 과부」, 「이혼당한 여자」, 「축제날의 고아」 등과 같은 작품들에서 이야기시 형식을 사용해 사회적 주제를 다루었다. 이러한 작품들은 대부분 우울한 어조를 띠며, 슬픔이 격해지기도 하고 분노와 좌절로 표출되기도 하였다. 특히 「젖 먹이는 과부」는 루사피의 박애정신과 인권사상이 가장 잘 나타난 작품으로 평가되고 있다.

> 나는 그녀를 만났다. 그녀를 만나지 않기를 바랐건만
> 그녀는 무거운 발걸음으로 걷고 있었다
> 옷은 낡고 발은 맨발이었다
> 두 눈에서 눈물이 흐르고 있었다
> 그녀는 가난 때문에 울었고 눈가가 빨개졌다

얼굴이 배고픔 때문에 종기처럼 노래졌다
그녀를 보호하고 기쁨을 주었던 그가 죽었다
그 뒤에 남겨진 시간이 그녀를 가난하게 만들었다
죽음이 그녀를 슬프게 했고 가난이 그녀를 괴롭혔다
근심이 그녀를 여위게 했고 슬픔이 그녀를
무기력하게 만들었다
슬픔의 모습은 그녀의 모습을 증명하고
불행은 거울, 그녀의 거울과 연결되어 있다
새로운 이들의 공격이 그녀의 검은 외투를
낡게 만들었다
외투의 하단이 찢어졌다. 외투의 상단이 찢어졌다 [……]
그녀는 자신을 아프게 만든 병을 불평하며 울고 있다
나는 그녀가 불평하는 핵심을 이해하지 못한다
그녀는 가난했다
아버지의 죽음은 그녀를 고아로 만들었다.

그 외에도 루사피는 화재에 의한 자연재해나 가난과 빈곤, 아랍
세계의 후진성, 무지와 미신과 같은 사회문제들을 다루었다. 또한
여성해방, 교육, 베일 벗기와 같은 여성 권리의 문제를 다루었으며,
이집트나 이라크의 다른 신고전 시인들과 마찬가지로 학교의 설립,
방직공장의 건설, 신문 개업 등과 같은 많은 사회적 행사들에 관한
작품을 썼다.

이상에서 보듯이 루사피는 다양한 주제의 작품들을 썼다. 그러나
루사피의 훌륭한 시들은 주로 정치적·사회적 주제들을 다루는 작
품들이다. 특히 루사피는 "자유의 시인"이라는 명성을 얻었다. 왜냐
하면, 그는 압드 알하미드와 그의 추종자들의 독재를 신랄히 비판

했으며, 사람들에게 일어나 정치적 권리들을 요구할 것을 권고하는 감동적인 작품들을 많이 썼기 때문이다. 그의 인기 비결은 "자유의 시인"이기 때문이기도 했으며, 한편으론 아이들을 위한 애국적인 노래들을 많이 썼기 때문이기도 하였다.

한편 루사피는 오스만터키로부터 완전히 독립적인 태도를 견지했다. 그는 1908년 터키혁명을 환영했으나, 그들이 결국 백성을 조롱하고 자유를 부정하게 되자 「헌법에 대한 불평」에서 실망감과 분노를 강력한 언어로 표출했다. 그는 또한 영국의 신탁통치를 소리 높여 비난했으며, 영국에 의해 제공된 이라크의 속임수 독립을 신랄히 공격했다. 「교활한 내각」에서 루사피는 장관들이 제국주의자들에게 빌붙어 수치스럽게 자리를 차지하고 있으며, 그들이 겉으로 보기에는 당당하지만 실제로는 꼭두각시처럼 통치당하고 있다고 비판했다. 또한 「제국주의 정책하의 자유」에서 서구의 제국주의자들이 제1차 세계대전 이후에 아랍 세계를 갈가리 찢어놓으려 한다고 공격했다.

4) 무함마드 마흐디 앗자와히리

(1) 생애 및 작품

무함마드 마흐디 앗자와히리는 이라크의 나자프 지방에서 종교와 전통 교육으로 유명한 가문에서 태어났다. 그는 시아 교단의 전통 학교에 다녔고 집에서는 아랍어, 문헌학, 수사학, 전통 이슬람

과학과 같은 기초 지식을 배웠다. 그 결과 그는 나자프 지방의 시적 전통을 온전히 습득했으며, 이는 이후 그의 전통적인 시작 활동에 지대한 영향을 끼치게 되었다.

그의 첫 번째 직업은 1924년 바그다드의 한 학교 교사였다. 그러나 정부를 공격하는 시를 발표하면서 사직되었으며, 얼마 후 복직되었으나 1927년 다시 사직했다. 이후 왕궁에 고용되어 3년 동안 일했다. 그후 자와히리는 교육부에서 일했으나 정부정책을 노골적으로 비판하는 시를 발표하면서 1936년 사임했다. 이후에는 12개 이상의 신문을 발행하는 왕성한 언론 활동을 시작했다. 그러나 대부분은 정치적인 이유로 인해 중단될 수밖에 없었다. 1937년에는 비판적인 글을 발표하면서 구속되었으며, 계속되는 경찰의 괴롭힘 때문에 1956년부터 약 2년 동안 시리아에서 망명생활을 했다.

누리 앗사이드

자와히리는 1941년부터 1944년까지 영국의 후원 아래 총리를 지냈던 누리 앗사이드(1888~1958)를 끈질기게 공격했으며, 자연스럽게 1958년 이라크혁명과 독재의 종말을 열렬히 환영했다. 이후 그는 압드 알카림 까심(1914~1963) 정권

압드 알카림 까심

을 맹렬히 비판하였으며, 그 결과 그가 발행한 마지막 신문이 된『대중의 의견』은 폐간되고 그는 이라크를 떠났다. 그는 1961년에 체코의 프라하로 갔으며, 1968년에 내무부의 초청으로 귀국했다. 그 후의 활동은 잘 알려져 있지 않으며 1997년 7월 26일 시리아 다마스쿠스에서 사망했다.

시인으로서 자와히리는 많은 시집을 출판했다. 첫 번째 시집은 1922년 바그다드에서, 두 번째 시집『느낌과 감정 사이』는 1928년에, 세 번째 시집인『자와히리 시선』은 1935년 나자프에서 발행되었다. 그 후 1949, 1950, 1953년에 세 권의 시집이, 1957년 다마스쿠스에서 또 한 권의 시집이 출판되었다. 그리고 1959년 나자프에서, 1960년과 1961년에 바그다드에서 시집이 출판되었으며, 1965년에는 프라하에서『망명 우편』이, 1969년에는『귀환 우편』이, 1970년에 또 다른 시집이, 그리고 마지막으로 1971년에 바그다드에서『불면증에게』가 발표되었다.

(2) 시와 시인에 대한 견해

자와히리는 어린 시절 가문의 전통적인 분위기에 의해 아랍 전통 학문을 많이 익혔으며, 이러한 사실은 그의 시 세계에 지속적인 영향을 끼쳤다. 그 결과 그는 고풍스러운 어법을 고수하였고, 비평가들에 의해 어려운 시어를 사용한다는 비판을 받았다. 그는 아랍의 작가들이 해야만 할 유일한 훈련은 아랍 고전을 익히는 것이라고 생각했다. 이는 자신의 언어를 기초로 하지 않는 시인이나 작가는 결코 뛰어날 수 없다는 믿음에서 비롯된 것이었다. 그는 아랍의 시

고전들을 폭넓게 읽고 많은 고전시를 암송했으며 무타납비, 부흐투리, 마아르리와 같은 고전 시인들을 본받고자 노력했다. 즉, 그는 전통주의를 신봉했다. 그는 아흐마드 샤우끼를 최고의 현대 시인으로 여겼으며, 샤우끼와 루사피의 영향을 받기도 했다.

한편 자와히리는 21세 때 쓴 「시인」이라는 글에서, 시인은 사물의 숨겨진 신비를 보는 눈을 가진 존재라는 낭만적인 견해를 밝혔다. 그러나 그는 단일 율격과 단일 운을 고수했으며, 1971년에 쓴 마지막 작품 「불면증에게」에서도, 운을 자유롭게 사용한 반면 전통적인 율격을 그대로 사용하였다. 또한 신고전 언어, 세련된 스타일과 고풍스러운 어법을 사용한 것과 달리, 연설과 웅변조의 스타일과 어조를 띠고 있다. 특히 그는 「배고픈 이들을 위한 자장가」, 「내동생 자으파르」, 「덮어라 어둠아」 등의 작품들에서처럼 핵심어나 핵심구를 반복함으로써 주술적 효과를 창조하기를 즐겨 했다.

다음 작품은 101행의 장편시이며, 1951년 3월에 바그다드의 한 일간지에 게재되었던 「배고픈 이들을 위한 자장가」이다. 처음부터 끝까지 "잠을 자"라는 핵심어가 계속해 반복되고 있다.

잠을 자, 배고픈 동포여, 잠을 자
음식 신들이 당신들을 보호해주시기를
잠을 자, 만일 배불리 먹지 못했다면
일어나, 꿈나라에 있게 될 거야
달콤한 말들이 뒤섞여 있는
약속들의 거품 같은 베개 위에서 잠을 자
잠을 자, 그러면 꿈의 신부들이
어둠 속에서 너를 방문할 거야

그리고 너는 보름달처럼 밝게 빛나는
빵 위에서 따스한 햇볕을 쬐게 될 거야
또한 대리석판으로 장식된
너의 넓은 가축우리를 보게 될 거야
잠을 자, 더 건강해질 거야!
커다란 시련 속에서 잠자는 이에게 축복이 있기를.
창끝 위에서 잠을 자
칼날 위에서 잠을 자
부활의 날까지 잠을 자
그날은 잠에서 일어나는 것이 허락된 날
넘쳐흐르는 밑바닥들이 파도를 일으키는
늪지 위에서 잠을 자 [……]

(3) 작품세계

자와히리는 신고전 시인들의 공통적
인 주제들이었던 칭송시, 애도시, 묘사시
를 많이 썼다. 그는 파이살 1세(1921~
1933 재위)와 파이살 2세(1939~1958
재위), 압둘 일라 왕자에 대한 애도시
를 썼으며, 사랑시나 술을 마시고 춤추
고 노래하는 밤에 대한 묘사시를 쓰기
도 하였다. 그러나 자와히리의 가장 성
공적인 작품은 정치시 분야에서 나타
났다.

파이살 1세

자와히리는 이라크 정치시의 발전에 커다란 공헌을 했다. 그는 아랍 세계의 모든 신고전 시인들 중에서 가장 적극적이고 가장 분노하는 참여 시인이었다. 이런 점에서 자와히리는 루사피의 계승자로 자처했으며, 루사피 또한 자와히리와의 밀접한 관계를 인정했다. 무엇보다 이라크시가 종교적인 영역을 벗어나 민족적이고 사회적인 목적들을 다루는 경향이 최고조에 달한 것이 바로 자와히리에 의해서였다.

파이살 2세

자와히리는 아랍 세계의 다른 신고전 시인들처럼 「폭도(暴徒)」나 「죽제날의 여사 피난민」의 정치시에서 이야기시 형식을 사용했다. 그러나 그는 직접적인 언급을 더 선호했으며 이는 독자들에게 압도적인 효과를 불러일으켰다. 그는 이라크에서 일어나는 모든 형태의 정치적·사회적 부당함을 신랄하게 비판했다. 「소중한 피, 또는 이집트 젊은이들에게 고함」, 「알제리」에서 이집트, 알제리, 이라크에서의 영국과 프랑스 제국주의를 공격했으며, 「포트사이드」에서는 1956년 영국, 프랑스, 이스라엘의 이집트 공격을 비난했다. 특히 1948년 반영 민중봉기 동안에는 혁명적인 예언자의 역할을 떠맡았으며, 그의 시는 바그다드 대중들의 찬송가가 될 정도였다.

한편 1931년 초에 쓴 「피는 10 이후에 말한다」에서는 사회적 불평등을 공개적으로 비판하고, 사회를 억압하는 봉건제도에 맞서 봉기할 것을 대중들에게 촉구하였다. 또한 1939년에 발표한 「봉건제도」에서는 부자와 가난한 이들을 갈라놓는 끔찍한 여러 가지 틈을 묘사하고, 빼앗긴 대중들의 분노와 혁명이 임박했음을 부자들에게 경고하였다. 1960년에는 「노동자의 날」에서 노동자들의 노력과 수고를 격려하는 연설을 하기도 하였다.

또한 자와히리는 관직의 친인척 등용, 부패, 부정, 자아 존중의 결핍과 같은 사회 문제들을 강력히 비판하였다. 「단검들」에서 지나친 영웅 칭송자들과 과거의 정치적·사회적 인물들을 발굴하여 부당한 위상을 부여하는 역사 왜곡자들을 신랄히 비판하면서, 아랍인들과 이라크인들은 개혁을 시작하기에 앞서 현재 상황을 정확히 파악해야 한다고 주장했다.

이러한 자와히리의 사회시와 정치시는 매우 감정적이며, 지나칠 정도의 분노는 독자들에게 물리적인 충격을 줄 정도였다. 그 결과 사회적 부당함과 정치적 부패, 인간의 타락에 대한 시인의 분노는 전염되었으며, 가끔씩은 강력한 분노로 표출되기도 하였다. 그는 「내 동생 자으파르」라는 애도시에서 그의 동생이 1948년 이라크혁명 당시 시위를 하다가 비참하게 살해되자, 시인 자신의 슬픔과 분노를 강력하게 발산하였다.

> 내가 말하는 것은 내 동생을 상상하는 것이 아니다
> 복수를 해야만 하는 그는 언제나 깨어 있다, 그는
> 결코 꿈꾸지 않는다.
> 그러나 나의 끈질긴 인내에 의해 영감을 받았다
> 가끔 영감은 미래에 숨겨진 것을 드러낼 수가 있다
> 나는 별 없는 하늘을 본다, 붉은 피로 빛난다
> 빗줄 하나가 사다리처럼 올라온다,
> 땅으로부터 올라온다

그것을 자를 수 있는 이는 누구나
더 거대한 영광이 있는
거대한 시체들로부터 올라오는 인물에 의해
손이 잘렸다
나는 장막을 걷고 뻗어 나오는 손을 본다
지평선 위에 쓴다
한 세대가 가고 한 세대가 온다
그들보다 앞서 불꽃이 타오른다.

　또한 그의 유명한 작품 「덮어라, 어둠아」에서는 "덮어라"라는 단어
를 계속해 반복함으로써 마술적인 저주와 비슷한 효과를 창조하였다.

[31:]

أطبق دجى، أطبق ضباب　　　　أطبق جهاما يا سحاب
أطبق دخان من الضمير محرّقا، أطبق عذاب
أطبق دمار على حماة ديارهم، أطبق تباب
أطبق جزاء على بناة قبورهم أطبق عقاب
أطبق نعيب يجب صداه البوم أطبق يا خراب
أطبق على متلبّدين شكا خمولهم الذباب
لم يعرفوا لون السماء لفرط ما انحنت الرقاب

「덮어라, 어둠아」

덮어라 어둠아, 덮어라 안개야, 덮어라 메마른 구름아
불타는 양심의 연기야 덮어라, 내려라 고통아
파괴야, 그들의 파괴를 방어하는 이를 덮어라,
덮어라 비애야
심판아 그들의 무덤을 짓는 이들을 덮어라
덮어라 처벌아

까마귀야, 부엉이가 너의 메아리들에 화답하는
소리를 덮어라 덮어라, 파멸아
파리들도 그들의 게으름을 불평하는
게으른 이들을 덮어라
그들이 목을 너무 움츠려 하늘빛을 알지 못했다

5) 맺음말

이라크 신고전주의는 마흐무드 사미 알바루디, 아흐마드 샤우끼, 하피드 이브라힘이라는 위대한 시인들을 배출한 이집트 신고전주의의 그늘에 가려져 있었다. 그러나 자밀 시드끼 앗자하위, 마으루프 앗루사피, 무함마드 마흐디 앗자와히리를 주축으로 한 이라크의 신고전주의는 1932년 아흐마드 샤우끼와 하피드 이브라힘이 사망하면서 이집트의 신고전주의가 힘을 잃은 반면, 자유시가 본격화되기 전인 1940년대 말까지 신고전주의의 힘과 영향력을 유지하였다. 이라크 신고전주의의 선두주자이며 "현대 이라크시의 아버지"로 불렸던 자하위는 현대적 발명품들과 현대 지식들에 대한 관심과 열정을 '운문화된 과학'이라고 부를 정도로 이를 시 작품에서 다루었다. 한편 루사피는 여성이나 고아 등의 힘없는 이들의 권리 보장을 역설했으며, 당대의 사회적·정치적 사건들을 다룸으로써 "자유의 시인"이라는 별명을 얻었다. 그리고 "마지막 신고전주의자"라 불렸던 자와히리는 많은 작품을 통해 독재자와 제국주의자들을 비판했으며, 봉건제도나 부정, 부패와 같은 사회적 문제들을 다루었던 매우 뛰어난 정치시인이었다. 이라크시가 종교적인 영역을 벗어나 민족적이고 사회적인 목적들을 다루는 경향이 최고조에 달한 것이 바로 자와히리에 의해서였다.

한편 이라크 신고전 시인들은 칭송시, 애도시, 사랑시 등과 같은 전통적 주제들을 다루었으나, 시와 시인의 적극적인 현실 참여 의식에 따라 사회적·정치적 사건들에 관한 견해들을 작품을 통해 적극적으로 표현하였다. 이는 까시다의 무조건적인 모방에서 탈피하는 주제적 혁신이었다. 이들 이라크 신고전 시인들은 이라크, 더 나아가 아랍 민중의 충실한 정치적·사회적 대변인이었으며, 그들의 시는 현실참여시였다. 그러나 자하위, 루사피, 자와히리는 무운시나 이야기시 등 새로운 시 형식 실험에도 불구하고 대부분의 작품을 2반행, 단일 운과 단일 율격의 고전 까시다 형식을 사용함으로써 신고전주의의 한계를 극복하지 못했다.

무엇보다 이라크 신고전 시인들이 유절시(루사피), 이야기시(자하위, 루사피, 자와히리), 무운시(자하위), 산문시(루사피), 서사시(자하위)와 같은 시 형식들을 실험하였다는 점에 주목할 필요가 있다. 왜냐하면 이러한 시 형식 실험들과 서구시의 영향을 바탕으로 새로운 아랍 시, 즉 신시가 아랍 세계에서 본격화되었기 때문이다. 또한 아랍 시의 신시, 즉 자유시 운동의 선구자들이 대부분 이라크 시인들이었다는 점과 1947년 최초의 자유시가 바로 이라크 시인들(바드르 샤키르 앗사이얍과 나직 알말라이카)에 의해 작시되었다는 사실은 간과할 수 없는 대목이다. 즉, 이들 이라크 신고전 시인들의 새로운 시 형식 실험들이 바로 아랍 자유시의 형성과 발전을 위한 토대 형성에 일익을 담당하였던 것이다.

6. 맺음말

1798년 나폴레옹의 이집트 점령 이후 거침없이 쏟아져 들어오는 서구문학에 대해 아랍 세계는 서구에 대한 수용과 저항이라는 이중적인 방식으로 반응했다. 전통의 기반이 다소 약했던 소설이 서구문학을 긍정적으로 수용한 반면, 아랍인들의 문화적 자긍심이었던 시문학은 저항을 선택했으며, 아랍 시문학의 창조적 전통을 되살리는 작업으로부터 르네상스를 시작하였다. 특히 19세기 말부터 20세기 중반까지 활동했던 신고전 시인들은 압바스 시대의 독창적인 까시다와 안달루스의 무왓샤하트 등과 같은 유절시 형식 그리고 전통적인 주제 및 구성의 부활이야말로 아랍 시의 모더니티를 획득하고 서구시에 저항하는 최상의 방법이라고 여겼다.

따라서 신고전 시인들은 모더니티를 획득하기 위해 아랍 시 전통의 부흥을 최우선으로 하면서도, 그와 동시에 전통을 개혁하는 방식과 서구의 시적 형식과 현대적 용어를 수용하는 다각적인 시도를 병행하였다. 각 시인이 수행한 전통의 부흥과 새로운 시도의 노력들을 주제어로 정리해보면 다음 표와 같다.

	전통의 부흥	새로운 시도
마흐무드 사미 알바루디	⊙ 까시다 ⊙ 전통적 주제 ⊙ 관용적 표현 ⊙ 전통적 도입부(나시브) ⊙ 무아라다시(모방시)	⊙ 행사시(정치시) ⊙ 개인적 시어 ⊙ 현대적 용어
아흐마드 샤우끼	⊙ 까시다 ⊙ 유절시(무왓샤하트, 자잘, 2행시) ⊙ 전통적 주제 ⊙ 관용적 표현 ⊙ 전통적 도입부 ⊙ 무아라다시	⊙ 서사시, 극시 ⊙ 행사시(정치사회시/장례 애도시)
하피드 이브라힘	⊙ 까시다 ⊙ 유절시(2행시, 5행시) ⊙ 전통적 주제 ⊙ 관용적 표현 ⊙ 전통적 도입부 ⊙ 무아라다시	⊙ 산문시, 시극 ⊙ 행사시(정치사회시/장례 애도시) ⊙ 현대적 용어
이라크 시인들	⊙ 까시다 ⊙ 유절시(루사피) ⊙ 전통적 주제 ⊙ 관용적 표현	⊙ 서사시, 무운시(자하위), 산문시(루사피), 이야기시(자하위, 루사피, 자와히리) ⊙ 행사시(정치사회시) ⊙ 현대적 용어

    이상에서 보았듯이, 아랍의 신고전 시인들에게 나타나는 공통점은 서구의 시 형식(서사시, 산문시, 무운시, 극시)이나 현대적 용어와 같은 새로운 시도에도 불구하고, 전통시 형식(까시다, 유절시, 무아라다시), 전통적 주제와 구성(나시브), 관용적 표현과 같은 전통의 부흥에 대한 노력이 훨씬 더 큰 비중을 차지하였다는 사실이다. 이는 '전통의 부흥이 곧 모더니티의 획득'이라는 사실을 신고전 시인들이 확신하고 실천하였다는 증거이다. 그러나 거세어지는 서구의 영향을 완전히 거부하지 못하고, 점차 서구의 시 형식이나 전통적 주

제를 수정한 정치사회시, 장례애도시를 통해 전통 아랍 시의 규범을
지키는 범위 안에서 근대적 가치들을 표현할 수 있는 방법을 모색하
기 시작했다. 이러한 사실은 전통적 형식이나 주제만으로는 근대 사
회에서 일어나는 모든 상황을 표현하기에는 한계를 가지고 있다는
사실을 스스로 인정하는 것이었으며, 서구의 영향에 대한 완전한 저
항보다는 '저항에 무게를 둔 수용의 태도'로 이해할 수 있을 것이다.

한편, 신고전주의에 대한 연구는 단순히 이들 시인들의 형식과
주제에 관한 연구가 아니라, 더 나아가 이들의 노력이 1947년부터
본격화된 아랍의 신시(자유시)에 얼마나 영향을 주었나를 가늠하는
연구이다. 따라서 신고전 시인들이 유절시, 이야기시, 무운시, 산문
시, 서사시와 같은 새로운 시 형식들을 실험하였다는 점에 주목할
필요가 있다. 왜냐하면 이러한 시 형식 실험들과 서구시의 영향을
바탕으로 새로운 아랍 시, 즉 신시가 아랍 세계에서 본격화되었기
때문이다. 즉, 이들 신고전 시인들의 새로운 시 형식 실험들이 바로
아랍 자유시의 형성과 발전을 위한 토대가 되었다는 점에서 신고전
시인들은 모더니티를 획득했다고 할 수 있다.

결국, 신고전 시인들은 서구의 영향에 대한 저항의 방식으로 독
창적인 고전시를 부흥시킴으로써 아랍 시의 오랜 기간의 침체기를
벗어나는 모더니티를 획득하였으며, 동시에 다양한 서구의 새로운
시 형식들을 실험함으로써 자유시를 위한 모더니티를 획득하였다.

압드 앗라흐만 슈크리

압드 알까디르
알마지니

압바스 마흐무드
알악까드

1. 머리말

20세기 초 이집트에서는 18세기 말부터 아랍 세계를 지배하던 신고전주의의 전통주의와 객관주의를 신랄히 비판하며, 개인의 개성과 감정을 중시하는 주관적 경향의 시인들이 등장했다. 그들은 자신들을 스스로 '신경향'이라고 부르며 신고전 시인들과의 차별성을 부각시키려 노력했으며 이를 작품을 통해 실천하고자 하였다. 이들 시인들은 1921년에 발표된 『디완, 비평과 문학』(이하 『디완』)으로 인해 디완 시인들로 알려졌다. 이들 디완 시인들에는 압드 앗라흐만 슈크리(1886~1958, 이후 슈크리), 이브라힘 압드 알까디르 알마지니(1890~1849, 이후 마지니), 압바스 마흐무드 알악까드 (1889~1964, 이하 악까드)가 포함되어 있다.

디완 시인들은, 신고전 시인들이 전통의 부활을 통해 모더니티를 획득하려 한 반면, 전통의 파괴를 통해 모더니티를 획득하려 노력하였다. 즉, 신고전 시인들은 주로 전통 시형인 까시다를 통해 압바스 시대 대가들의 작품들을 독창적으로 모방함으로써 모더니티를 획득하였다. 반면에, 디완 그룹 시인들은 무운시, 유절시와 같은 보다 자유로운 시 형식을 통해 시인 개인의 주관적인 감정뿐만 아니라 일상적인 삶의 경험들을 표현함으로써 모더니티를 획득하였다.

따라서 이 글에서는 디완 시인들의 모더니즘을 구체적으로 파악하기 위해 시인들의 작품 속에 나타난 전통의 요소들과 모더니티를 형식과 주제로 구분해 살펴볼 것이다. 더 나아가 형식을 까시다의 전통 형식과 무운시, 유절시, 단시(短時)와 같은 새로운 시도로 세분하고, 주제 또한 칭송시, 애도시와 같은 전통적인 주제와 낭만적이고 주관적인 감정과 일상적인 경험을 다룬 새로운 시도로 세분하여 살펴볼 것이다.

2. 압드 앗라흐만 슈크리

1) 머리말5)

디완 그룹은 1910년대에 활발한 활동을 했던 3명의 이집트 시인들을 지칭한다. 그들은 스스로를 '신경향'이라 부르며 신고전 시인들의 고전시에 대한 회귀와 지속 태도를 비판하였다. 또한 그들은 성숙된 모더니티로 무장된 서구의 낭만주의 이론과 작품들을 적극적으로 수용함으로써 형식과 내용 모두에서 고전시의 혁신적인 변화를 역설하였다. 그러나 이러한 주장을 실제 작품을 통해 증명하지 못하고 많은 작품에서 고전시의 주제와 형식을 답습함으로써 큰 성공을 거두지는 못하였다. 따라서 디완 그룹의 의의는 초기 낭만주의 시 운동의 하나로서, 신고전주의로부터 낭만주의로 이행되는 과정의 교량적 역할에 있다고 할 수 있다.

한편 디완 시인들은 시의 유기적 통일성과 같은 새로운 사상들을 적극적으로 주장하였을 뿐만 아니라 개인적이고 주관적인 감정들과 사상들을 표현하고자 노력하였다. 이러한 점에서 고전시 형식을

---

5) 이 글은 2009년도에 『외국문학연구』 제35호에 게재되었으며, 일반 독자들을 위하여 일부 내용을 수정, 보완하였다.

통한 대중의 정서 표출에 치중했던 신고전 시인들보다 진일보한 모더니티를 획득하였다. 유기적 통일성이라는 측면에서, 마지니와 악까드는 대표적인 신고전 시인인 아흐마드 샤우끼의 시를 행의 순서를 바꾸어도 의미가 변하지 않는, 통일된 감정이 결여된 모래더미와 같은 작품이라고 비판했다. 또한 슈크리는 한 시행의 가치는 전체 시의 보조적인 부분으로 의미와 주제 간의 관계에 있으며, 시를 독립된 시행들의 집합체로서가 아니라 통합된 전체로 보아야 한다면서 시의 유기적 통일성을 강조하였다.

특히 슈크리는 3명의 디완 시인들 중 현대 아랍 시 사상 가장 매력적이고 복잡한 성격의 인물로 평가되기도 한다. 그러한 주된 이유는 슈크리의 과민증 또는 시 작품에서 자주 나타나는 염세주의(비관주의)적 성격에 있다. 또한 슈크리는 자연으로부터 받은 영감을 많은 작품으로 표출함으로써 전형적인 "자연시인"으로 불리기도 한다.

이 글은 슈크리의 작품세계를 살펴봄으로써 시문학사에서 차지하고 있는 슈크리의 위상을 파악해 보고자 한다. 우선 슈크리의 생애 및 작품을 개관하고, 특히 그의 자서전적인 작품을 통해 그의 시적 태도를 고찰할 것이다. 다음으로는 슈크리 작품의 주제적 특성과 형식적 특성을 구분해 살펴봄으로써 고전 형식과 낭만적 주제사이에서 고뇌하는 시인의 작품세계를 탐색해볼 것이다. 이러한 다양한 접근을 통해 슈크리가 아랍 시문학사에서 어떠한 역할을 했으며 어떠한 위치를 점하고 있는지를 살펴볼 것이다.

2) 슈크리의 삶과 작품 활동

슈크리는 1886년 이집트의 포트사이드에서 태어났다. 그의 아버지는 알렉산드리아의 군 장교였는데, 시인·작가·웅변가·민족주의자인 압둘라 앗나딤(1843~1896)과의 친분 관계로 영국 군대를 이집트로 불러들이는 빌미가 된 우라비혁명에 가담했다가 체포되어 투옥되었다. 얼마 후 석방된 다음 포트사이드로 전근되는데, 슈크리는 바로 그곳에서 태어났다. 그 뒤 이집트는 영국의 신탁통치령이 되었으며, 슈크리는 이처럼 영국의 영향력과 민족주의가 충돌하는 격동의 시기에 태어났다.

슈크리는 유년기 시절부터 아랍문학의 황금기인 압바스 시대의 이븐 알파리드(1181~1235)와 알바하우 주하이르(1185~1258)와 같은 시인들의 작품을 탐독했다. 또한 후사인 알마르사피의 강연집인 『문학수단』에 매료되어 여기에 수록된 장편의 시들과 압바스 시인 앗샤리프 앗라디(970~1015), 신고전 시인인 마흐무드 사미 알바루디

압둘라 앗나딤

주하이르의 시집

앗샤리프 앗라디

의 작품들을 암송하였다.

이후 그는 알렉산드리아의 한 중학교를 졸업(1904년)한 뒤 카이로의 법률학교에 입학하였다. 그러나 재학 중 민족주의자인 무스타파 카밀의 영향으로 민족주의운동에 적극적으로 가담하여 국민당을 위한 정치 활동을 하다가 제적 처분을 당하였다. 사실 슈크리가 제적을 당한 직접적인 원인은 1906년의 딘샤와이 사건으로 인한 시위 중 그가 쓴 시가 암송되었고 그 자신도 이 시위에 직접 가담하였기 때문이었다. 이후 슈크리는 사범대학에 입학하여 아랍 문학과 영문학에 관심을 갖게 되면서 이후의 문학 활동을 위한 토대를 마련하였다.

슈크리는 사범대학 시절부터 시를 발표하기 시작하였다. 1904년 바루디를 위한 애도시를 지었고, 1908년에는 아흐마드 루뜨피 앗사이이드가 주간으로 있던 움마당의 기관지『신문』에 글을 기고하였다. 그는 이 신문에 여성해방 운동가였던 까심 아민에게 바치는 시와 평론을 발표하기도 하였다. 한편 슈크리는 사범대학 시절 폴그레이브(Palgrave)의『골든 명작선집』을 통해 영시를 처음 접하게 되는데, 이후 마지니에게 고전 아랍문학과 영국 낭만주의를 소개시켜 주기도 하였다. 슈크리는 대학을 졸업하던 해인 1909년 첫 번째 시집『새벽빛』을 발표하였으며, 마지니는 잡지『헌법』에 슈크리를 찬양하는 평론을 기고하였다. 그는 졸업하던 해에 영국 유학 장학금을 수혜받고 셰필드 대학에서 3년간 수학하였으며 1912년 영문학 학위를 취득한 뒤 귀국하였다.

사범대학 시절과 영국 유학을 통해 슈크리는 영국 시인들에게서 많은 영향을 받았다. 대표적 인물로는 제임스 셜리(1596~1666), 바이런(1788~1824), 토머스 그레이(1716~1771) 등을 들 수 있다.

특히, 슈크리의 시 작품 대부분에 제목이 붙어 있다는 사실은 신고전 시인들이 시 작품에 뚜렷한 제목을 붙이지 않는다는 점과 비교해볼 때 유럽 낭만주의의 영향이라는 점을 분명히 알 수 있다. 한편 슈크리는 독일 시인 괴테에게서도 큰 영향을 받았는데, 그 영향이 영국 시인들에게서 받은 것보다 적지 않다고 고백하였다.

슈크리는 영국 유학에서 귀국한 직후 알렉산드리아의 한 중학교 교사로 발령을 받았으며, 이즈음 마지니로부터 악까드를 소개받았다. 당시 슈크리는 신문 『소식』에 글을 싣기 시작하였으며, 몇 년 사이에 『진주 같은 생각들』(1913), 『소년들의 노래』(1915), 『봄꽃』(1916), 『상념들』(1916), 『예술』(1918), 『가을꽃』(1919)과 같은 시집들을 연속해 발표하였다.

제임스 셜리

바이런

토머스 그레이

그러나 슈크리는 1919년 이후 침묵에 빠지게 되는데, 그 이유는 아마도 마지니와의 불화 때문인 것으로 추측된다. 그는 문학계와의 접촉을 거의 단절하였으며, 1919년부터 1935년까지『아폴로』잡지에 단지 몇 편의 시 작품을 기고했을 뿐이었다.

1935년 이후에는『편지』,『엄선된 글』,『새 잡지』,『문화』등의 잡지들에 여러 편의 작품들과 비평 논문들을 기고하였다. 그러나 이때 발표된 작품들은 좋은 평가를 받지는 못하였다. 1960년에는 1919년 이후에 발표되었던 작품들이 수집되어 그의 여덟 번째 시집으로 출판되었다.

슈크리는 알렉산드리아의 여러 중학교에서 근무하였으며, 학교장과 장학관(1934~1938)을 역임하다 1944년 은퇴하였다. 은퇴 후 고향인 포트사이드로 돌아왔으며, 1952년 뇌일혈로 인해 신체 오른쪽이 마비되었다가, 1958년 12월 15일 사망하였다.

3) 슈크리의 시적 태도

한 작가의 시적 태도나 작품세계를 파악하는 데는 작가 자신의 언술이나 자서전적 자료가 매우 중요하다. 이런 맥락에서 슈크리가 1916년에 발표한『고백의 서』는 시인 자신의 시적 태도를 고찰하기 위한 매우 중요한 자료이다. 특히 이 작품에 나타난 과민증이나 비관주의(염세주의)는 슈크리를 현대 아랍 시 사상 가장 매력적이고 복잡한 성격의 인물로 평가하는 주요 원인이 되었다.

이 작품은 두 가지 측면에서 중요성을 가지고 있다. 첫째는, 20세기 초 서구 열강의 도전과 이슬람 세계의 쇠퇴로 인해 총체적인 혼란기를 맞고 있는 이집트의 불안정한 세태에 대한 생생한 묘사와 더불어 시인 자신의 내적 변화와 시작 동기를 밝혀 주고 있다는 점이다. 둘째는, 이 작품의 저자가 불확실성의 시대에 공통적으로 나타나는 불안, 초조, 분노, 절망 등으로 인한 과민증과 비관주의를 갖게 되는 보통의 이집트 청년으로 나타나 있다. 그러나 좌절하는 저자가 바로 슈크리 자신임을 명백히 알게 함으로써 이후 마지니가 그를 비난할 수 있는 근거를 제공해주었다.

이 작품의 저자는 자신의 문제를 일반화하기 위해 슈크리 스스로가 만들어낸 상상 속의 인물이다. 그는 20세기 초의 이집트 사회처럼 과도한 희망과 안전한 절망 사이에서 갈팡질팡하는 존재인 것이다. 그는 독재 권력으로 인해 지나치게 의심 많고, 의지가 약하고, 도저히 실현될 수 없는 희망과 백일몽을 꾸는 무기력한 이집트 젊은이들의 상징이다. 그들 젊은이들은 일반적으로 겁 많고 소심하지만 가끔 발작적으로 용기 있는 행동을 하기도 한다. 그들은 깊이 없이 경거망동하듯 쉽게 흥분하며, 자만심이 강하고, 지나치게 감정적이며 인내심이 없고, 불평하기를 좋아한다. 이렇듯 슈크리는『고백의 서』를 통해 전통 이슬람과 서구가 충돌하고 있는 과도기에 노출된 이집트인들, 특히 시인 자신의 당황스러운 마음을 솔직하게 드러내고 있다. 이 책의 저자, 즉 슈크리의 이러한 불안정하고 과민적인 성격은 이후 마지니가 슈크리를 "광인"이라고 비난할 수 있는 근거를 제공해주었다.

슈크리는『고백의 서』서문에서, 자신의 시 작품에서 다루어졌던 주제들을 설명하고 이해할 수 있는 많은 내용과 당시 만연해 있던 전통적인 시 풍조에 대해 다음과 같이 언급하였다.

> "행복과 숭고한 감성은 상호 배타적이며, 감정이 풍부한 사람은 불가피하게 고통을 경험한 인간이다. 시인의 영혼은 모순들로 가득 차 있으며, 영혼의 고통을 묘사하는 사람이야말로 참된 시인이다. 그런데 찬양시, 애도시, 비방시, 정치사회 행사시와 같은 당시 기성사회의 시는 이 영혼의 고통을 묘사하지 못하는 사람들의 시이기 때문에 그릇된 마음의 시인 것이다."

이상에서 슈크리가 말한 '기성사회의 시'는 개인의 감정보다는 대중의 정서 표출에 더 큰 비중을 두었던 신고전 시인들의 시 작품을 의미한다. 따라서 신고전주의 시는 개개인이 겪고 있는 영혼의 고통을 제대로 표현하지 못하는 시라는 비판인 동시에, 당시 이집트인 개개인들의 감정이 비관적이기 때문에 자신이 비관적인 시를 많이 쓰는 것은 시인으로서 당연히 해야 할 일이라는 주장이기도 한 것이다.

한편 슈크리는 시인의 고통을 상상에 의해 생겨난 어리석은 두려움의 결과라고 보았다. 그의 상상에 대한 개념은 이중적이고도 양면 가치적인 측면을 보이고 있다.

> "상상은 우리 꿈의 천국이기도 하고 지옥이기도 합니다. 우리는 꿈꾸듯이 장미와 가시, 천사와 사탄 사이의 삶을 살아가지 않습니까? 가끔씩 나는 마치 이 세계와는 다른, 미풍이 향기롭게 흐르고 완벽한 미와 덕을 지닌 사람들이 사는 세계로 옮겨진 것 같은 느낌을 받습니

다. [……] 나는 너무도 아름다워서 무엇이라 설명하기 어려운 비전을 받아들이는 나를 보곤 합니다. 그러나 어떤 때는 절망과 슬픔의 악몽을 보며, 상상에 의해 수없이 많은 형태로 묘사될 수 있는 삶의 불행들에 대한 공포를 느끼기도 합니다. [……] 내가 참고 견디는 고통은 상상에 의해 만들어진 어리석은 두려움의 결과물인 것입니다.”

이렇듯 슈크리에게 있어, 창조적 상상은 아름다움을 깨달을 수 있는 깨어 있는 마음이며 신비스러운 모습들을 그릴 수 있는 도구이다. 그는 눈에 보이지 않는 영혼의 신비스러운 모습에 매력을 느끼고 그것과의 교섭을 갈망하는 작품을 쓰기도 했다. 무분별한 상상은 파멸을 가져올 수 있지만, 시인의 참된 상상은 타인이 볼 수 없는 것들을 보고 느끼게 하며, 신과 인간을 소통할 수 있게 한다. 즉, 참된 상상은 시인을 ‘영계의 대변자’로 만들어주는 것이다.

칼라일

따라서 슈크리는 시인을 ‘선지자’나 ‘예언자’라고 생각했다. 시인은 시간의 깊이를 침투하여 과거를 발견하고 미래를 직관하기 때문에, 시인의 작품들은 영원한 비전이 된다는 것이다. 시인이 ‘예언자’라는 견해는 그가 미국 시인인 칼라일(1795~1881)과 영국 시인인 에머

에머슨

슨(1803~1882)의 영향을 받았다는 명백한 증거이기도 하다.

> "시인은 멀리 내다보는 통찰력을 가지고 있어야 하며, 빛나는 겉모습을
> 보고 진리의 빛이라 실수해서는 안 된다. 그는 일반 대중들에 의해 이
> 해되는 삶의 의미와 영원한 영감에 의해 드러나는 삶의 의미를 구별할
> 수 있어야 한다. 따라서 모든 천재 시인은 '예언자'라 불리어 마땅한
> 이들이다."

이처럼 슈크리는 신고전 시인들에 의해 주도되고 있는 전통시 형
식을 통한 대중 정서 표현을 지양하고, 영혼의 고통을 느낄 수 있는
깊은 통찰력과 상상력에 의한 개인의 감정 표현을 지향하였다. 또
한 슈크리는 시인을 대중이나 권력자의 대변인이 아니라 이집트인
개개인들이나 자신의 고통과 방황을 상징하는 '고통스러운 예언자'
라고 보았다. 따라서 슈크리는 시와 시인의 역할 변화를 주장함으
로써 신고전주의를 넘어서는 선구자적 태도를 보여 주었다.

4) 시의 주제 및 형식적 특성

슈크리의 작품세계를 다루면서 디완 그룹의 가장 주요한 특성으
로 부각되었던 낭만주의적인 내용 및 혁신적인 주제만을 살펴보기
보다는, 여전히 많은 수의 작품들에서 신고전적 특성을 유지하고
있는 형식적 측면과 슈크리의 시 형식적 혁신을 동시에 다룰 것이
다. 이처럼 슈크리 시의 주제적 특성과 형식적 특성을 동시에 살펴
봄으로써 아랍 시문학사에 나타난 슈크리의 위상을 좀 더 정확하게
가늠해볼 수 있을 것이다.

(1) 주제의 특성

슈크리의 전체 시집들에 공통적으로 나타나고 있는 중심 주제들은 철학적이고 도덕적인 명상, 다중적인 심리상태, 아름다움, 자연, 사랑, 죽음, 창조적 상상 등을 들 수 있다. 무엇보다 슈크리는 시에는 반드시 시인 자신의 감정이 깃들어야 한다고 보고, 감정을 시의 근본 요소이며 중심 주제로 삼았다.

슈크리가 23세 때 발표한 첫 번째 시집(1913)은 낭만주의 시라고 하기에는 성숙하지 못한 주제들이 상당수 포함되어 있다. 슈크리는 무스타파 카밀, 까심 아민, 무함마드 압두후와 같은 민족주의 지도자들에 대한 찬양시와 애도시, 세속적인 대학 설립, 민족 통일, 콥트교도와 무슬림의 화합, 과거의 영광 회복, 이집트가 침체와 굴욕을 탈피하고 확고부동한 존재가 되는 것 등과 같은 이집트 대중들의 관심사를 반영한 작품들을 상당수 작시하였다.

또한 슈크리는 고통과 후회와 슬픔을 만드는 쾌락을 공격하는 등 전 시집에 걸쳐 도덕을 강조하는 작품을 썼다. 네 번째 시집의 서문에서는 시의 기능이 영혼을 고상하게 만들고 고양시키는 것이라고 강조했다. 그의 많은 작품은 도덕적인 관찰과 명상으로 가득 차 있는데, 그의 도덕 선생으로서의 태도는 교장과 장학사로서의 경력에 의해 더욱더 강화되었다. 대중적이고 도덕적인 주제들은 신고전 시인들의 중심 주제이기도 했다. 그러나 이 시집의 가장 주된 주제들은 자연과 시인의 주관적인 감정들, 시인 자신의 사상과 태도 등 낭만주의 경향이라 할 수 있다.

이후 슈크리는 대중적이고 사회적인 문제들에 대한 주제를 완전히 탈피하지는 못했지만, 점차 시인 자신의 내면세계와 자신의 주관적이고 정신적인 경험들에 대한 주제들에 더 많은 관심을 쏟기 시작했다. 또한 자신을 사회 개혁가가 아니라 '이방인'으로 취급하면서 자신의 노력을 인정하지 않는 시대와 사회에 대한 불평을 토로하기도 하였다. 자서전적인 작품『고백의 서』에서 보여 주었던 것처럼 전통적 가치들과 현대적 가치들이 충돌하는 문화적 변동기를 살아감으로써 발생하는 소외와 같은 고통스러운 자각들을 다루기도 하였다.

다음에서는 슈크리가 다루었던 많은 주제 중 그의 낭만성과 차별성을 가장 잘 드러내고 있는 비관주의, 자연, 사랑에 관해 살펴보고자 한다.

① 비관주의

슈크리의 초기 작품세계를 관통하고 있는 주된 정서 중의 하나는 20세기 초의 이집트가 겪고 있는 혼란과 무질서, 혼돈의 시대를 살아가야만 하는 시인 개인의 고통과 절망을 반영하는 비관주의 또는 염세주의이다. 이러한 우울한 분위기는 그의 많은 작품에 분명하게 나타나고 있다.

슈크리의 비관주의는 그의 삶과 밀접한 관계가 있다. 아버지의 우라비혁명 가담과 좌천, 영국의 신탁통치, 이집트 민족주의운동, 딘샤와이 사건과 시위 가담, 시위 때의 시 낭송으로 인한 법대 제적 등 이집트의 불안한 상황과 시인 개인의 불행은 그를 혼자 있는 것을 좋아하는 외톨이로, 사회적 '이방인'으로 만들었다.

「석양 무렵 한 이방인의 향수」에서 작가의 삶을 살아가는 이방인은 바로 시인 자신에 대한 묘사이다. 시인과 이방인 둘 모두는 슬픔에 젖은 향수적인 감정에 몰입됨으로써 사회로부터 소외된 감정을 강하게 드러낸다. 특히 어느 누구도 믿을 수 없는 혼돈의 시대에 대한 분노로 가득 차 있는 이방인은 바로 혼란 속에 빠져 있는 당시의 이집트를 살아가는 시인 자신이며 동시에 수많은 이집트인인 것이다.

하늘로부터 슬픔의 징표를 빌린 이
작가의 삶을 걸친 이
너의 동생은 작가, 가족들 속에서도
집에서도 모래 언덕 같은 이방인의 삶을 산다
그의 옷에는 오랜 인내만이
거친 외투와 혐오스러운 외투만이 남아 있다
그의 얼굴 피부에는
포탄의 섬광같이 반짝이는 눈물샘만이 남아 있다
그의 가슴 속에는 사랑과 슬픔만이
불신의 시대에 대한 분노만이 남아 있다.

무엇보다 슈크리의 비관주의는 그의 대부분의 사랑시가 죽음으로 결말이 난다는 점에서도 알 수 있으며, '죽음'이라는 어휘가 들어간 많은 시 제목을 통해 분명히 드러난다. 「죽음」이라는 작품에서 슈크리는 죽음에 고통스러운 수수께끼 같은 삶으로부터 자신을 구원해 달라고 기도한다. 시인은 젖을 달라는 아들의 애원을 못 들은 척하는 엄마를 '죽음'이라는 이름으로 부른다. 그는 연인의 입술에 키스함으로써 자신의 고통을 잠재우길 소망하는 남자처럼 죽음을 열렬히 사랑한다. 또 다른 작품 「죽은 이들의 목소리」에서는, 시인이 무덤들 가운데 서서 바람에 흔들리는 나뭇잎 소리처럼, 졸졸거리는 물소리처럼, 드럼 소리처럼, 남편을 잃은 여자들의 통곡 소리처럼, 사막을 헤매는 늑대들의 울음소리처럼 들려오는 죽은 이들의 목소리를 듣는다.

또 다른 작품 「삶의 비참함」 속에 나타난 그는 동료들과 함께하면서도 낯선 별에서 온 것 같은 삶을 고통스러워한다. 결국 그는 삶에 지쳐 죽음에 자신을 구원해 달라고 요청한다. 작품 「생매장」에서는 세상이 자신을 지나치게 구속하고, 산 채로 매장한다고 느낀다. 그는 잠을 잘 때 친척들이 그가 죽었다고 생각해서 깊은 무덤에 넣고 그 위에 흙과 돌을 덮는 꿈을 꾸기도 한다. 「부활의 꿈」에서는 육체의 소멸을 끔찍할 정도로 상세히 묘사하고, 인간에 대한 저속한 생각을 무시무시하게 드러낸다. 그는 부활의 날에 무덤에서 일어난 시체들이 잃어버린 사지들과 부분들에 대해 논쟁을 벌이는 인간의 탐욕과 싸움을 적나라하게 보여 준다.

이상에서처럼 슈크리는 많은 작품을 통해 비관적이고 염세적인 생각을 보여 주는데, 이는 희망을 제시해주지 못하는 이집트의 암울한 현실에 대한 반영이다. 또한 동시에 타인과 원활한 소통을 하지 못하는 시인 자신의 소외감과 이방인으로서의 감정 표출인 것이다.

② 자연

슈크리는 자연으로부터 받은 영감을 많은 시 작품으로 표출함으로써 현대 아랍 문학의 전형적인 "자연시인"으로 불린다. 그는 바다, 꽃, 새, 바람, 산, 사막, 숲과 같은 자연에 관한 주제들 속에 자신의 감정을 이입함으로써 시를 더욱더 생명력 있게 만들었다.

그는 시 작품들과 수필을 통해 자연과 시인의 역할에 대한 생각을 다음과 같이 언급하였다.

"인간은 자연의 아름다움을 사랑해야 한다. 그렇지 않으면 돌이나 다름 없다. 시인은 자연의 아름다움을 통해 슬픔을 견딜 수 있는 위안을 주며, 또한 운명을 개선시킬 수 있는 영감, 희망, 꿋꿋함, 사랑 등을 일깨워주고, 마음의 창을 아름다움을 향해 열어놓게 해준다."

한편 슈크리는 3년 동안의 영국 유학에서 받았던 가장 중요한 경험들 중의 하나가 바로 자연에 대한 새로운 인식이었다고 고백하였다.

"영국의 다양한 자연 풍경은 나에게 커다란 감명을 주었다. 나는 기차 차창을 통해 지금까지 이집트에서는 보지 못했던 새로운 풍경을 접하고 깊은 감동을 받았다. [……] 이런 자연 풍경이 내게 준 인상은 고국에 돌아온 후에도 계속 머릿속에 남아 있었다. [……] 자연은 영국에 있을 때나 이집트에 돌아왔을 때나 나의 표현 능력을 배가시켜 주었을 뿐만 아니라 많은 시를 쓸 수 있는 영감을 불러일으켰다."

그는 「산」이라는 작품에서 산의 웅장하고 도도한 자태를 칭송한다. 산은 전지전능한 절대 신이 자신의 거처로 만든 작품이며, 이집트에 있는 거대한 피라미드들의 웅장함과 수천 년을 견디어온 영광의 역사조차도 인간들이 만든 것이기에 산 앞에서는 보잘것없는 존재로 전락하고 만다.

너의 훌륭함은 등대 불빛보다 더 낫고
너의 자리는 그 무엇보다 높고 높구나
너는 땅에서 영광의 왕좌였고 명예였지
옛날엔 하나님의 거처였어
너는 사원이었지, 하늘을 지붕으로 가진
가지가 무성하고 키가 큰 기둥을 가진,
많은 눈을 가진
너의 훌륭함은 남자를 주눅 들게 만들고
뛰어난 지성들조차 초라하게 만드는구나 [······]
너는 마치 시골과 도시의 삶을 회상하듯
광활한 들판을 내려다보는구나
영광과 웅장함은 피라미드에게 있는 것
그러나 네가 나타나면 그것은 가장 작은 즐거움일 뿐
너는 전지전능한 하나님의 작품
독재자의 손도 조롱하지 못하는구나 [······]

작품 「바다의 묘사」에서는 풍요롭고 변화무쌍한 바다가 생명을 가지고 있다고 느낀다. 신화적인 인물이며 동시에 꽃인 「나르시스」에서는 자연에 응답하고 초월하는 시인의 낭만적인 능력을 잘 드러낸다. 그 외에도 슈크리는 새들에 관한 여러 편의 작품을 썼는데, 특히 「참새에 대한 애가」에서는 참새의 죽음에 대한 슬픔을 진솔하게 표출하였다.

그리고 「바람에게」에서는 시인 자신과 바람을 동일시하려는 시도를 보여 주었다. 슈크리는 참으로 외로운 시인이었던 것 같다. 사람들 사이에서도, 가족, 친구들, 친척들 심지어는 집에서도 스쳐 지나가는 한 줄기 바람 같은 '이방인'이었다. "죽음이 빼앗아간 아이의 엄마 같구나"라는 구절은 사랑하는 아이를 잃어버린 엄마의 충

격과 상실감을 상상해볼 때 슈크리의 외로움을 감히 조금이나마 상
상해볼 수 있게 한다.

바람아, 너의 포효는 나를 놀라게 한다
마치 암살자의 포효가 먹잇감을 놀라게
하는 것 같구나
바람아, 너의 통곡 소리는 듣는 이를 가슴 아프게 한다
잃어버린 친구들과 이웃들이 너를 가슴 아프게 했니?
바람아, 사람들 사이에 있으면서도 외롭구나
가족들과 집에서도 이방인 같구나
넌, 죽음이 빼앗아간 아이의 엄마 같구나
운명의 손이 계속해 복수를 하는 것 같구나

슈크리가 아랍 시문학 사상 뛰어난 "자연시인"으로 평가되는 이
유는 신고전 시인들처럼 자연에 대한 사실적이고 세밀한 묘사에 있
는 것이 아니다. 슈크리가 산, 바다, 새, 바람 등과 같은 자연 현상
에 자신의 감정을 이입하여 자신과 자연을 동일시함으로써 시인 자
신의 내면세계를 효과적으로 표현해내었기 때문이다.

③ 사랑

이미 언급되었던 비관주의와 자연 외에도, 슈크리 작품의 주요
주제들 중의 하나는 사랑과 아름다움이다. 그는 네 번째 시집 서문
에서 자신의 작품에 사랑시가 많은 이유를 다음과 같이 밝혔다.

　"나는 사랑시에서 육체의 묘사에만 치중하는 욕망적이거나 성적인 열
정보다는 영혼의 활동을 드러내는 정신적인 사랑을 표현하고자 한다.
사랑은 영혼과 직접적으로 연관된 열정이며, 그것으로부터 희망, 절망,
시기, 후회, 용맹, 소심함, 영광에 대한 사랑, 관대함과 인색함과 같은
수많은 감정이 생겨난다. 이러한 이유 때문에 사랑은 나의 시에서 커
다란 부분을 차지한다. [……] 내가 생각하는 사랑시는 사람들에게
아름다운 얼굴이나 육체, 꽃이나 강, 구름 속의 번개, 밤과 별들, 아침
과 안개, 영혼과 개성 등과 같은 모든 것에게서 아름다움을 섬세하게
느끼도록 만드는 것이다. [……] 시적 열정은 모든 것에, 삶의 어두운
양상들에도 빛을 뿌리고 예술적 아름다움을 제공한다. [……] 사랑
시인은 미술가처럼 그의 마음에 아름다운 모습들을 그리는 것이다."

　슈크리의 사랑에 대한 견해에서 알 수 있듯이, 그의 사랑시는 연
인을 지나칠 정도로 이상화하려는 경향이 있다. 즉, 사랑하는 여인
을 단순한 인간 이상의 존재로 묘사하고 있는 것이다.

　슈크리는 「나의 관심은 오직 그대뿐입니다」에서 "나의 영혼은
당신이 심어놓았던 어린나무"라고 말함으로써 여인을 시인의 영혼
을 배태시킨 주체로 묘사하고 있다. 또한 "나의 영혼은 그대 언덕
밑의 초라한 땅/그대는 모든 창조물의 주인/나의 사랑하는 여인이
여, 나에게 자비를 베푸소서"라는 시 구절을 통해 연인을 자신의 생
명을 창조하고 삶을 좌우하는 신과 같은 존재로 묘사하고 있다. 또
다른 시 작품 「사랑하는 여인에게」에서는 한 여인을 사랑하는 남자
의 태도를 지나치게 비굴할 정도로 묘사한다. 사실 슈크리는 결혼
을 하지 않고 평생 독신으로 살았는데, 그가 사랑한 것은 한 개인에
대한 사랑이 아니라 아름다움 그 자체에 대한 사랑이었다. 연인을

이상화하는 경향은 결혼을 하지 않았던 슈크리의 독신 생활과 밀접한 관련이 있어 보인다. 여성을 아름답게만 바라보는 경향은 연애와 결혼같이 여성과의 사실적인 접촉이 없으면 없을수록 더욱더 커지기 마련이다. 결국 실제적인 사랑은 언제나 실망과 실패를 동반하게 되는 것이다.

따라서 그는 아름다운 여인들이 언급되었던 대부분의 사랑시에서 육체적인 부패와 소멸 같은 무시무시한 모습들과 죽음에 대한 병적인 집착을 보여 준다. 「아름다움과 죽음」에서, 시인은 잠을 자지 못하고 뒤척이다가 어둠 속에서 최근에 죽은 연인의 환상을 본다. 그녀를 포옹하려 하자 그녀는 그의 품안에서 또다시 죽음을 맞이하고, 아름다움이 사라지고 살이 허물어지면서 강한 부패의 냄새 뒤로 해골만 남겨진다. 특히 작품 「삶과 죽음 속의 여인들」에서는 아름다운 여인들이 죽은 뒤에 남겨놓은 부패하고 추한 모습이 생생하게 묘사된다.

그녀들이 어두운 밤 옷을 질질 끌며 일어섰다
벌레들의 먹이가 되어 버린 후에
눈들이 텅 빈 후에
눈들과 뺨들이 사라져 버린 후에……
그녀들은 어둠 속에서 행진하기 시작했다
감시자의 눈에 질병을 뿌리기 시작했다
어둠 속에서 올빼미의 울음소리로 울부짖기 시작했다
공기의 얼굴이 핼쑥해질 정도로
그녀들은 정숙하게 수의를 입고 있었다
추함이 드러나지 않도록

그녀들은 살아서나 죽어서나 정숙을 지키며
조롱거리가 될 만한 결점들을 감추었다 [……]

슈크리의 사랑과 아름다움에 대한 많은 작품은 죽음으로 끝난다. 그의 히스테리적이고 멜로드라마식의 심지어는 악몽과 같은 상상력은 아름다움과 부패, 여성들에 대한 양면 가치적인 태도와 밀접한 관계가 있다. 이는 "사랑은 상체는 아름다운 여성이고 하체는 뱀인 동물"이라는 슈크리의 정의와 밀접한 관계가 있다.

(2) 형식의 특성

주제적인 측면에서 볼 때, 슈크리의 시집들에는 주로 대중적인 정서 표출에 열중하였던 신고전 시인들의 시적 경향과 동일한 시 작품들이 상당수 포함되어 있다. 그럼에도 불구하고 많은 작품에서는 불안한 전환기를 살고 있는 시인 자신의 비관적이고 염세적이며 우울하고 감상적인 감정, 즉 낭만주의 정서가 지배적으로 나타나고 있다. 이는 명백히 유럽 낭만주의의 영향이라 할 수 있으며, 따라서 그의 시는 신고전 경향을 어느 정도는 탈피했다고 볼 수 있다.

그러나 슈크리가 내용과 주제 면에서 신고전 시인들과는 차별되는 측면을 많이 보여 주었음에도 불구하고, 주로 전통시 형식을 사용함으로써 문체와 형식 면에 있어서는 여전히 신고전 시인들과 유사한 측면을 상당수 지니고 있다.

우선 문체의 측면에서, 슈크리는 낭만적 주제들의 시도만큼 혁신적인 문체를 사용하지는 못하였다. 그는 많은 작품에서 신고전 시인들이 사용했던 어휘들처럼 해설(주석)을 필요로 하는 어려운 단어들을 빈번히 사용하였을 뿐만 아니라, 산문체 언어의 사용, 불합리한 어법, 빈약한 구성과 같은 약점들을 여실히 드러내고 있다. 작품「우리와 시대」에는 15행에 걸쳐 어휘나 문장의 의미를 풀이하는 해설이 달려 있을 정도이다.

특히 형식 면에서는 더욱더 혁신적이지 못하였다. 슈크리는 전체적으로 신고전 시인들이 즐겨 썼던 대중적 경향의 작품들뿐만 아니라 낭만주의 경향의 작품들에서도 2반행, 단일 율격, 단일 운의 전통 운율체계를 사용하였다.

이미 앞에서 예로 들었던 작품「산」은 주제의 측면에서 볼 때 낭만주이 시인들이 주된 주제였던 자연에 대한 주관적인 묘사이다. 그럼에도 불구하고 형식의 측면에서는 하나의 행을 2개의 반행으로 양분하고, 18행에 달하는 작품 전체에 단일 운(/iri/)을 사용하는 고전 까시다 형식을 채택하고 있다.

그러나 슈크리는 전통 운율체계를 선호했지만, 무운시나 다수의 음운, 음운교체, 2행연구, 단시 등을 실험함으로써 다양한 시 형식을 시도하였다.

그는 1909년에 발표한 첫 시집에서「고통의 언어」라는 제목의 장편 무운시를 발표하였다. 이 작품은 단조로운 산문체의 언어를 사용하여 시인 자신의 고통에 대한 다양한 원인들과 더 행복하고 더 고상한 세상에 대한 관찰들을 담고 있다. 두 번째 시집에서도 네 편의 무운시를 썼으나, 이후의 작품들부터는 무운시 형식이 발견되지 않고 음운의 교체 또한 감소되고 있다.

또한 슈크리가 시도했던 2행연구에 대한 실험은 작품「미래」에 명백히 나타나 있다. 이 작품은 1연에 /ām/, 2연에 /'un/, 3연에 /tun/과 같이 연마다 각기 다른 운을 채택함으로써 처음부터 끝까지 하나의 연에 동일한 운으로 구성된 까시다와는 명백히 차별화된 시 형식을 보여 주고 있다. 그 외에도 슈크리의 대표작들을 모아놓은 시선집에는「인류의 순교자들」,「메아리」,「황혼」등과 같이 연이 구분되는 몇 편의 예를 발견할 수 있다. 그러나 이 작품들 또한 까시다와 같은 2반행과 첫 행부터 마지막 행까지 동일한 운과 리듬을 사용함으로써 부분적인 혁신에 그치고 있음을 알 수 있다.

또한 10행 이상의 장편 까시다 형식에 집착해 있던 신고전 시인들에게서는 10행 미만의 단시들을 발견할 수 없다는 점과 슈크리의 초기 시집들에 많은 단시가 발견된다는 사실을 비교해볼 때, 단시는 슈크리의 시 형식 혁신에 대한 또 다른 증거라 할 수 있다. 왜냐하면 단시 형식은 장시인 까시다의 길이에 대한 규범을 탈피하는 것이기 때문이다. 한편 시선집에 실려 있는 슈크리의 단시들은 2행시, 3행시, 4행시들이 주를 이루고 있는데, 2반행과 단일한 운율체계를 가지고 있다는 점에서 까시다로부터의 완전한 탈피라기보다는 하나의 '변이형'이라고 볼 수 있다.

이상에서 보았듯이 슈크리는 많은 작품에 고전 문체와 전통시 형식을 사용하는 신고전주의 경향을 보여 주면서도 무운시, 2행연구, 단시 등과 같은 다양한 시 형식 실험들을 통해 까시다의 형식적 구속을 탈피하려는 혁신적인 노력을 보여 주었다.

5) 맺음말

압드 알라흐만 슈크리는 자서전적인 작품『고백의 서』에서 창조적인 상상을 통한 주관적 감정 표현의 중요성을 역설함으로써, 신고전 시인들이 다루었던 대중 정서의 표출이라는 시적 태도의 변화를 주장하였다. 또한 그는 많은 작품에서 아름다움, 자연, 사랑, 죽음, 상상 등과 같은 낭만주의 주제를 다룸으로써 자신의 시적 태도를 작품으로 실천하고자 노력하였다.

그러나 여전히 우세한 대중들의 기호를 극복하지 못하고 신고전 시인들의 주된 주제였던 대중과 사회를 대변하는 작품들을 쓰기도 하였다. 사실 신고전주의 경향은 거장인 아흐마드 샤우끼와 하피드 이브라힘이 사망하는 1932년까지 대중들의 대단한 사랑을 받았으며, 그 영향력은 낭만주의가 한창 꽃을 피운 1940년대 말까지도 지속되었다.

시 형식 면에 있어서도 무운시와 2행연구, 단시 등과 같은 다양한 실험들을 통해 까시다의 형식적 족쇄를 탈피하려 노력하였지만, 대부분의 작품에서는 2반행, 단일 율격, 단일 운으로 된 고전 까시다 형식을 채택하였다.

따라서 슈크리는 주제 면에서나 시 형식 면에서 신고전주의에서 낭만주의로 넘어가는 교량 역할을 한 시인으로서, 신고전주의와 낭만주의의 '경계 시인'이라고 할 수 있다.

일부 비평가들은 칼릴 무뜨란(1872~1949)을 '아랍 현대시의 선구자'라고 평가하지만, 또 다른 비평가들은 슈크리를 '전통적인 시에 대항한 실질적 반항자'로 평가한다. 왜냐하면 현대 아랍 시에서

시인 자신의 감정, 상상의 역할과 중요
성에 대한 견해, 시의 유기적·구조적
통일성과 같은 시를 현대화할 필요가
있다는 그의 주장은 슈크리를 '현대시
의 실질적 개척자'라고 평가하는 데 부
족함이 없기 때문이다.

칼릴 무뜨란

　　또한 슈크리는 마지니, 악까드와 더
불어 아랍 시에 신화를 사용할 수 있는 이론적 배경과 실제 작품을
발표한 최초의 아랍 시인이었다. 그런데 아랍 시에서 신화에 대한
관심이 등장한 시기와 아랍 낭만주의가 등장하고 발전한 시기가
동일하다는 사실은 매우 시사하는 바가 크다. 1940년대 이후 아랍
시의 현대화 운동인 자유시 운동을 주도했던 시인들이 바로 그리
스-로마, 기독교, 아랍 신화들을 통해 아랍의 부활을 노래했던 '탐
무즈' 시인들이었다는 점이다. 이러한 점에서 유절시, 무운시, 단시
실험을 통한 형식적 기여와 더불어 주제의 측면에서도 현대 아랍
자유시에 끼친 슈크리의 시문학사적 영향을 높이 평가해야 할 것
이다.

3. 압드 알까디르 알마지니

1) 머리말[6]

1920년대 아랍 세계에 낭만주의를 소개하고 정착시키려 노력했던 디완 그룹의 주요 시인인 이브라힘 압드 알까디르 알마지니(이하 마지니)는 대부분의 작품을 낭만적 경향을 통해 표출함으로써 디완 시인들 중 가장 낭만주의적인 시인으로 여겨진다. 특히 마지니의 낭만성은 그가 단지 몇 편의 대중시를 제외하곤 모두 주관적인 시를 썼다는 사실에서 명백히 드러난다.

비평가로서 마지니는 시에는 특별한 시어가 필요하며, 심오하면서도 오랫동안 지속되는 감정은 운율적인 시어를 통해 표출된다는 사실을 주장하였다. 특히 이를 작품으로 실천함으로써 감정과 운율을 연결시킨 최초의 아랍 시인으로 평가받고 있다. 또한 시인으로서 마지니는 거창한 것보다는 '시든 장미'와 같은 작고 일상적이며 대중들에게 친밀감을 주는 주제들을 주로 다루었다. 무엇보다 그는 해학적이고 풍자적인 작품을 씀으로써 다른 디완 시인들과 구별되었으며 자타에 의해 "풍자시인"으로 불리고 있다.

---

6) 이 글은 2009년도에 『한국이슬람학회논총』 제19-3호에 게재되었으며, 일반 독자들을 위하여 일부 내용을 수정, 보완하였다.

한편, 마지니와 슈크리 간의 표절논쟁은 현대 이집트 문학사의 가장 격렬한 문학 논쟁으로 기억되고 있다. 표절논쟁은 마지니가 슈크리의 작품을 '영시의 번역'이라고 비평함으로써 시작되었으며, 이에 슈크리가 자신의 시집 서문에서 마지니의 표절 작품들을 상세히 열거함으로써 논쟁이 확산되었다. 이후, 1921년 마지니가 악까드와 공동으로 쓴 비평서『디완, 문학과 비평』(이하『디완』)에서 슈크리를 "속임수의 우상"이라고 공격을 퍼부으면서 그를 절필로 이끌었으며, 결국에는 마지니도 시작 활동을 중단하고 산문으로 방향을 전환하였다.

사실 마지니는 시인보다는 산문작가로서 더 좋은 평가를 받고 있다. 그는 1920년대 중반 산문으로 방향을 전환하면서 현대 아랍 문학사의 가장 해학적인 작가로 자리매김했다.

이 글에서는 비평가이며 시인이었던 마지니를 보다 총체적으로 연구하기 위해 시 비평과 작품세계로 나누어 살펴볼 것이다. 우선, 비평가로서의 마지니를 살펴보기 위해 시와 시인에 대한 견해와 신고전주의 대표 시인인 하피드 이브라힘, 디완 시인 슈크리에 대한 비평을 살펴볼 것이다. 다음으로는, 가장 낭만주의적인 시인이라는 평가를 받고 있는 마지니의 낭만성을 구체적으로 고찰하기 위해 작품들의 주제, 형식, 운율체계 분석을 통해 주제 및 형식의 특성을 살펴볼 것이다. 이와 같이 비평가로서의 마지니와 낭만성이 짙은 시인으로서의 마지니에 대한 연구는 아랍 시문학에 나타난 시인의 위상과 현대 아랍 시의 형성 과정에 나타난 그의 역할과 기여도를 파악하는 과정이 될 것이다.

2) 마지니의 시적 견해와 비평

여기서는 우선 비평가 마지니가 주장했던 시와 시인에 대한 견해를 살펴보고, 다음으로 하피드 이브라힘과 슈크리에 대한 마지니의 비평을 발췌, 요약할 것이다. 이를 통해 마지니의 시적 견해뿐만 아니라 신고전주의와 디완 시인들에 대한 비평 간에 나타난 상관관계를 파악할 수 있을 것이다.

비평가로서 마지니는 신고전주의의 대표 시인인 아흐마드 샤우끼를 향해 "시인도 아니며 비슷하지도 않다"는 신랄한 비판을 했지만, 특히 신고전 시인 하피드 이브라힘과 디완 그룹 동료 시인이었던 슈크리에 대해 집중적인 비판을 퍼부었다. 마지니는 1915년에 출판된 『시의 목적들과 수단들』에 실린 두 편의 논설(1913, 1915)에서 하피드 이브라힘의 시를 비판했다. 또한 『디완』에서 마지니는 「속임수의 우상」이라는 동일한 제목을 가진 두 편의 논설을 통해 아랍 고전문학과 영문학을 소개해준 문학적 스승이었던 슈크리의 작품세계와 표절을 신랄히 비판하였다.

(1) 시적 견해

마지니는 『시의 목적들과 수단들』에서 시와 시인에 대한 다양한 견해들을 밝혔다. 다음은 「이브라힘 압드 알까디르 알마지니」에 수록된 내용들 중 마지니의 시적 견해를 이해하는 데 중요하다고 생각되는 부분들을 발췌, 요약한 것이다.

첫 번째, 마지니는 시인들과 문인들이 가져오는 새로움을 즐기기 위해서 독서에 대한 취향을 변화시키기를 원했다. 왜냐하면 고전에 대한 긍지와 만족을 지속하는 것은 인생, 예술, 관점에 대한 새롭고 믿을 수 있는 감정을 말살할 수 있다고 보았기 때문이다.

두 번째, 시는 꿈에서 출발한다. 시는 모든 의미, 즉 사랑, 미움, 두려움, 소망, 절망, 비난, 소외, 후회, 놀라움, 자비를 꿈으로 바꾼다. [……] 세상에는 시인의 꿈, 즉 시가 있으며, 시인의 역할은 꿈을 움마(이슬람공동체)의 마음과 감정이 되도록 키우고 증가시키는 것이다.

세 번째, 마지니는 '시는 영원하며 믿을 수 있는 생각들의 거울'이라는 정의를 거부한다. 왜냐하면 시인은 그 시대의 자식들로서 시대로부터 자유로울 수 없기 때문이다. 즉, 시는 단지 당대의 진실에 대한 거울이며, 시인은 자신의 시대만을 볼 수 있기 때문이다.

네 번째, 시는 진실 중의 진실이며, 마음 중의 마음이고, 진실된 보석이다. 시는 영혼의 번역이며, 믿을 수 있는 번역자인 것이다.

다섯 번째, 시의 가치는 독자의 마음을 사로잡는 것에 달려 있다. 그래서 시는 마음과 영혼을 비추는 한줄기 빛과 같다.

여섯 번째, 시는 이성이 아니라 감정이며, 생각이 아니라 느낌이다.

일곱 번째, 운율은 시의 필수 요소이며 시의 몸통이다. 색깔이 없으면 사진이 아니듯, 운율이 없으면 시가 아니다.

여덟 번째, 마지니는 모호함(불확실성)을 거부한다. 왜냐하면 말의 목적이 영혼 속에 있는 것을 명백히 드러내는 것이기 때문이다.

아홉 번째, 마지니는 즐거움이 시의 최고 목적이라고 생각하지 않는다. 그것은 독자의 최고 목적인 것이다. [……] 시의 목적들 중 하나는 메마른 감정들과 침체된 정서들을 일깨우는 것이다. [……] 그래서 시는 인간성, 감정들, 꿈들과 깊은 관계가 있다. [……] 시의 가장 큰 목적은 인간의 마음과 영혼을 드높이는 것이다.

열 번째, 독창성은 전통을 포기하는 것이 아니며, 새롭다는 것이 전통과 아무런 관련이 없는 것이 아니다.

열한 번째, 아랍 시의 행은 완전한 하나의 단위이다. 따라서 아랍 시에
는 통일성이 없다.

이미 앞에서 언급되었듯이, 마지니는 대중적인 취향보다는 개인
적이고 주관적인 감정을 표출함으로써 디완 시인들 중 가장 낭만성
이 풍부한 시인으로 평가받고 있다. 이와 같은 마지니의 작품세계
는 그의 시적 견해를 통해 명백히 드러난다. 마지니는 "시는 감정이
며 느낌이다"라는 견해를 통해 대중들의 관심사에 대한 이성적이고
사색적인 접근이 아니라 시인 자신의 주관적인 감정과 느낌을 표출
하는 것이 바로 시라고 보았다. 그는 또한 "시와 시인은 당대의 거
울이다"라는 견해를 통해 시와 시인의 역할은 자신이 살고 있는 시
대와 사회에 대한 감정을 주관적으로 표현하는 것이라고 생각했다.
이것은 디완 시인들의 공통된 견해로서 슈크리나 마지니의 시가 비
관적이고 우울한 정서가 지배적이라는 사실과도 관계가 있다. 왜냐
하면 당시 이집트는 영국의 신탁통치와 민족주의운동의 갈등으로
인해 불안한 현재와 불확실한 미래에 대한 우울함과 좌절감이 팽배
한 시대였기 때문이다. 또한 이러한 견해는 하피드의 비판에서 밝
힌 것처럼 "시인은 예언자이며 시는 예언"이라는 것과도 일맥상통
한다. 즉, 시인은 고통스러워하는 대중들의 마음을 진실하게 표출하
는 예언자인 것이다.

다음으로 "운율은 시의 필수 요소이며 운율이 없으면 시가 아니다"
와 "독창성은 전통을 포기하는 것이 아니다"라는 견해는 마지니가
"영국학파"라는 명칭처럼 완전히 서구적인 경향을 가진 것이 아니라
아랍 시, 특히 독창성이 충만했던 자힐리야 시대의 시적 전통을 중요

하게 여겼다는 증거이다. 특히 마지니는 운율의 중요성을 강조한 대로 대부분의 시를 엄격한 운율이 지배하는 까시다 형식으로 지었다.

따라서 마지니는 대부분의 작품에서 운율성이 풍부한 까시다 형식을 통해 자신의 시대에 대한 주관적 감정을 표출함으로써 "감정과 운율을 연결시킨 최초의 아랍 시인"이라는 평가를 받고 있다.

(2) 하피드 이브라힘 비평

다음은 신고전 시인 하피드 이브라힘과 그의 시에 관련된 비평 부분을 「이브라힘 압드 알까디르 알마지니」에서 부분적으로 발췌, 요약한 것이다.

첫 번째, 정치시에서 시인의 역할은 언론에서 반복해 말하는 메아리보다 크지 않다. 또한 정치시는 시인을 직업에 빠지도록 강요한다. 따라서 하피드의 시는 믿을 수 있는 감정과 정서를 창조하지 못하고 있다. [······] 하피드는 언론을 언급하는 가장 유창한 혀이다. 따라서 그의 시는 진실하지 못하다. 왜냐하면 어제 칭송했던 것을 오늘은 비난하기 때문이다.

두 번째, 하피드의 시는 과장되고 시적 상상력이 부족하다.

세 번째, 시인은 예언자이며, 시는 예언이다. 그런데 하피드나 신고전 시인들에게는 이것이 없다.

네 번째, 하피드는 많은 고전 시인들의 시를 인용해 사용했는데, 이는 표절이며 그는 타고난 만성질환이 있는 사람이다.

다섯 번째, 좋은 시는 영혼에 감동을 전달하고 마음에 기록한다. 그런데 하피드의 시는 나쁘다. 왜냐하면 처음부터 끝까지 목적도 없고 목표도 없기 때문이다. 그의 말은 돈을 받고 고용되어 슬프지도 않으면서 슬픈 척하고 우는 여자의 말과 같다.

이상에서 마지니는 하피드 이브라힘이 많이 썼던 칭송시, 애도시와 같은 정치사회시(행사시)가 언론에서 보도되는 것을 메아리처럼 반복하는 것이라고 비판했다. 따라서 그의 시는 언론보도와 같기 때문에 과장되며 시적 상상력이 부족할 수밖에 없고, 장례식에 돈을 받고 고용되어 거짓 슬픔을 소리 높여 외치는 여자의 말과 같다는 것이다. 마지니는 자신의 주관적인 감정보다는 통치자나 대중들의 기호에 맞는 시를 썼던 신고전 시인들의 작품들을 영혼과 마음에 아무런 감동을 주지 못하는 나쁜 시라고 비판하였다.

한편 마지니는 하피드 이브라힘이 압바스 시대 시인들의 많은 시를 인용한 사실은 표절이며, 따라서 그는 표절을 밥 먹듯이 하는 "만성질환을 타고난 사람"이라고 비난했다. 사실 신고전 시인들에게 있어 고전 시인들의 작품 중 일부를 인용하는 일은 매우 흔한 일이었다. 고전시의 운과 율격뿐만 아니라 경우에 따라서는 주제까지도 모방하는 기법을 '무아라다'라고 하는데, 이러한 기법을 사용하는 이유는 원래의 작품들과 경쟁하거나 비교를 통해 동질성을 획득하기 위함이었다.

(3) 압드 알라흐만 슈크리 비평

다음은 디완 시인 슈크리와 그의 작품에 관련된 비평 부분을『디완』에서 부분적으로 발췌, 요약한 것이다.

첫 번째, 슈크리를 부족하게 만들고 그가 다루었던 모든 문학을 실패하게 만든 가장 큰 원인은 바로 모든 시인이 모방하고 따를 수 있는 그만의 독특한 문체가 없기 때문이다. [……] 슈크리는 대중들이 자신의 시가 부족하다고 무시하는 것에 대해 분노하고 불평하곤 했다. 그런데 슈크리는 부족함과 무관심의 원인이 무엇인지 그 비밀을 알기를 원했다면 그 치료법이 그 자신에게 숨겨져 있고 다른 사람들에게는 아무런 잘못이 없다는 것을 알았을 텐데(그러지 않았다). 대중들은 그의 시에서 빛나는 훌륭한 부분을 찾아내거나, 비어 있거나 한가한 시간을 보내고 즐기고 괴로움을 잊을 수 있는 달콤하고 즐거운 부분 또는 멋있고 우아한 부분을 찾는다. 그러나 대중들은 슈크리에게서 그들의 노래를 발견하지 못했다.

두 번째, 슈크리는 천부적인 재능도 없으면서 억지로 있는 체 꾸며대는 시인이다. 그는 자신이 새로운 경향을 추구하는 사람들 중의 한 사람이라고 믿고 있으며, 자신은 뒤처진 시인들의 어리석음과 어리석은 목표를 비판한다고 잘못 생각하고 있다. 그는 뛰어나지도 않으면서 그런 체 했으며, 최고의 시인과 작가가 되려고 한다.

세 번째, 우리는 슈크리를 미쳤다고 말하지는 않겠지만, 그가 거의 미친 상태라고 말할 수 있다. 그의 생각은 삶의 태도에 관한 것으로 가득 차 있는데, 그중에서 두려움이 그의 모든 즐거움과 휴식을 망치고 있다. 그는 음식을 먹을 때조차도 생선, 계란 등과 같은 재난으로부터 보호받고 그들과의 싸움에서 도움을 받기를 간절히 원하고 있을 정도이다.

네 번째, 슈크리의 작품 「달빛」에 대해 몇 가지 사실들을 지적하고자 한다. 어떤 시행은 그만이 이해할 수 있는 내용이다. "달빛을 볼 때마다 그의 귀에 울리는 것"이라는 구절은 어휘의 표면적 관계 외에는 큰 관계가 없다. "가장 아름다운 멜로디는 속이 텅 빈 은의 울림소리"라고 하는데 그것이 가장 아름답지는 않다. 또한 "가장 순수하고 달콤한 소리"에서 순수한 소리와 달콤한 멜로디 사이에는 상당한 차이가 있다. 순수함은 달콤한 소리의 한 요소일 뿐이다.

다섯 번째, 슈크리가 문예부흥의 가장 중요한 초석을 놓았으며, 개성

과 명성을 나타냈다고들 한다. 그러나 우리가 그들에게 화를 내는 것
은 잘못이 아니다. 아니 화낼 필요가 없다. 왜냐하면 슈크리가 자신의
개성을 드러냈다는 것을 부인하지는 않기 때문이다. 이 우상은 참으로
불쌍하다! 그 벙어리는 무엇을 말할지도 모른다. 동정론자들이 자발적
으로 그를 옹호하려 나섰다. 그런데 그들의 옹호가 우리의 비판보다
그를 더 죽이고 있다. 그들은 그를 비웃고 조롱하면서 우리가, 내가
그를 '거짓의 우상'으로 만든다고 복수를 하고 있다.

여섯 번째, 슈크리는 『고백』에 의하면, 사탄들을 오래전부터 경험하고
있었던 것 같다. "나는 어릴 때 요정들을 굳게 믿고 있었다. 나는 할머
니들에게 간청해서 요정 이야기들을 듣곤 했는데, 이 이야기들 속의 마
법과 사탄들이 온통 내 모든 정신을 사로잡았다. 한번은 우리 집 지붕
에서 사탄을 보았는데, 그의 검은색 몸이 마치 사람 같았고, 그의 몸은
무성한 머리카락 위에 떠받쳐져 있었다."

일곱 번째, 광기의 생각들, 나쁜 상상. 사탄들이 슈크리의 정신을 온통
채우고 있었던 것만은 아니다. 그 일부에는 범죄적 충동 또한 작용하고
있었다. [……] 그의 정신은 범죄와 살인에 대한 생각들로 가득 차 있
었으며, 그의 작품 속에 많은 증거가 나타나 있다. [……] 이것이 바로
그의 특성들이며, 그의 경향들이며, 그의 두려움들이며, 그의 정신 방향
들인 것이다. 그 모든 것이, 우리가 알고 사람들이 알고 있듯이, 건전
하고 올바른 본성 속에서는 익숙하지 않은 이상한 것투성이다. 우리
가 과장해서 말한다고? 아니다! 이것이 건전한 시를 쓰는 사람에게서
나올 수 있을까? 본성이 이상하고, 정신이 뒤틀려 있고, 왜곡된 시선으
로 삶을 바라보는 사람이 사물들을 얼마나 사실이 아닌 것으로, 관계들
을 정반대로 보겠습니까?

이상에서 알 수 있듯이 마지니는 본받을 수 있는 그만의 독특한
문체가 없다거나, 어떤 시행은 그만이 알 수 있는 내용이며, 어떤
때는 전혀 어울리지 않는 비유를 사용한다는 등 슈크리의 시 작품

을 비판하였다. 그러나 마지니는 작품에 대한 비평보다는 재능도 없으면서 있는 척한다거나, 거의 미친 상태라거나, 거짓의 우상이라는 등 슈크리 개인에 대한 인신공격에 비평의 초점을 맞추고 있다. 마치 마지니의 태도는 비평이라기보다는 한 개인에 대한 전쟁을 선포하는 듯한 느낌이다. 슈크리의 작품에 두려움, 우울함, 소외감, 사탄, 자살이나 살인에 대한 충동 등이 나타나 있다고 해서 시인을 광기에 가득 찬 인물로 평가하는 것은 비평가로서 객관적인 비평이라 할 수 없다. 슈크리의 비관적인 경향은 슈크리 개인만의 것이 아니라 20세기 초의 이집트를 살아가는, 마지니를 포함한 모든 이집트 젊은이들의 좌절, 불안, 소외, 패배감의 표출인 것이다. 또한 마지니는 시인의 오류나 실수를 비평하면서 작품 전체보다는 자신이 비판하고자 하는 내용과 부합하는 부분 부분들을 여기저기서 발췌하여 사용함으로써 하나의 작품 전체를 평가하지 않았다.

무엇보다 마지니는 하피드와 슈크리의 표절과 실수들을 "만성질환자"나 "거짓들의 우상"이라고 비판하였지만 자신 스스로도 표절의 굴레 속에서 자유롭지 못하였다. 마지니는 슈크리의 표절 지적에 대해, 자신의 잘못은 방대한 독서와 허약한 기억력으로 인해 무의식중에 일어난 일이라고 변명하였으며, 표절로 여겨지고 있는 모든 시를 포기할 준비가 되어 있음을 밝혔다. 그는 자신의 시는 전적으로 독서를 통한 학습에 의존하고 있어서 영혼을 제대로 묘사하고 표현하지 못했으며, 또한 자신은 다른 작가들의 눈과 신경을 통해서만 삶과 인생을 보았기 때문에 삶에 대한 스스로의 지식도 느낌도 경험도 없으며, 결국 자신이 읽었던 것들의 모음일 뿐이라고 고백하였다. 이후 마지니는 시작 활동을 거의 중단하고, 산문작가로 전환하였다.

이상에서 살펴본 대로, 마지니는 시와 시인에 대한 다양한 견해들을 제시하였지만 하피드 이브라힘과 슈크리를 비평하는 데 있어 가장 큰 기준으로 삼았던 것은 바로 '진실성' 문제이다. 즉, 시인이 자신의 감정과 정서를 얼마나 진실하게 표현하느냐의 문제인 것이다. 마지니는 하피드가 압바스 시대 시인들을 표절하고, 슈크리가 압바스 시대 시인들과 서구의 낭만주의 시인들을 표절함으로써 진실하지 못하다는 이유를 들어 하피드와 슈크리를 공격하고 그들의 시를 부정하였으나, 결국에는 자신과 자신의 시 또한 부정하기에 이르렀다. 마지니 스스로도 슈크리를 비난한 것과 같은 표절의 문제를 극복하지 못함으로써 끝내 시 쓰기를 중단할 수밖에 없었던 것이다.

3) 주제 및 형식의 특성

여기에서는 마지니의 대표작들을 선별한 『압드 알까디르 알마지니 시선집』(이하 『마지니 시선집』)에 수록된 작품들을 주제, 형식, 운율 등으로 구분해 분석할 것이다. 특히 이렇게 작품의 내용과 형식을 구분해 구체적으로 분석하는 이유는 마지니를 포함한 디완 시인들의 가장 큰 특성인 낭만적 주제와 고전적 형식 사이의 갈등을 명확히 파악할 수 있기 때문이다. 주제와 형식의 갈등을 면밀히 살펴봄으로써 마지니의 가장 큰 특징으로 여겨지고 있는 낭만성의 문

제뿐만 아니라, 시인의 문학적 갈등과 문학사적 역할을 보다 명확
히 가늠할 수 있을 것이다.

순번	제목	주제	형식	운	비고
1	숭배 받는 목동	묘사	까시다	단일 운 /āni/	제임스 러셀 로웰(1819~1891)의 일부 시 구절 번역과 작시. 3연(8/10/14)
2	장미는 메신저	묘사	까시다	단일 운 /am/	존 웰즈(?~1676)의 일부 시 구절 번역과 작시. 2연(13/1)
3	인생의 강	묘사	단시	단일 운 /ri/	윌리엄 모리스(1834~1896)의 「고단한 강」 번역. 10행
4	셰익스피어를 위해	묘사	단시	단일 운 /di/	4행
5	이브와 거울	묘사	무운시		존 밀턴(1608~1674)의 『실낙원』 번역
6	우마르 카이얌의 루바이야트 중에서	묘사	유절시	1연 /nā/, 2연 /ḥa/, 3연/an/	1연은 2반행, 2연은 2반행 아님, 3연은 2반행. 3연(4/6/4)
7	나는 매일 불평을 한다	묘사	까시다	단일 운 /āt/	
8	그렇지만	묘사	까시다	단일 운 /ib/	
9	바다 처녀들의 노래	묘사	유절시	1연/ib/, 2연/id/, 3연/ir/	무왓샤하트 변이형
10	바다와 어둠	묘사	까시다	단일 운 /im/	
11	밀담(密談)에서	묘사	까시다	단일 운 /ina/	
12	살아 있는 과거	묘사	까시다	단일 운 /al/	
13	사랑의 철학	묘사	까시다	단일 운 /id/	
14	거짓 속의 진실	묘사	까시다	단일 운 /ad/	
15	소외	묘사	까시다	단일 운 /ir/	
16	얻음과 잃음	묘사	까시다	단일 운 /ā'/	
17	지식을 향한 영혼의 갈증	묘사	까시다	단일 운 /āni/	
18	운명의 혀에게	묘사	단시	단일 운 /ib/	5행

19	운명들	묘사	까시다	단일 운 /āb/	
20	사랑의 치유	사랑	까시다	단일 운 /iʾ/	
21	사랑의 귀환	사랑	까시다	단일 운 /um/	
22	절대 비난하지 말자	묘사	까시다	단일 운 /āb/	
23	사랑하는 이, 사랑 받는 이	사랑	까시다	단일 운 /in/	
24	인간과 속임수	묘사	단시	단일 운 /im/	6행
25	어제의 시체에 붙어 있는 과거의 유령들	묘사	유절시	1연/an/, 2연/ur/, 3연/āḥ/	3연(3/2/2)
26	사랑의 마법	사랑	까시다	단일 운 /ir/	
27	새로운 가시	묘사	까시다	단일 운 /id/	
28	상상의 피조물	묘사	까시다	단일 운 /ir/	
29	죽어가는 시인	묘사	까시다	단일 운 /iyā/	
30	어둠의 생각들	묘사	까시다	단일 운 /lā/	
31	시인들의 위로	묘사	단시	단일 운 /if/	
32	미움 또는 사랑의 꽃	사랑	까시다	단일 운 /im/	
33	영혼의 대답	묘사	단시	단일 운 /ib/	9행
34	오래된 동풍을 위해	묘사	까시다	단일 운 /āt/	
35	사랑하는 이의 경고	사랑	까시다	단일 운 /ad/	
36	인생의 즐거움과 헛됨	묘사	까시다	단일 운 /ad/	
37	젊음이의 꿈	애도	유절시	1연/am/, 2연/ā/, 3연/im/, 4연/ā/	무왓샤하트/친구의 딸 죽음에 대한 애도
38	시인	묘사	까시다	단일 운 /im/	
39	악까드에게	묘사	단시	단일 운 /ār/	6행
40	친구에게	묘사	단시	단일 운 /iq/	10행
41	겨울찬가	묘사	까시다	단일 운 /bā/	
42	가장 낮은 것과 가장 높은 것	묘사	까시다	단일 운 /āl/	
43	행운의 밀담	묘사	까시다	단일 운 /āni/	
44	죽어가는 꽃들	묘사	까시다	단일 운 /ir/	
45	바위 꽃	묘사	까시다	단일 운 /ri/	
46	가시관	묘사	까시다	단일 운 /il/	
47	죽음은 생명의 열매	애도	까시다	단일 운 /im/	친구의 죽음에 대한 애도

48	삶의 잔인함	묘사	단시	단일 운 /aq/	10행
49	어린 시절	묘사	까시다	단일 운 /iyā/	
50	잠자는 세상과 깨어 있는 세상	묘사	까시다	단일 운 /ā/	
51	거만한 미인에게	묘사	단시	단일 운 /lā/	두 번째 반행이 하나의 시행으로 변형됨/6행
52	애정 어린 시선	묘사	단시	단일 운 /na/	7행
53	시드끼에게	묘사	까시다	단일 운 /rā/	
54	시와 바람	묘사	단시	단일 운 /af/	6행
55	애도에서	애도	까시다	단일 운 /id/	자신에 대한 애도
56	비난 속에서	묘사	단시	단일 운 /inā/	8행
57	눈먼 가잘	묘사	까시다	단일 운 /in/	
58	밤	묘사	까시다	단일 운 /ām/	
59	이성과 죽음	묘사	단시	단일 운 /r/	4행
60	밤과 근심	묘사	단시	단일 운 /d/	4행
61	심장	묘사	단시	단일 운 /ā/	2행
62	마법에 걸린 뱃사람	묘사	단시	단일 운 /ir/	4행
63	마음의 두려움들	묘사	단시	단일 운 /d/	5행
64	삶의 수확	묘사	까시다	단일 운 /ar/	
65	무함마드와 앗주즈 또는 알마우시얀	묘사	까시다	단일 운 /ra/	
66	어머니	묘사	단시	단일 운 /tā/	4행
67	죽은 자와 산 자	묘사	단시	단일 운 /rh/	5행
68	사랑의 합의	사랑	유절시	복수 운	12행의 2행 연구 (행마다 운이 다름)69도둑묘사 까시다 단일 운 /ir/
70	죽음 속의 생각들	묘사	유절시	1연/mak/ 2연 /id/, 3연/im/	3연(3/7/10)
71	친구에게	축하	단시	단일 운 /ra/	7행
72	나의 딸을 애도하며	애도	단시	단일 운 /ib/	2행
73	내일	묘사	까시다	단일 운 /ib/	
74	불면의 생각들	묘사	까시다	단일 운 /ād/	
75	시인의 충고	충고	까시다	단일 운 /ir/	
76	두려움	묘사	단시	단일 운 /il/	4행
77	나에겐 있었다	묘사	단시	단일 운 /mā/	4행
78	인생에 잠시 멈추어	묘사	단시	복수 운	/r/와 /d/가 번갈아 옴

79	시인이 자신의 시를 낭송함	묘사	단시	복수 운	8행 중 5행은 /ib/, 3행은 /ud/, 8행
80	악까드에게	위로	단시	단일 운 /id/	4행
81	날개 부러진 독수리	묘사	단시	단일 운 /ib/	8행
82	사자같이 용맹한 당나귀들	묘사	까시다	단일 운 /ā'/	어휘와 행들의 생략 표시 사용
83	망각의 컵	묘사	까시다	단일 운 /ri/	
84	순박한 여자	묘사	까시다	단일 운 /um/	마지막 행은 행의 분리가 없음
85	타국의 순교자들	묘사	까시다	단일 운 /ri/	
86	너의 엄마 어디 있니	묘사	유절시	복수 운	무왓샤하트의 변이형, 2반행이 없음
87	악까드에게	묘사	까시다	단일 운 /āb/	
88	순교자인 국민당 지도자 무함마드 벡 파리드 애도	애도	까시다	단일 운 /ād/	사회 지도자에 대한 애도
89	밤과 낮	묘사	유절시	복수 운	7연의 6행 연구, 2반행이 없음
90	운명과 인생	묘사	까시다	단일 운 /āh/	
91	영웅의 인사	축하	까시다	단일 운 /na/	사아드 자글룰의 귀환을 축하
92	투쟁	묘사	까시다	단일 운 /ā'/	
93	밀담에서	묘사	까시다	단일 운 /na/	10행
94	내 얼굴을 봐	풍자	단시	단일 운 /na/	시인 자신에 대한 풍자
95	친구에게	묘사	까시다	단일 운 /ib/	

(1) 주제의 특성

마지니는 디완 시인들 중 가장 낭만적인 인물로 평가되고 있다. 전체 작품들 중 단지 몇 편만이 대중적 경향의 주제를 다루고 있고, 대부분의 작품은 낭만적인 분위기를 자아내며 세상, 인생, 시대에 대한 불만을 토로하고 있다. 따라서 마지니의 대부분의 시는 낭만성이 짙은 주관적인 시가 주종을 이루고 있다고 할 수 있다.

마지니의 주관적 경향은 『마지니 시선집』의 분석을 통해 명백히 드러난다. 총 95편의 시 작품들 중 대중적 행사시는 2편에 불과하다. 1편은 당시 이집트의 국민당 지도자인 무함마드 파리드에 대한 애도시이며, 다른 1편은 정치 지도자인 사아드 자글룰의 귀환을 환영하는 축하시이다. 그 외 93편은 사랑시 7편, 애도시 4편, 축하시 1편, 충고시 1편, 위로시 1편, 풍자시 1편, 묘사시 78편이다. 이들 93편의 시 모두는 각각의 상황에 대한 시인 자신의 주관적인 감정이 표출된 것이다. 78편으로 가장 많은 비율을 차지하고 있는 묘사시는 바다, 바람, 밤과 낮 같은 자연과 사랑, 미움, 진실, 거짓, 운명, 희망 등과 같은 삶의 다양한 양상뿐만 아니라 소외나 두려움 같은 암울한 시대적 상황들을 주관적으로 그려내었다.

특히, 『마지니 시선집』에는 「죽어 가는 시인」, 「죽어 가는 꽃들」, 「죽음은 생명의 열매」, 「이성과 죽음」, 「죽은 자와 산 자」, 「죽음 속의 생각들」 등과 같이 '죽음'이란 소재를 사용한 많은 작품이 실려 있다. '죽음'은 그에게 있어 절망감, 상실감, 소외감에 대한 구원이며 정신적 방황의 돌파구인 것이다. 즉, 그에게 '죽음'은 죽음 그 자체가 아니라, 죽음 뒤에 오는 구원에 대한 강력한 희망인 것이다. 따라서 시인은 치유되지 못할 삶의 병보다는 차라리 죽음을 택하여 자신의 모든 고통을 잊기 위해 무덤을 끌어안는다.

죽음에 대한 마지니의 생각은 디완 시인들에게서 공통적으로 나타나고 있는 '시는 예언이며 시인은 예언자'라는 이미지와 관계가 있다. 더 이상 시인은 시대의 고통을 객관적으로 이야기하는 대중의 대변인이 아니다. 시인 자신이 직접 겪고 있는 슬픔과 고통을 진솔하게 표출함으로써 다른 이들과 함께 공감하는 고통받는 예언자인 것이다. 그들에게 죽음은 자신과 시대의 고통을 끝내는 종점이며, 동시에 새로운 희망을 잉태하는 시발점인 것이다.

한편 마지니는 1913년에 자신의 첫 시집 『마지니 시선』을 발표하였는데, 이 시집에는 신고전과 낭만의 과도기적인 작품들이 상당수 수록되어 있다. 즉, 고전적인 작품들과 마지니 자신이 시제 아래에 설명 문구를 통해 밝힌 바 있듯이 영국이나 미국의 낭만주의 시인들의 시 작품을 번역하거나 개작한 작품들이 뒤섞여 있다. 이후 1917년 마지니는 첫 번째 시집과 동일한 제목을 가진 두 번째 시집을 발표하였는데, 이는 첫 번째 시집의 증보판으로서 일부 자연시가 포함되어 있지만 대부분이 전통적인 경향의 시 작품들로 구성되어 있다.

특히 마지니는 우마르 카이얌의 루바이야트에 대한 에드워드 피츠제럴드(1809~1883) 번역을 재번역하기도 하였다. 그 외에도 제임스 러셀 로웰(1819~1891), 존 웰즈, 윌리엄 모리스(1834~1896), 셰익스피어, 존 밀턴의 시를 번역하였다.

피츠제럴드

러셀 로웰

윌리엄 모리스

위에서 분석한 『마지니 시선집』에는 아랍 고전시와 서구 낭만주의 작품의 일부를 번역하거나 개작한 5편의 시가 실려 있다. 「우마르 카이얌의 루바이야트 중에서」는 아랍 고전 시인 우마르 카이얌의 4행시 루바이야트를 완성한 영국 시인 피츠제럴드의 『루바이야트』의 일부를 번역한 것이다.

2편은 개작한 작품으로서 「숭배받는 목동」은 제임스 러셀 로웰의 작품에서, 「장미는 메신저」는 웰즈의 작품에서 일부를 번역하고 나머지 부분은 시인 자신이 작시한 것이다.

특히 「숭배받는 목동」은 신고전 시인들에게서는 찾아볼 수 없는 신화와 관련된 작품이다. 이 시는 마지니가 로웰의 원작시 「목동과 아드메토스 왕」의 일부 구절들을 번역하고 나머지 부분은 시인이 직접 작시한 것으로, 번역과 창작의 혼합물이다. 마지니는 원작의 특성을 변화시키지 않는 범위 내에서 원작의 의미를 더욱더 확장시켰으며, 그리스신화 그 자체보다는 로웰의 원작에 더 많은 영향을 받았다. 이러한 작업을 일부 비평가는 '아랍화'라는 명칭을 사용하였지만, 슈크리는 이를 표절이라고 주장했다.

> *청춘의 시기에 인류로부터 온 놀라운*
> *행운이 대지를 뒤덮었다*
> 마치 봄 같은 얼굴을 한 땅이 그것을 길들인다
> 약한 산들바람처럼 그것을 보호한다
> *그에게 있는 건 갈증, 쟁기질 농사일*
> *그의 두 손엔 노력도 인내도 없다*
> 그는 노래로 여행을 보낸다
> 행운의 표식인 가젤들이 청중들이 된다

독수리들이 가옥들 사이를 에워싸고 있다
그곳은 독수리들의 공격으로부터 안전하다
독사들이 노래를 들으며 바라본다
두 계곡의 늑대들이 귀를 기울인다
모든 눈이 그 훌륭함 때문에
눈물을 흘린다
그에게는 영혼이 밤을 지새울 수 있는
불꽃의 이빨처럼 튀어 오르는 매력이 있다

위의 작품에서 이탤릭체로 된 시행들이 로웰의 원작시를 번역한
것이다. 전체 32행의 시행들 중 10행이 번역 시행들이며, 제1연에
는 4행의 번역 시행들이 사용되고 있다.

나머지 다른 2편은 번역 작품인데, 「인생의 강」은 영국의 작가이
며 건축가였던 윌리엄 모리스의 작품 일부를, 「이브와 거울」은 존
밀턴의 『실낙원』 일부를 번역한 것이다. 다음은 「이브와 거울」의
일부이다.

난 네가 운명의 침실로부터 나를 깨웠던
그날을 잊을 수 없다, 그 훌륭함을 잊을 수 없다
그림자 속에서 꽃이 미소 짓고 있는
무성한 수풀 아래서 한 잠꾸러기가 나를 발견했지
나는 어디에 있었으며 누구인지 스스로에게 자문한다
나는 바라보고 응시하는 것이 너무 좋다
차가운 바람이 월계수의 심장들을 화나게 만들었다
반짝거리는 물이 그의 침대들을 뒤덮었다 [······]

이상에서 언급한 5편의 작품에서 마지니는 일부 시행 또는 일정한 부분을 번역한 출처를 시의 제목 아래에 밝히고 있는데, 이는 슈크리에 의해 표절로 지적되는 근거가 되었다.

또한 마지니는 자연에 대한 여러 편의 작품을 썼는데, 자연은 매우 낭만성이 짙은 주제이다. 일반적으로 고전 시인들은 자연에 대한 묘사를 도입부에서 본 주제로 넘어가는 이행부에서 잠깐 다루었으며, 주로 자연에 대한 사실적인 묘사에 치중했다. 반면에 낭만주의 시인들은 자연 현상에 대한 객관적인 묘사보다는 자연을 통해 시인 자신의 상황을 표출하는 '객관적 상관물'로 이용하였다. 즉, 자연이 곧 시인이며, 시인이 곧 자연의 상태가 되는 매우 주관적인 자연인 것이다. 『마지니 시선집』에도 「바다와 어둠」, 「새로운 가시」, 「미움 또는 사랑의 꽃」, 「오래된 동풍을 위해」, 「겨울 찬가」, 「죽어가는 꽃」, 「날개 부러진 독수리」, 「사자같이 용맹한 당나귀들」, 「밤과 낮」 등과 같은 여러 편의 자연시가 포함되어 있다.

한편 마지니는 다른 디완 시인들과 동일한 주제를 많이 다루었다. 공통점이 많은 이유는 "예술은 시대정신을 표출해야만 한다"는 디완 시인들의 신념에서 비롯되고 있다. 즉, 그들이 전통과 서구의 틈새 속에서 겪었던 혼란스러움과 좌절과 방황을 주로 영국 낭만주의 시인들이 사용했던 자연과 죽음을 통해 표출하였기 때문이다.

디완 시인들이 활동했던 19세기 말과 20세기 초의 이집트는 영국에 의한 신탁통치 시기로서, 거침없이 밀려드는 서구 기독교문화에 대한 아랍 민족주의와 이슬람주의의 저항이 충돌하는 격변의 세월이었다. 따라서 이들 디완 시인들은 한 치 앞을 예측할 수 없는

불안한 시대적 상황을 지켜보며 정치적 불안감, 사회로부터의 소외
감, 경직된 전통에 대한 반항감 등으로 고통받았다.

따라서 『마지니 시선집』은 시인 자신이 직면했던 불행한 시대를
살아가면서 겪었던 다양한 경험들로 가득 차 있다. 그는 「나는 매
일 불평을 한다」, 「소외」, 「죽어 가는 시인」, 「삶의 잔인함」, 「마음
의 두려움들」, 「두려움」, 「타국의 순교자들」, 「운명과 인생」, 「투쟁」
등의 작품들을 통해 자신의 불평, 두려움, 소외감 등을 토로하였다.

그 외에도 마지니는 해학적이고 풍자적인 작품을 많이 씀으로써
디완 그룹의 다른 시인들과 구별되고 있으며, 자타에 의해 "풍자시
인"으로 불리고 있다. 특히 그는 여러 작품에서 자신의 신체적인 결
함을 풍자의 대상으로 삼기도 했다. 그는 매우 비쩍 말랐으며, 다리
를 절었는데, 작품 「내 얼굴을 봐」에서는 자신의 얼굴을 다음과 같
이 조롱하였다.

저주스럽고 혐오스러운 나의 얼굴을 보시오
그리고 당신의 아름다운 얼굴을 찬미하시오
알라께서 나를 이렇게 창조한 것은
조롱거리로 만들려는 바람이라고 생각합니다
내가 만일 사람들의 신이라면
나 자신이 최초의 불신자가 되었을 것입니다
아니 오히려 나는 내가 창조한 이에게
복종할 것입니다
마치 제우스가 영리한 신에게 복종한 것처럼 [……]

(2) 형식의 특성

『마지니 시선집』에 있는 전체 작품들을 형식의 측면에서 분석해 보면 전체 95개의 작품들 중 무운시 1편, 유절시 8편, 단시 30편, 까시다 57편으로 구성되어 있다.

이를 운을 기준으로 해 좀 더 자세히 살펴보면, 1편의 무운시에는 당연히 뚜렷한 운이 없으며, 연(절)의 구분이 있는 8편의 유절시 모두는 연마다 다른 운을 가지고 있다. 30편의 단시 중에서는 2편이 복수 운을 가지고 있으며, 나머지는 모두 단일 운을 사용하고 있다. 57편의 까시다는 모두 단일 운을 가지고 있다. 까시다의 중요한 요소 중 하나인 2반행 시행에 대해서는, 총 95편의 작품들 중 부분 또는 전체적으로 2반행의 구분이 없는 경우는 4편에 불과하다. 따라서 1편의 무운시를 제외한 94편의 작품들이 하나나 그 이상의 운과 2반행을 가지고 있다는 것을 알 수 있으며, 이는 마지니가 "운율은 시의 필수적인 부분"이라는 자신의 주장을 작품을 통해 실천하려고 노력하였다는 뚜렷한 증거라 할 수 있다.

좀 더 세부적으로 살펴보면, 마지니는 95편의 작품들 중 4편의 낭만주의 작품들과 1편의 고전 아랍 시의 영어본으로부터 일부 시행 또는 일정한 부분을 무운시, 유절시, 단시 형태로 번역하였다. 첫째, 「숭배받는 목동」은 3연으로 된 유절시 형태인데, 전체 32행 중 10행이 제임스 러셀 로웰의 시를 번역한 부분이며 나머지 부분은 자신이 작시한 것이다. 둘째, 「장미는 메신저」는 2연으로 된 유절시 형태이며, 전체 13행 중 3행이 존 웰즈의 시를 번역한 부분이고 나머지는 시인 자신이 쓴 부분이다. 셋째, 「인생의 강」은 총 10

행의 단시 형태이며, 전체 시행이 윌리엄 모리스의 작품을 번역한 것이다. 넷째, 「이브와 거울」은 전체 15행의 무운시 형태이며, 전체 시행이 존 밀턴의 『실낙원』 중 일부를 번역한 것이다. 다섯째, 「우마르 카이얌의 루바이야트 중에서」는 3연으로 된 유절시 형태이며, 1연과 2연은 2반행이 있는 루바이야트 형태인 데 반해 2연은 반행이 없는 단일 운의 6행시이다.

이상에서 본 것처럼 마니지는 존 밀턴의 『실낙원』 중 일부를 무운시 형태로 번역하였지만, 디완 그룹의 동료 시인인 슈크리가 여러 편의 무운시를 쓴 데 반해, 무운시 실험에 큰 관심을 두지 않았다. 이는 운율을 시의 필수적인 부분이라고 보았던 마지니의 주장과 일치하는 부분이다. 그는 일부 시인들에 의헤 실험되고 있던 신문시와 시의 운율성에 대해, "시에 운율이 불필요하다고 생각하는 많은 사람이 있는데 이는 매우 무지한 일이며 큰 문제이다. 그들은 어리석게도 산문시를 새롭고 훌륭한 시라고 생각한다"며 운율을 배제하는 산문시를 비판하였다.

또한 마지니는 5편의 번역시들 중 3편을 유절시 형태로 번역했다. 유절시는 칼릴 무뜨란에 이어 디완 그룹에 의해 본격적으로 실험되었다. 디완 시인들 중 마지니는 시집 『알마지니』(1913)에서 13개의 유절시를, 악까드는 시집 『알악까드』(1928)에서 13개의 유절시를 썼으나, 슈크리는 한 편의 유절시도 쓰지 않았다. 즉, 이들은 "영국학파"라는 명칭에 걸맞게 유절시의 사용보다는 영국시의 직접 수용을 통해 시의 혁신을 이루고자 하였다. 대부분의 유절시 형태는 운율의 기본인 운과 2반행을 가지고 있다는 점에서 까시다의 변이형이라 할 수 있다. 따라서 디완 시인들은 유절시가 까시다의 변이형이라는 점 때문에 새로운 주제들과 사상들을 표현하는 도구로서 사용하지 않는 것이 오히려 현대적인 경향을 수용하기 위한 준비라고 여겼던 것이다.

한편『마지니 시선집』에 실려 있는 95편의 작품들 중 30편이 단시 형태라는 사실에서 마지니의 단시에 대한 관심을 확인할 수 있다. 마지니의 단시들은 4행시와 6행시가 가장 많으며, 2행시, 5행시, 7행시, 8행시, 9행시, 10행시들도 골고루 분포되어 있다. 주목할 점은 장편 까시다 형식을 중시하던 신고전 시인들에게서는 10행 미만의 단시들을 발견할 수 없다는 점에서, 단시는 시 형식 혁신에 대한 또 다른 증거라 할 수 있다. 왜냐하면 단시 형식은 장시인 까시다의 길이에 대한 규범을 탈피하는 것이기 때문이다. 그러나『마지니 시선집』에 제시된 대부분의 단시가 2반행과 단일한 운율체계를 가지고 있다는 점에서 까시다로부터의 완전한 탈피라기보다는 길이의 부담감에서 탈피하려는 하나의 시도로 볼 수 있다.

4) 맺음말

마지니는, 고전시의 부흥이 거침없이 몰려오는 서구문학에 저항하는 최상의 방법이라 여겼던 신고전주의가 여전한 힘을 과시하고 있던 20세기 초의 아랍 세계에 낭만주의를 소개하고 정착시키려 노력했던 디완 시인들 중의 한 사람이다. 특히 그는 대부분의 작품을 대중적 경향의 신고전적 주제를 탈피해 시인 개인의 주관적인 감정을 진솔하게 표출함으로써 디완 시인들 중 가장 낭만성이 충만한 시인으로 여겨졌다.

비평가로서, 마지니는 시와 시인에 대한 다양한 견해를 밝혔으며, 또한 신고전주의의 대표 시인인 하피드 이브라힘과 동료 시인인 슈크리에 대한 비평을 발표하였다. 우선 디완 시인으로서 마지니가 작품을 통해 실천하고자 노력했던 주요한 시적 견해로는 '시는 이성이 아니라 감정이며, 생각이 아니라 느낌이라는 것과 운율은 시의 필수 요소이며, 운율이 없으면 시가 아니다'라는 주장이다. 마지니는 대부분의 작품에서 시인 자신의 주관적인 감정을 운율성이 충만한 까시다, 유절시, 단시 형식을 통해 표출함으로써 이 두 가지 견해를 실제 작품을 통해 실천하였다. 다음으로 하피드의 시는 주관적인 감정이 결여되었으며, 슈크리의 시는 그만의 독창적인 문체가 없다고 비평하였다. 그러나 두 시인에 대한 마지니의 비평은 작품에 대한 것보다는 두 시인의 고전시 또는 서구시 인용, 번역, 표절에 대해 만성질환이 있는 이(하피드)나 거의 미친 거짓들의 우상(슈크리)이라는 인신공격으로 치우친 감이 크다.

시인으로서, 마지니는 대부분의 작품에서 시인 자신의 개인적이고 주관적인 감정을 까시다 형식을 통해 표출하였다. 주제의 측면에서『마지니 시선집』을 분석한 결과, 95편의 작품들 중 정치 지도자에 대한 애도시 1편과 축하시 1편을 제외한 나머지 93편은 사랑시, 애도시, 축하시, 충고시, 위로시, 풍자시, 묘사시이다. 이들 93편의 작품들 모두는 각각의 상황에 대한 시인 자신의 주관적인 감정이 표출된 것이다. 형식의 측면에서 볼 때, 마지니는 전체 95개의 작품들 중 무운시 1편, 유절시 8편, 단시 30편, 까시다 57편을 작시했다. 즉, 마니지는 무운시, 유절시, 단시와 같은 시 형태 실험을 통해 까시다의 엄격한 정형성을 탈피하려 시도하였으나, 대부분의 작품을 2반행, 단일 율격, 단일 운의 까시다 형식을 사용함으로써 그의 시 형식 실험은 그리 성공적이지는 못하였다.

그러나 문학사적인 측면에서 볼 때, 마지니는 신고전주의를 탈피해 현대 아랍 자유시를 형성하는 과정에 상당한 기여를 한 것으로 평가된다. 첫째, 현대 아랍 자유시가 시인의 주관적인 감정의 표출이고, 마니지가 대부분의 작품에 주관적인 감정을 담았다는 점이다. 이는 마지니가 대중적이고 객관적인 경향의 신고전주의를 탈피해 자유시를 향해 한 걸음 다가가고 있다는 증거라 할 수 있다. 둘째, 신고전주의와의 차별성은 신화 사용에서도 나타난다. 비록 마지니가 1편의 작품에서 간접적으로 그리스신화를 다루고 있지만, 현대 자유시를 주도했던 시인들이 바로 신화적 모티브를 주로 사용했던 '탐무즈 시인들'이라는 점에서 의의가 크다. 셋째, 형식적인 측면에서도 무운시, 유절시, 단시와 같은 시 형식들의 사용 비중을 늘림으로써 까시다가 자유시 형태로 변해가는 데 과도기적인 역할을 한 것으로 평가된다. 넷째, 마지니의 모든 시가 뚜렷한 제목을 가지고 있다는 사실이다. 이는 대부분의 작품에 제목을 붙이지 않았던 신고전주의 시와는 차별되는 부분이며, 동시에 반드시 제목을 붙이는 자유시 시인들과는 일치하는 부분이다.

4. 압바스 마흐무드 알악까드

1) 머리말[7]

압바스 마흐무드 알악까드(이하 악까드)는 비평가, 시인, 소설가로서 디완 시인들 중 가장 정력적인 작품 활동을 한 인물이었다. 다재다능한 문학가였던 그는 10권의 시집 외에도 10여 권의 수필집, 다양한 내용들을 다룬 70여 권의 작품들, 1권의 소설, 10여 권에 달하는 편집, 공동연구, 명시선집 등 총 100여 권의 방대한 저술들을 발표했다. 특히 그는 신고전주의를 파괴하고 전통주의에 대항하는 새로운 비평이론을 소개하는 등 디완 그룹의 문학 활동에 대한 대변인의 역할을 담당하였다.

악까드에 대한 비평가들의 평가는 긍정적인 면과 부정적인 면이 교차하고 있다. 악까드는 "추종자들을 확보한 현대 이집트 시인, 천재 문학자, 위대한 시인, 새로운 학파의 지도자"라는 긍정적인 평가를 받는다. 또한 그는 "영시와 아랍 시의 표절자, 철학적 시인이 되기 위해 자신의 감각적인 본능을 위반했던 시인, 그의 시는 시와는 아무런 관련이 없는 작품"이라는 등과 같은 부정적인 평가 또한 공존하고 있다.

---

7) 이 글은 2010년도에 『지중해지역연구』 제12-1호에 게재되었으며, 일반 독자들을 위하여 일부 내용을 수정, 보완하였다.

그렇다면 악까드는 독창적인 시학파를 창설한 인물일까? 아니면 단순히 영시나 아랍 시의 표절자일까? 여기에 대한 해답은 아랍 시 문학상에 나타나고 있는 악까드의 작가적 위상을 비평과 작품의 전체적인 맥락에서 고찰해보면 알 수 있을 것이다. 이에 우선 아랍 시와 시인 전반에 대한 견해를 살펴보고, 특히 신고전주의 대표 시인인 아흐마드 샤우끼에 대한 비평적 견해들을 고찰할 것이다. 다음으로는 10권에 달하는 그의 각 시집에 대한 주제 및 형식의 특성을 개괄적으로 살펴볼 것이다. 또한 이러한 기초적인 자료를 바탕으로 악까드의 작품세계를 주제와 형식으로 구분한 다음, 주제적 특성을 다시 대중적인 주제와 주관적인 주제로 세분할 것이다. 형식의 측면에서는 그의 전 작품에 걸쳐서 나타나고 있는 다양한 시 형식들을 검토할 것이다. 이러한 종합적인 과정을 통해 디완 그룹의 대변인으로 통했던 악까드가 신고전주의를 탈피해 낭만주의로 넘어가는 과정에서 어떠한 역할을 했으며, 더 나아가 현대 아랍 자유시의 형성에 어떠한 기여를 했는지를 가늠해볼 것이다.

2) 생애 및 작품 활동

악까드는 1889년 이집트 아스완에서 태어났으며, 공문서 보관원이었던 부친으로부터 엄격한 종교 교육을 받고 자랐다. 악까드가 후일 자신의 배경을 근대주의적 성향을 가질 수 없었던 정통 무슬림이며 민족주의자였다고 말할 정도였다. 소년기에는 많은 문학작품과 시를 읽었으며, 영국 작가인 칼라일(1795~1881)을 접하기도 하였는데, 이는 이후 이슬람의 위대한 인물들을 시리즈로 다룬『위인들』을 쓰는 데 영감을 주었다.

1903년 아스완에서 초등학교를 졸업한 이후 더 이상의 교육을 받지 못한 악까드는 전형적인 독학자로 알려져 있다. 그의 짧은 교육 경력은 이후 유럽 유학 장학금 신청에 탈락하는 직접적인 원인이 되었으나, 수많은 분야에 대한 방대한 저술 활동을 향한 자극과 반작용으로 나타났다. 그는 16살 때 직업을 구하기 위해 고향인 아스완을 떠났으며 까나시 시청의 계약직 사원으로 근무하였고, 이후 전근되어 샤르키야 주의 주도였던 자가지그에서 일했다. 이 기간 동안 악까드는 카이로에 있는 여러 신문과 잡지에 글을 발표하기 시작했다.

1907년에 새로 창간된 신문인『헌법』의 편집장으로 초청되었고 문화적·문학적 주제의 많은 글을 발표할 기회를 잡으면서 활력적인 문학 활동을 전개하였다. 이 신문은 민족지도자인 무스타파 카밀과 국민의 대변지였다. 그는「반쪽 무슬림」이라는 여성의 지위에 관한 글과 아부 알알라 알마아르리나 이븐 알루미와 같은 고전 아랍문학의 대가들에 관한 연재 소고를 발표하기도 하였다.

이 무렵 악까드는 이슬람 세계와 아랍국가들의 통합을 목표로 하는 범이슬람주의 사상으로부터 탈피하였으며, 이후 이집트 민족주의자로 부각되는 사아드 자글룰을 찬양하였다. 이와 때를 같이하여 오랫동안 주창해왔던 반군주제의 첫 신호로서 케디브 압바스 2세를 비난하는 기사를『소식들』에 기고하였으며, 이집트 기독교인들에 대한 비난의 글을 발표하기도 하였다.

1909년 초에 악까드는 신문『헌법』발행이 중단되자 실직자가 되어 아스완으로 돌아왔다. 2년 뒤인 1911년에 그는 다시 카이로로 돌아와『바얀』지와『우카즈』등의 잡지들에 글을 기고하였다. 이때 실직자로 보냈던 2년 동안 아스완에서 쓴 일기를 발췌하여『일기 발췌록』을 발표하였는데, 여기에는 이전에 보이지 않았던 영문학에 대한 관심이 나타나고 있다. 이 시절 악까드는 정부의 한 부서에서 공무원으로 일했으며, 디완 그룹 동료인 마지니를 만났다. 또한 1912년에는 마지니로부터 슈크리를 소개받았다. 1914년경에는 공무원직을 그만두고 잠시 신문『후원』의 편집장을 지내기도 했다. 제1차 세계대전 이후에는 카이로에서 프리랜서로 일하다 알렉산드리아의 신문인『아할리』에서 일했으며, 1919년에는 사아드 자글룰을 지지하던『아흐람』으로 자리를 옮겼다. 1921년에는 정신이상 증상으로 아스완으로 돌아와 요양을 했으며, 이후 다시 카이로로 돌아와 국민당 계열인『수사』의 편집장으로 일했다.

이렇듯 다양한 저널리스트로서의 경력을 바탕으로 악까드는 정치계에 투신하였으며, 1925년 상원의원, 1929년에는 하원의원으로 선출되었다. 그러나 당시 총리였던 이스마일 시드끼(1930~1943 재직)의 헌법제정 보류를 비난하면서 행한 반군주주의적인 의회 발언과『신 후원』에 실은 몇 편의 기고문들로 인해

이스마일 시드끼

1930년 9개월간의 징역형을 선고받았
다. 이는 악까드가 옥중생활의 경험을
다룬 『구속과 속박의 세계』(1937)라는
책을 쓸 계기가 되었다.

나세르

악까드는 1932년에 사망한 아흐마드
샤우끼의 뒤를 이어 "시인들의 왕자"라
는 칭호를 받았으며, 1934년에는 국가로부터 명예 훈장을 받았다.
1935년에는 국민당의 최고위원을 지냈으나 당내의 논쟁으로 축출되
었으며 이로 인해 정치적인 영향력을 거의 상실하였다. 이후 국민당
의 지도자였던 사아드 자글룰의 이름을 딴 사아드 연합당을 창당하
여 당대표 하원이원이 되고 대변지인 『기초』의 편집인을 겸했으나
그의 정치적 영향력은 매우 한정되었다. 1938년에 아랍어학술원 회원
이 되는 명예를 얻었으나 요직을 얻지는 못했고, 그의 정당 또한 군소
정당들의 지원으로 근근이 유지해 나갈 정도였다. 제2차 세계대전
중에는 「저울에 올려진 히틀러」와 같은 글을 통해 민주주의를 주창
하였으며, 독일 군대가 이집트에 접근하자 수단 카르툼으로 피란을
떠나기도 했다. 1952년에는 나세르혁명을 지지하였으며, 예술·문학·
사회과학 최고위원회의 분과위원장을 지냈고, 1959년에는 문학국가
상을 수상했다. 그는 1964년 3월 12일 자택에서 사망했다.

악까드는 비교적 뒤늦게 시작 활동을 시작했으며 1916년과 1958
년 사이에 『아침의 깨어남』(1916), 『한낮의 눈부심』(1917), 『석양
의 환영들』(1921), 『밤의 슬픔들』(1928), 『도요새의 선물』(1933),
『40대의 영감』(1933), 『나그네』(1937), 『마그립의 폭풍』(1942),

『폭풍 후에』(1950), 『그 이후의 것』(1958)이라는 10권의 시집을 발표했다.

3) 시에 대한 견해 및 아흐마드 샤우끼 비평

아랍 세계에 낭만주의를 소개하고 정착시키려 노력했던 디완 그룹의 대변인으로 여겨지고 있는 악까드는 당시 아랍 세계를 장악하고 있던 신고전주의 경향과 아흐마드 샤우끼의 아성을 무너뜨리기 위해 다양한 견해와 비평을 내어놓았다. 사실 악까드는 미학적인 문제들을 토론하고 새로운 문학 개념들을 소개하는 데 전념했던 최초의 현대 이집트 비평가들 중의 한 명이었다. 악까드를 필두로 한 디완 시인들은 자신들의 비평 이론과 시작 활동을 '신경향'이라고 부르면서 신고전 시인들과의 전쟁, 즉 '신경향과 고전경향 간의 싸움'이라고 불릴 만한 격렬한 투쟁을 전개하였다.

악까드의 시에 대한 견해와 비평은 신고전주의의 전통주의에 대한 반발이었으며, 신고전주의 경향을 파괴하는 것이 최우선 목표였다. 그는 문학이 신고전 시인들의 오해에 의해 훼손되었으며, 긴급히 재생할 필요성이 있다는 생각을 가지고 있었고, 자신의 생각들이 아랍문학사에 새로운 장을 열 것으로 확신했다. 그에게 있어 문학은 오락이 아니라 삶의 믿을 수 있는 해석이었던 것이다.

(1) 시에 대한 견해

악까드와 디완 그룹은 영시의 영향을 많이 받은 것으로 여겨져 "영국학파"로 알려질 정도였다. 이러한 부분에 대해 악까드는 다른 언어권의 시인들과 비평가들이 실험했던 많은 지식이 아랍 작가를 만드는 데 필수적인 부분이며, 전통을 생존·지속하기 위해서는 새로운 실험들의 피를 말라가는 동맥들에 받아들여야 한다고 주장했다. 그러나 서구시를 모방하는 것은 고전 아랍 시나 신고전주의 시를 모방하는 것만큼이나 시인의 재능을 파괴하는 일이라고 주장함으로써 아랍 시의 정체성 상실에 대해 커다란 두려움을 표명하기도 하였다.

시의 개념에 대해, 악까드는 시란 영혼의 통역이며 영혼이 하는 언어의 믿을 수 있는 메신저라고 정의했다. 그 이유는, 만일 영혼이 스스로 느끼는 것을 거짓으로 말한다거나 영혼과 인간의 의식 사이에 위선적인 태도를 취한다면 시는 거짓이 되고 전 세계는 위선적이 되며 어디에도 신뢰는 없기 때문이라고 보았다.

그리고 다른 디완 시인들과 마찬가지로, 악까드는 시를 심오한 감정의 경험에 대한 산물이며, 존재나 삶의 철학에 대한 가치 있는 태도를 표현하는 것이어야 한다고 보았다. 따라서 시인은 자신의 재능을 팔지 않아야 하며, 통치자들을 위한 모방적인 칭송시나 사소한 사회적 사건들에 대한 작품을 쓰는 데 시간을 낭비하지 말아야 한다고 주장했다.

또한 악까드는 시를 주로 주관적이고 개인적인 성질의 것이라고 주장했는데, 이는 명백히 윌리엄 헤즐리트(1778~1830)나 S. T. 콜리지(1772~1834)와 같은 영국 낭만주의 비평가들의 영향이다. 시인이 다른 사람들과 구별되는 점은 시인이 가지고 있는 감정들의 힘과 깊이와 넓이에 있으며 사물의 본질을 통찰할 수 있는 능력에 있다는 것이다. 결국 진정한 시는 감각의 수준에 머물러 있어서는 안 되며, 감각을 넘어 감정과 정서가 되어야 한다고 보았다. 또한 디완 시인들은 시를 기계적인 모방이 아니라 시인의 직접적인 경험의 산물이라고 보았는데, 이러한 견해는 악까드가 이집트의 일상생활과 같은 평범한 상황을 작품으로 쓰려는 시도에서 분명히 드러난다.

콜리지

　악까드는 훌륭한 시의 기준으로 세 가지를 제시했다. 첫째, 훌륭한 시는 언어적 기교의 산물이 아니라 인간적 가치들을 포함하고 있어야 한다는 것이다. 그는 언어는 시가 아니며, 예술적 창조를 위한 도구라고 보았다. 둘째, 훌륭한 시는 행간으로부터 시인 자신의 개성이 드러나야 한다는 것이다. 즉, 시는 다른 사람의 삶을 다루고 있을 때조차도 시인 자신에 대한 이미지여야 하며, 시인의 특성과 내적 삶을 인지할 수 없는 시는 살아 있는 영혼의 표현이 아니라고 보았다. 셋째, 훌륭한 시는 유기적 통일성이 있어야 한다는 것이다. 진정한 시는 부분들이 상호 독립적이면서도 전체가 통일성 있게 구성되어야 한다고 보았다.

한편 아랍 시 운율체계의 경직성에 대해, 악까드는 아랍 시의 율격과 운은 너무 한정되어 있어서 시인의 목적을 제대로 표현할 수 없으며, 서구시를 읽으면서 열렸던 시인의 영혼을 잠가 버리는 자물쇠와 같기 때문에 까시다의 고정된 운은 서사시, 이야기시, 극시의 가능성을 빼앗았다고 보았다. 한편 서구시의 율격은 장편의 서사시와 다양한 주제를 환영하고 시의 모양들이 유연해서 아랍 시인들이 산문에서나 표현할 수 있는 것들까지도 수용할 정도라고 보았다.

무엇보다 악까드가 10권의 시집에 수록된 900여 작품들을 쓴 이유는 "시는 행복의 가장 넓은 문이다. 왜냐하면 시는 행복이 마음으로 들어갈 수 있는 유일한 문이기 때문이다"라는 정의와 관련이 깊어 보인다.

악까드는 시인의 경험에서 우러나오는 개인적이고 주관적인 감정이 솔직하게 표출된 것을 시라고 정의하면서, 신고전 시인들과 아흐마드 샤우끼의 시를 "거짓된 시"라고 비판하였다. 왜냐하면 그들은 경직된 까시다 형식을 통해 시인 자신의 감정이 아닌 통치자나 대중들의 감정을 전달하는 데 자신들의 시적 재능을 파는 시인들이었기 때문이다. 악까드가 보기에 궁정시인이었던 아흐마드 샤우끼의 시는 통치자나 궁정의 목소리를 대중들에게 전달하는 하나의 도구일 뿐이었다.

(2) 아흐마드 샤우끼 비평

악까드를 대변인으로 하는 디완 시인들의 목표들 중의 하나는 진정한 이집트 국민의 정신, 개성, 정체성을 표현하는 '이집트 시'를 구축하고 발전시키는 것이었다. 이러한 목표는 악까드가 쿠르드-터키계인 궁정시인 아흐마드 샤우끼에 대해 격렬한 비판을 가하는 주요한 원인이 되었다. 악까드는 샤우끼가 진정한 이집트인이 아니라 유럽화된 정부의 이집트화된 터키인이며, 군주를 지지하는 시인일 뿐이라고 비판했다.

악까드의 이러한 공격들은 샤우끼를 뒤흔들었지만 한편으론 샤우끼를 더욱더 대담하게 만들었다. 왜냐하면 샤우끼는 새로운 방법과 수단을 모색했으며 작품을 개선하고 다양화했기 때문이다. 실제로 샤우끼는 표현 방식을 변화시킴으로써 신고전주의 시의 지배적인 패러다임을 구축할 수 있었다. 다시 말하면, 샤우끼는 자신의 능력을 증명하기 위해 프랑스 극작가들의 원칙들을 따라 역사극을 시도했다. 시극 「캄비즈」(1931)에서 샤우끼는 하나의 대화 내에서 율격과 운을 변화시킴으로써 아랍 시의 형태를 한 단계 더 발전시켰다. 이와 같이 샤우끼는 고정된 운과 율격을 변화시키고 줄거리의 상황에 따라 다양한 리듬을 사용함으로써 자신의 생각들을 쉽게 표현할 수 있었던 것이다.

이렇듯 악까드와 아흐마드 샤우끼 간의 힘겨루기는 매우 격렬한 문학논쟁 중의 하나로 기억되고 있다. 당시 샤우끼는 이집트뿐만 아니라 아랍 세계 최고의 시인이었으며, 상류층이었고, 통치자나 영향력 있는 사회지도층과 강력한 유대 관계를 유지하고 있는 최고 특권층이었다. 반면에 약 30세의 악까드는 국민당의 활발한 언론인이며, 영문학의 적극적인 수용자였으며, 여러 권의 시집을 낸 활력적인 시인이었다. 힘의 열세에 놓여 있던 악까드는 1921년 마지니와 함께 샤우끼의 기반을 흔들기 위해 매우 파괴적인 성향을 가진 비평서를 발표했는데, 이것이 바로 현대 아랍문학 사상 최초의 실용 비평서라 할 수 있는 『디완, 비평과 문학』이다.

『디완』에서 악까드는 샤우끼의 생각에는 통일성이 없으며, 시행의 배열 또한 아무렇게나 되어 있다고 주장했다. 샤우끼의 시행들은 시 전체의 보편적인 의미를 변경하지 않고도 쉽게 자리바꿈을 할 수 있다는 것이다. 실제로 악까드는 샤우끼의 작품이 통일성과 구조가 결여되어 있다는 것을 증명하기 위해 자신의 임의대로 시행들을 재조정함으로써 세상을 떠들썩하게 만들었다. 이러한 일련의 작업을 통해 악까드는 샤우끼의 시를 통일된 감정이 없는 "모래더미"에 불과하다고 주장했다. 또한 악까드는 독창성 없이 고전시를 모방하는 샤우끼를 "숙달된 장인"이며, 그의 시에는 시인 자신의 주관적인 요소가 전혀 없다고 비판했다.

악까드는 샤우끼를 크게 두 가지 측면에서 비판했는데, 첫째는 이미 언급한 것처럼 그의 시가 유기적 통일성이 부족하다는 것이었다. 둘째는 그가 비유법을 무분별하게 사용한다는 것이었다. 악까드는 샤우끼가 기차(끼따르)와 비(마따르)를 비슷한 어근을 가지고 있다는 이유만으로 사용하듯이 비유법을 모양이나 색깔이 비슷한 물체들에 사용하는데, 진정한 시인은 비슷한 물체를 보여 주는 것이 아니라 자신의 독특한 인식방법과 삶의 태도를 표현하기 위해 비유법을 사용한다고 보았다.

이상에서 보았듯이 악까드는 서구시와 같은 자유로운 운율을 통해 시인 자신의 주관적인 감정을 표현하는 시를 주창하고, 통일성과 주관적 감정이 결여된 아흐마드 샤우끼를 신랄하게 비판하였다. 그는 당시 아랍 세계에 유행하고 있던 신고전주의의 아성을 부수기 위해 까시다의 전통을 파괴하는 데 열중하였으나 그것을 대신할 수 있는 새로운 특성들을 증명하지는 못하였다. 즉, 파괴를 위한 많은 이론을 제시하였지만 많은 작품에서 아흐마드 샤우끼와 신고전 시인들이 다루었던 주제들과 형식을 답습함으로써 구호에 그치는 한계를 보여 주었던 것이다.

4) 작품세계

우선 악까드의 작품세계를 구체적으로 살펴보기에 앞서, 악까드의 10개 시집들에 대한 주제와 형식을 분석할 것이다. 이와 같은 기초 자료를 바탕으로 각 작품의 전체적인 특징을 살펴보고, 이를 다시 주제 및 형식의 특성으로 세분하여 구체적으로 살펴볼 것이다.

첫 번째 시집 『아침의 깨어남』(1916)에는, 주제 면에서 자연과 사랑에 대한 서정적인 묘사가 많으며, 무엇보다도 삶과 생활 주변에서 만날 수 있는 다양한 소재들에 대한 주관적인 감정과 경험을 다룬 서정시가 다수를 차지하고 있다. 특히 이 시집에는 『로미오와 줄리엣』의 일부를 번역한 작품을 포함하여 셰익스피어의 작품들로부터 가져온 3편의 번역시들과 로버트 번스(1759~1786)로부터 가져

로버트 번스

온 1편의 번역시가 포함되는 등 영국 낭만주의의 영향이 나타나고 있다. 또한 아랍 고전 시인인 이븐 알루미와 이븐 알파리드(1181~1235)의 작품을 모방(무아라다)한 2편의 작품들도 포함되어 있다. 형식 면에서는 유절시와 무운시가 각각 1편씩 포함되어 있으나 단시와 까시다 형식이 지배적이다.

시집명 (작품 수)	주제	형식	비고
아침의 깨어남 (142편)	자연: 22 사랑: 11 죽음과 애도: 5 기타: 삶과 생활 주변에서 만나는 다양한 소재의 주관적 서정시	· 까시다: 59 · 유절시(5행연구): 1 · 단시: 81(2행시 23) · 무운시: 1	셰익스피어 번역(『로미오와 줄리엣』 번역 포함): 3/번스 번역: 1/이븐 알루미와 이븐 알파리드 영향: 2

두 번째 시집 『한낮의 눈부심』(1917)에는, 주제 면에서 자연과 사랑에 대한 작품이 이전 시집보다 대폭 감소했으나, 전반적으로 주관적인 서정시가 대부분이다. 신고전적 성향은 이집트 고대 유적들을 묘사한 2편의 작품이 있을 뿐이다. 형식 면에서는 1권보다 유절시의 사용이 다소 증가했지만, 까시다와 단시 형식이 지배적이다. 여기에는 영국 시인 알렉산더 포프(1688~1744)의 번역시가 1편 포함되어 있으나 1집보다 영시의 영향이 대폭 감소하고 있다.

알렉산더 포프

시집명 (작품 수)	주제	형식	비고
한낮의 눈부심 (40편)	자연: 3 사랑: 4 유적묘사: 2 기타: 주관적 서정시	• 까시다: 22 • 유절시: 5 (무왓샤하트 2, 2행연 구 3) • 단시: 13(2행시 5)	포프의 번역시/에드푸신 전과 람세스 동상에 대 한 묘사

세 번째 시집 『석양의 환영들』(1921)에는, 주제 면에서 자연과 사랑에 대한 소수의 작품들과 주관적 서정시들이 대부분을 차지하고 있다. 신고전적 성향은 이집트 파라오 유적에 대한 묘사시 1편과 사회 지도자들이나 사회적 관심을 끌었던 사건의 희생자들에 대한 3편의 애도시가 포함되어 있다. 형식 면에서는 유절시가 1편 있으나 대부분은 까시다와 단시 형식으로 되어 있다.

시집명 (작품 수)	주제	형식	비고
석양의 환영들 (48편)	자연: 9 사랑: 1 유적묘사: 1 행사시: 4(애도 4) 기타: 주관적 서정시	• 까시다: 34 • 유절시(2행연구): 1 • 단시: 13(2행시 1)	카르나크신전 묘사/술탄 후 세인과 이븐 알파리드, 이 탈리아에서 죽은 학생들에 대한 애도시

네 번째 시집 『밤의 슬픔들』(1928)에는, 주제 면에서 자연과 사랑에 대한 10여 편의 작품들뿐만 아니라 낭만적이고 주관적인 서정시들이 대부분을 차지하고 있다. 신고전적 성향으로는 이집트 민족 지도자인 사아드 자글룰에 대한 축하시 2편, 그의 죽음에 대한 애도시 1편, 고대 유적들에 대한 묘사시 2편이 포함되어 있다. 형식

면에서는 무왓샤하트를 포함한 3편의 유절시가 있으나, 대부분은
단시와 까시다 형식이 지배적이다.

시집명 (작품 수)	주제	형식	비고
밤의 슬픔들 (88편)	자연: 7 사랑: 7 행사시: 3 (축하2, 애도 1) 유적묘사: 2 기타: 주관적 서정시	• 까시다: 27 • 유절시: 3 (2행연구 2, 무왓샤하트 1) • 단시: 58(2행시 5)	사아드 자글룰의 아스완 방문과 망명 귀환 축하/ 사아드 자글룰의 죽음을 애도하는 연작시/바알베 크와 파라오 무덤 묘사

다섯 번째 시집 『40대의 영감』(1933)은 네 개의 장이 주제에 따
라 구분되고 있는데, 제1장과 제2장은 관조적인 성격, 제3장은 서사
적인 성격, 제4장은 서정적인 성격이 주를 이루고 있다. 가장 많은
것은 주관적인 서정시로서 자연과 사랑에 대한 작품이 거의 1/4 정
도를 차지하고 있으며, 유머에 대한 여러 편의 작품들과 서사시도
있다. 신고전적 성향으로는 사아드 자글룰을 포함하여 여러 명의
저명인사들에 대한 애도시가 있으며, 사회적 행사들에 대한 축하시
들이 포함되어 있다. 형식 면에서는 7편의 유절시가 있으나 단시와
까시다가 절대적인 숫자를 차지하고 있으며, 2반행이 파괴된 까시
다도 1편이 포함되어 있다.

시집명 (작품 수)	주제	형식	비고
40대의 영감 (125편)	자연: 8 사랑: 31 행사시: 7(축하 3, 애도 3, 칭송 1) 유머: 10 기타: 서사시 1, 주관적 서정시 다수	• 까시다: 20 • 유절시: 7 (무왓샤하트 1, 2행연구 4, 3행연구 1) • 단시: 98(2행시 29, 3행시 24, 4행시 19) • 기타: 1 (2반행이 파괴된 시)	'좋은 행동 연합' 축하/ 시리아 독립 기념일 축 하/간디의 단식 종료 축 하/사아드 자글룰 애도 1, 하피드 이브라힘 애 도 1, 무함마드 알시바 이의 죽음 애도 1/악까 드가 감옥에서 나오던 날 사아드 자글룰 무덤을 방문하여 그를 칭송

　　여섯 번째 시집 『도요새의 선물』(1933)은 주제별로 사랑시와 밀어, 특징들과 명상들, 잡동사니들, 비방시, 애도시 등으로 구분되어 있으며 대부분의 작품이 매우 서정적인 내용들을 담고 있다. 특히 사랑시가 절반 이상을 차지하고 있으며, 개인적인 비방과 애도를 포함한 주관적인 서정시가 대부분이다. 형식 면에서는 다수의 무왓샤하트를 포함하여 유절시가 상당히 많지만, 대부분은 단시와 까시다 형식을 취하고 있다. 또한 2반행이 파괴된 까시다가 2편 포함되어 있다는 점도 주목할 점이다.

시집명 (작품 수)	주제	형식	비고
도요새의 선물 (101편)	사랑: 61 비방: 3 애도: 2 기타: 주관적 서정시	• 까시다: 25 • 유절시: 9 (무왓샤하트 5, 2행연 구 4) • 단시: 65(2행시 8, 3 행시 5, 4행시 16) • 기타: 2(2반행이 파괴 된 시)	애도시는 친구에 대한 것 으로 주관적인 서정시이다.

일곱 번째 시집인 『나그네』(1937)는 나그네, 송가들과 노래들, 민족시들, 명상들, 루바이야트들, 잡동사니들, 애도시와 같은 7개의 주제별로 구분되어 있다. 특히 시집의 제목과 동일한 '나그네'에는 일상생활에서 쉽게 만날 수 있는 평범한 주제들이 다수 포함되어 있다. 이것은 악까드가 1930년대에 시도하였던 실험들로서, 의식적으로 고상한 주제들을 버리고 일상적인 것들을 시로 만들려 노력한 것이다. 그는 시적인 주제들과 비시적인 주제들의 구분은 옳지 않으며, 중요하지 않은 일상적인 주제들도 시로 쓸 수 있다는 사실을 보여 주려 노력했다. 이와 같이 일상생활에서 만날 수 있는 사건들과 경험들을 묘사하는 악까드의 시도는 "아랍 시 역사의 전환점"이라는 긍정저인 평가를 받기도 했다. 신고전적 성향으로는 시회 지도자와 행사들에 대한 축하 및 기념시들이 몇 편 포함되어 있다. 형식적인 면에서 볼 때 그동안에 발표된 어떤 시집보다 유절시가 많이 포함되어 있지만 단시와 까시다 형식이 지배적이다.

시집명 (작품 수)	주제	형식	비고
나그네 (93편)	자연: 9 사랑: 3 행사시(축하 및 기념): 7 송가 및 노래: 8 기타: 주관적 서정시	· 까시다: 33 · 유절시: 16 (무왓샤하트 4, 2행연구 6) · 단시: 44 (2행시 6, 3행시 10, 4행시 5)	1935년 11월 13일의 지하드 기념/이집트 은행 설립 15주년 기념/사이드 다르위시 추모/사이드 자글룰의 무덤 이장 시에 그의 업적 칭송/노동자의 집 개원 축하

여덟 번째 시집 『마그립의 폭풍』(1942)은 세상에서, 영혼에서, 이집트에서, 추억의 세계에서, 여기저기에서와 같은 주제들로 구분

되어 있다. '세상에서'는 영생의 세상과 현재의 세상에 대한 다양한 명상들을 다루며, '영혼에서'는 젊은 여성에 대한 사랑에서 영감을 받은 내용으로 전체적으로 유기적 통일성을 보이고 있다. '이집트에서'는 이집트에서 일어난 기념행사들에 대한 작품을, '추억의 세계에서'는 지도자, 시인, 작가 등의 죽음을 추모하고 애도하는 시들이 포함되어 있다. 신고전적 성향으로는 사회적 지도자들과 행사들에 대한 10여 편의 행사시들이 있다. 형식 면에서는 유절시의 숫자가 20여 편에 가까울 정도로 많으나, 대부분은 단시와 까시다 형식이 지배적이다.

시집명 (작품 수)	주제	형식	비고
마그립의 폭풍 (97편)	자연: 2 사랑: 48 행사시: 12 [칭송 2, 축하 3, 애도(추모) 7] 기타: 주관적 서정시	• 까시다: 24 • 유절시: 16(무왓샤하트 4, 2행연구 5, 3행연구 3, 4행연구 1, 5행연구 3) • 단시: 57(2행시 15, 3행시11, 4행시 14, 5행시 5)	파루크 왕(1932~1962 재위) 칭송/사이드 자글룰의 동상 제막식 축하/아흐마드 마히르(1888~1945) 칭송/1940년 11월 지하드 기념 축하/수단 페스티벌 축하

아홉 번째 시집 『폭풍 후에』(1950)는 생각들과 상념들, 밀담, 유머, 민족시들, 보고서, 민족지도자에 대한 추억, 산문들이라는 주제들로 구분되어 있다. '생각들과 상념들'에는 내 생일날, 간디의 죽음, 허풍떠는 신문들 등과 같이 시인의 주변에서 일어나고 있는 일들에 대한 주관적인 감정을 다루고 있다. '보고서'에서는 축하, 칭송 등의 행사시를 다루고 있으며, '민족지도자들에 대한 추억'은 지

도자들에 대한 12편의 추모와 애도시를 포함하고 있다. 신고전적 주제들로는 사회 지도자들에 대한 애도 및 축하에 대한 행사시 20편이 포함되어 있다. 형식 면에서는 10여 편의 유절시 형식이 사용되었으나 대부분은 단시와 까시다가 지배적이다.

시집명 (작품 수)	주제	형식	비고
폭풍 후에 (92편)	자연: 1 사랑: 5 행사시: 20(애도시 12, 축하 5, 칭송 3) 기타: 주관적 서정시	· 까시다: 23 · 유절시: 8 (2행연구 1, 3행연구 3, 4행연구 1) · 단시: 61 (2행시 12, 3행시 10, 4행시 13, 5행시 6)	여성연맹 20주년 축하/칼릴 무뜨란 칭송/팔루자의 영웅들 칭송/움 쿨숨의 귀국 축하/무함마드 마흐무드(1877~1941) 애도/아흐람지의 창립자 죽음 애도/아흐마드 마히르 애도/압드 알까디르 알마지니 추모

열 번째 시집 『그 이후의 것』(1958)은 이성의 향기들, 마음의 향기들, 축하들과 인사들, 관대한 친구에게, 살라흐 앗딘 앗살라주끼에게, 시의 신념, 영생의 세상으로 구분되어 있다. 「이성의 향기들」과 「마음의 향기들」은 시인 주변에 대한 주관적 감상들을 다루고 있으며, 「축하들과 인사들」에서는 노루즈(nouruz) 축제, 시집 출간, 자신의 70번째 생일 등을 축하하는 내용을 포함하고 있다.

‘영생의 세상’은 다양한 주제의 산문들을 포함하고 있다. 주제 면에서 신고

노루즈 축제

전적 특징이 두드러진 행사시가 10여 편 포함되어 있다. 형식 면에
서는 유절시 실험이 없으며 모든 작품이 단시와 까시다 형식으로
되어 있다.

시집명 (작품 수)	주제	형식	비고
그 이후의 것 (51편)	행사시: 13(축하 8, 애도 및 추모 5) 기타: 주관적 서정시	• 까시다: 18 • 단시: 33 (2행시 5, 3행시 7, 4행시 6, 5행시 2)	노루즈 축제 축하/하피드 이브라힘 추모/압드 알라 흐만 슈크리 애도/루뜨피 사이드 추모

한편, 악까드는 전체적으로 볼 때 영시와 서구시들로부터 새로운
아이디어들과 의미들을 차용했다. 그 결과 아이디어들과 의미들이
복잡해지고 뒤틀려서 각주에 설명을 달 수밖에 없었다. 이러한 상
황은 그의 시집 전체에서 매우 빈번하게 나타나며, 특히 「사탄의
일대기」(제3권)에는 잘 쓰이지 않는 어휘들과 자신이 실제로 이야
기하고자 하는 것을 설명하는 각주들로 가득 차 있다. 또한 많은 시
에서는 자신이 표현했던 복잡한 생각들을 독자들에게 명확히 전달
하기 위해 매우 긴 서문을 통해 자신의 주요 생각들을 설명하기도
했다. 이러한 방식은 독자들의 감정을 자극하지 못하는 외연적인
어법을 강요함으로써, 시를 건조하고 산문처럼 단조로운 것이 되게
만들었다.

5) 주제의 특성

이상에서 보았듯이, 악까드는 거의 대부분의 작품을 자신의 삶과 인생에서 만나게 되는 수많은 상황에 대한 주관적이고 낭만적인, 그리고 서정적인 감정과 경험에 관해 썼다. 그러나 대중적인 주제들에 관한 행사시 또한 상당수 다루었다. 따라서 여기서는 악까드 시의 낭만적 특징과 신고전주의적 특징을 구체적으로 살펴보기 위해 작품들을 대중적인 시와 주관적인 시로 나누어 살펴볼 것이다.

(1) 대중적인 시

'대중적인 시'라고 하는 것은 시인 자신의 주관적인 경험이나 감정을 표현하는 것이 아니라, 통치자나 대중의 정서를 대변하는 상당히 객관적인 시를 말한다. 이러한 대중적이고 객관적인 시 형태는 자힐리야 시대부터 내려온 아랍 시의 주된 흐름이었으며, 18세기 말부터 서구시에 대한 저항의 일환으로 부활된 신고전주의 시의 주된 내용이었다. 대중적인 시는 일명 '행사시'라고도 하며, 시인이 사회의 주요 사건들과 행사들에 대한 대중들의 정서를 객관적으로 전달하는 것이다.

한편 악까드가 주관적인 시를 주창하면서도 정치나 사회 지도자들에 대한 칭송시와 애도시뿐만 아니라 사회적 사건들에 대한 대중 경향의 작품을 쓴 것은 대중의 목소리를 대변하였던 그의 오랜 언론인 생활과 정치가로서의 삶과 밀접한 관련이 있어 보인다.

10권의 시집에 실려 있는 악까드의 행사시를 주제 면에서 분류해

보면 크게 칭송시, 애도시, 축하시, 유적 묘사시로 구분해볼 수 있다.

우선 칭송시는 총 870여 편의 작품들 중 7편이 여기에 해당된다. 악까드는 하원의원으로 있던 시절 헌법제정의 보류에 대한 강력히 항의하다 9개월 동안 옥살이를 했다. 복역 후 감옥에서 나오던 날 악까드는 곧바로 사아드 자글룰의 무덤을 방문하여 그를 칭송하였으며(「사아드의 무덤에서」), 사아드 자글룰의 무덤을 이전할 때도 그의 업적을 칭송하였다(「사아드가 이겼다」). 또한 서사하라 사막을 여행하는 파루크 왕과(「사막의 비」), 낭만주의의 선구자인 칼릴 무뜨란의 업적을 칭송하였으며(「무뜨란의 미흐랍에서」), 이라크 팔루자에서 전사한 젊은이들의 영웅적인 행동을 칭송하는 작품을 쓰기도 했다(「팔루자의 영웅들」).

다음으로 애도시는 35편의 작품이 실려 있다. 가족이나 친척, 친구에 대한 주관적인 경향의 애도시보다는 통치자나 사회의 유명 인사들, 사회적 사건들에 대한 애도시가 주를 이루고 있다. 악까드는 술탄 후세인(「술탄 후사인 애도」), 무함마드 파리드(「순교자에 대한 추억」), 사아드 자글룰(「40의 추억」)이나 하피드 이브라힘(「하피드 추억」), 압드 앗라흐만 슈크리(「압드 앗라흐만 슈크리 애도」)와 같은 통치자, 정치 지도자, 시인과 같은 사회의 유명 인사들의 죽음에 대한 대중들의 추모와 애도의 마음을 객관적으로 전달하고 있다. 또한 이탈리아에서 열차사고로 사망한 이집트 학생들을 애도하는 「순교자의 날」과 같이 사회적 관심을 끌었던 사건의 희생자들에 대한 애도시도 있다.

또한 악까드는 사회적 이슈가 되었던 20여 편의 다양한 사건들에

대한 축하시를 썼다. 그는 사아드 자글
룰이 시인의 고향인 아스완을 방문한 사
실(「순교자의 날」)과 망명지로부터의
귀환(「귀환의 날」), 동상 제막식(「사아
드의 동상」), 시리아의 독립(「시리아 독
립 축제」), 간디의 단식 종료(「간디에게」),
노동자의 집 개원(「노동자들의 집」), 지
하드(「지하드 축제」), 여성연맹 20주년
(「여성연맹 생존」), 이집트의 유명한 가
수인 움 쿨숨의 귀국(「동방의 별」), 노
루즈 축제(「노루즈 축제」) 등 관심이
주목된 행사들에 대한 대중들의 감정을
작품을 통해 전달하였다.

에드푸신전

그 외에도 악까드는 에드푸신전(「에
드푸신전」), 람세스 동상(「람세스 동상」),
카르나크신전(「카르나크신전」), 바알베
크(「바알베크의 유적들 위에서」), 파라
오 무덤(「파라오 왕들의 무덤들 위에서」)
과 같은 고대 유적들을 묘사하는 여러
편의 작품을 쓰기도 했는데, 이는 순전
히 외적인 묘사에 치중했던 신고전 시인
들의 작품과 다르지 않은 부분이다.

카르나크신전

바알베크

　악까드가 발표한 10권의 시집들에 나타난 행사시의 비중을 살펴보면 후반부로 갈수록 그 빈도가 증가하고 있다는 것을 알 수 있다. 특히 8번째 시집에 12편, 9번째 시집에 20편, 10번째 시집에 13편이 집중되어 있다. 이러한 사실은 악까드가 초창기에는 낭만주의에 대한 열정과 신고전주의에 대한 저항 의식으로 주관적 시 쓰기에 집중하나 7번째 『나그네』(1937)를 정점으로 점차 열정이 감소하였음을 보여 주는 증거이다. 또한 행사시가 후반부에 집중되어 있는 것은 정치인으로서의 삶과도 관련이 있어 보인다. 1925년 상원위원이 된 이후 그는 사회 유명인으로서 대중들의 관심사에 늘 주목할 수밖에 없었을 것이다.

(2) 주관적인 시

악까드는 칭송시, 애도시, 축하시, 묘사시와 같은 60여 편의 대중적 행사시를 지었음에도 불구하고, 대부분의 작품에서 자연과 사랑, 삶의 곳곳에서 만나게 되는 다양한 상황들에 대한 시인 자신의 감정과 경험을 주관적으로 그려내었다.

우선 악까드는 60여 편의 작품에서 다음과 같은 자연으로부터 가져온 다양한 대상들에 대한 주관적인 명상을 표출하였다. '가을, 곤충들, 하늘, 늙은 독수리, 밤과 바다, 도요새, 아스완의 겨울, 사막의 보름달, 해변, 슬픈 봄, 장미, 카네이션 꽃, 오렌지 정원, 봄, 달, 산염소, 나일 강, 묘지의 새들, 공원, 얼음과 불, 슬픈 장미, 진주 꽃, 가시 없는 장미, 나일 강 위의 밤, 사과, 빛, 태양, 아스완의 태양, 달빛, 길 잃은 새끼 사슴, 보름달 뜨는 밤, 아담의 꽃들, 앵무새, 배고픈 별들, 화난 나일 강, 겨울날, 동물원, 침팬지, 피라미드, 바다,

철새, 12월의 꽃, 달과 어둠’ 등이다.

특히 자연시들 가운데 겨울 풍경을 묘사한 「아스완의 겨울」(제1
권 97)과 쓸쓸한 겨울 풍경에 대한 시인 자신의 감수성을 감동적으
로 묘사한 「겨울이 온다」(제1권 138)는 매우 뛰어난 작품으로 평가
받고 있다.

تسير الكواكب سير الحذِرِ   ويرجف في الجو نور القمرُ

وللشمس مشية مستكرَهٍ   يساق إلى منظر لا يَسُرّ

ونهر كمرآةٍ مهجورةٍ   على وجهه من جواها اثر

وللروض زهر به طائح   تقلب في الارض كالمحتضَر

ونادى المنادي بركب الطيو   ر هيا فقد حان وقت السفر

فهذا يحوم على وكره   وهذا يصيح ولمّا يطر

الا ما لهذا الضحى كاسفاً   كأن الاصيل عليه انتشر

وما للرياح بأعلى الشجرْ   تعج كموج خِضَمٍّ زخر

「겨울이 온다」

별들이 조심스러운 발걸음을 내딛고
달빛은 허공에서 떨고 있구나
해에게는 즐겁지 않은 곳으로 가야만 하는
술 취한 듯 비틀거리는 발걸음이 있다
뜨거운 사랑의 흔적을 얼굴에 남긴 채
떠나가는 거울 같은 강물이 있다
정원에는 죽어 가는 것처럼 땅 위를 뒹구는
버려져 숨져가는 꽃이 있다
자, 이제는 떠날 시간입니다라고
새들을 타고 있는 사람이 외치고 있다

외침소리가 그의 둥지 위를 맴돈다
터져 나오며 소리를 지른다
오전에게 있는 것은 단지 슬픔뿐
마치 폭풍우가 그 위를 뒤덮고 있는 것 같구나
나무들 꼭대기의 바람은
거대한 대양의 파도처럼 으르렁거린다

다음으로 사랑에 관한 작품은 180여 편에 달할 정도로 악까드의 작품들 중 큰 비중을 차지하고 있는 주제이다. 특히 제5집에 31편, 제6집에 61편, 제8집에 48편이 집중적으로 포함되어 있다. 그의 사랑시는 '이별의 밤, 사랑의 묘약, 미움과 사랑, 믿을 수 있는 이별, 사랑의 상처, 사랑의 탄생, 사랑의 죽음, 사랑의 결점, 이별의 속삭임, 당신이 바로 세상, 의심스러운 사랑, 사랑스러운 우상, 연인의 의심, 사랑의 수줍음, 질투, 사랑은 주는 것, 사랑은 벙어리 등'과 같이 완성된 사랑의 행복한 경험들이나 사랑에 대한 의심과 실망을 많이 다루고 있다.

무엇보다 가장 많은 주제를 차지하고 있는 것은 뚜렷한 공통의 주제로 묶을 수 없는 삶의 일상적인 주제들에 대한 주관적 묘사와 명상적인 서정시들이다. 악까드의 시집들에 수록된 870여 편의 작품들 중 대중적인 시 60여 편, 자연시 60여 편, 사랑시 180여 편을 제외한 나머지 550여 작품들이 여기에 해당된다.

특히 악까드는 7번째 시집인 『나그네』(1937)에서 '동물원의 침팬지, 상점들의 쇼윈도, 교통순경, 호텔, 금요예배, 지나가는 기차, 디나르, 은행, 일요일 밤의 다리미, 장례식, 휴일 날 가게에 진열된

상품들, 여름과 겨울의 집들, 아침거리,
활동사진, 거지 등'과 같이 생활 주변에
서 만날 수 있는 일상적인 주제들을 시
로 쓰려고 노력하였다.

그 외에도 「사탄들의 경쟁」, 「사탄의
일대기」와 같이 사탄을 다루는 매우 흥
미 있는 작품들도 포함되어 있으며, 「어

무함마드 만두르

린 소녀에 대한 애가」와 「어린 소녀의 질투」와 같이 어린아이를 다룬
작품들도 있다. 특히 비평가인 무함마드 만두르(1907~1965)는 악까
드의 가장 성공적인 시들을 어린아이에 관한 것이라고 말한 바 있다.

이상에서 살펴보았듯이, 악끼드는 60여 편의 행사시를 제외한
800여 편의 작품들에서 자연과 사랑, 삶의 주변에서 만나게 되는 다
양한 상황들에 대한 시인 자신의 주관적인 감정과 경험들을 표출하
였다. 악까드는 비평가로서 신고전 시인들의 주관적 감정이 결여된
대중적인 작품 활동을 신랄히 비판하였으며, 이에 "시는 영혼의 통
역이며 영혼이 하는 언어의 믿을 수 있는 메신저이고, 심오한 감정
의 경험에 대한 산물"이라고 한 자신의 믿음을 주관적 작품을 통해
실천하려 노력하였다.

6) 형식의 특성

악까드는 주로 주관적이고 낭만적인 내용을 시로 씀으로써 대중
적이고 객관적인 내용에 치중했던 신고전주의 경향을 탈피하려 하

였다. 동시에 형식 면에서도 무운시 1편, 유절시 65편을 실험함으로써 까시다의 형식적 구속을 벗어나기 위해 노력했다.

우선 무운시에 대해서, 악까드는 처음에는 슈크리의 무운시 실험을 격려하고 무운시가 고정된 운과 유절시를 대신할 수 있다는 긍정적인 생각과 믿음을 표현했으나, 무운시에 대한 적합한 기법들을 발견하지 못하면서 실험이 중단되자 실망감을 나타냈다. 이렇듯 무운시에 대한 부정적인 생각 때문인지 그의 전체 시집에서 무운시 실험은 1편밖에 발견되지 않는다.

악까드는 첫 번째 시집에 실린 「이발소에서」란 작품에서 무운시를 실험하였다. 아래 그림은 전체 작품 중 일부분을 발췌한 것인데, 까시다의 특징인 단일 운에서 탈피해 행마다 다른 운(/li, si, ri, 'i, kā, ru, ri/)을 사용함으로써 까시다의 단일 운을 탈피하였다.

ما بالها تطفر كالغزال   ساحرة بالتيه والجمال

هيفاء من أوانس الاندلس   ذات جبين كالنهار المشمس

قد اسفرت حالية بالنَّوْر   في وجنة ومقلة وثغر

من كل زهر ناضر الرواء   والزهر لا ينضر في الشتاء

ثم استوت في مجلس هناكا   تمد للخلائق الشباكا

امامها المرآة فيها يظهر   ماليس في غير المرائي تبصر[2]

تمثالها في صفحة البلور   مرتسما بريشة من نور

「이발소에서」

다음으로 악까드는 디완 시인들 중 가장 많은 수의 유절시 형태를 실험하였다. 이는 악까드가 무운시, 유절시와 같이 운에 자유를 부여하는 새로운 형식들에 대한 기대감을 밝힌 것과 무관하지 않다.

"얼마 전 독자들은 슈크리의 시집에서 무운시, 2행연구, 선택 운의 예를 보았다. 그리고 오늘 마지니의 시집에서 2행연구들과 선택 운의 보기들을 읽었다. 이것은 우리가 기대했던 율격과 운에 대한 변화와 개선의 전부라기보다는, 현대적 경향을 수용할 준비가 되어 있음을 보여 주는 것이다. 왜냐하면 아랍 시의 분화와 발전을 방해하는 것이 바로 이러한 족쇄들이기 때문이다. 그래서 운이 모든 생각과 목적에 충분할 정도로 풍부해지고 어휘들의 범위가 충분히 넓어지면 다양한 시적 재능들이 등장하게 될 것이고 우리는 서사시, 묘사시, 극시를 쓰는 시인들을 발견하게 될 것이다."

악까드가 실험했던 65편의 유절시에 대한 유형들을 구체적으로 살펴보면, 2행연구가 26개, 3행연구가 7개, 4행연구가 2개, 5행연구가 3개, 무왓샤하트가 17개로 나타나고 있다. 무운시가 운이 너무도 다양하여 뚜렷한 운 체계가 드러나지 않는 반면, 유절시는 하나의 절 또는 연의 운은 동일하지만, 각 절의 운은 다른 시 형식을 말한다. 이때 동일한 운을 가진 몇 개의 시행이 연속하는가에 따라 2행연구, 3행연구, 4행연구, 5행연구라는 명칭으로 불린다. 이렇듯 다양한 연구 형식들의 유절시 중에서 운의 변화가 가장 뚜렷한 것이 바로 2행연구이며, 악까드가 2행연구를 많이 작시하였다는 점에서 그의 운에 대한 해방 의지를 느낄 수 있다.

وجمال الوجوه سوف تراه في المرايا بعد الطواف الطويل
سوف تحلو في ناظريك حلاه فتهيَّأً للضم والتقبيل !

* * *

وإذا ما درست اوزان رقص بعد لاَّيٍ، فالرقص فيك انطباع
هل تنال الكمال من بعد نقص إنْ اقلَّتك فكرة ، لا ذراع؟

* * *

قفصٌ انت فيه ارحب جداً من فضاء ، نقيم فيه أُسارَى
قد ضللنا فيه وهيهات نُهدَى ونجوم السماء فيه حيارَى

「동물원의 침펜지 우리 앞에서」

위의 그림은 7번째 시집에 수록된 「동물원의 침팬지 우리 앞에서」
란 제목의 작품 중 일부(7~9연)를 발췌한 것이다. 이 작품은 총 12
연으로 구성되어 있으며, 각 연은 각기 다른 운(/āni, alu, uli, ikā,
rī, rā, ili, ā'a, rā, āli, iqi, aru/)을 취하고 있는 2행연구 형식이다.

다음으로 많은 비중을 차지하는 것은 중세 안달루스에서 유행하
였던 무왓샤하트 형식이다. 무왓샤하트는 신고전 시인들에 의해 서
구시에 대한 저항의 일환으로 부활되었는데, 악까드가 무왓샤하트
형식을 많이 사용한 것은 전통의 부활이나 저항의 방식이라기보다
는 까시다보다 자유로운 운을 가지고 있다는 사실 때문일 것이다.

على الوجوه سيمة القلوب   فانظر إلى المسجد من قريب

وقف لديه وقفة اللبيب   في ظهر يوم الجمعة المحبوب

إنك في حشد هنا عجيب

* * *

هذا الذي يمشي ألا تراه   كأنما قد حملت يداه

سفتجةً[12] صاحبها الإله   ذاك هو الدَّيْنُ، وقد وفاه

فليس للدائن بالمطلوب

* * *

وذلك المبتسم الرصين   كأنه بسره ضنين

أصغَى إليه سامع أمين   فهو إذا صلى كمن يكون

في خلوة النجوى مع الحبيب

「금요예배 후에」

위의 그림은 7번째 시집에 수록된 「금요예배 후에」란 작품 중 일부(1~3연)를 발췌한 것이다. 이 작품은 총 8연으로 구성되어 있으며, 각 연의 운(/ibi, āhu, unu, āli, ā'i, āqi, ālā, ālā/)은 서로 다르고 후렴구는 동일(/ibi 또는 ubi/)하다.

한편 악까드는 870여 작품들 중 70여 편을 제외한 나머지 800여 편들을 단일 율격과 단일 운의 규범성이 준수된 까시다 형식으로 지었다. 일반적으로 운율체계가 엄격하게 갖추어진 전통 아랍 시 까시다는 시의 길이에 있어서는 10행 이상의 장시를 의미하며, 10행 미만의 짧은 시들은 '잘려진 부분'들이라는 의미의 단시라는 명칭으로 사용된다.

그런데 악까드 작품의 형식을 다루면서 우리가 간과해서는 안 될 중요한 사실은 10행 미만인 단시들의 실험이 큰 비중을 차지하고 있다는 것이다. 800여 개의 작품들 중 520여 개의 작품들이 단시 형식이다. 자신이 썼던 절반 이상의 작품들을 단시 형식으로 썼다는 것은 무운시나 유절시의 실험만큼이나 커다란 형식적인 시도로 볼 수 있다.

아래 작품은 가장 많은 단시 형식이 실려 있는 9번째 시집에서 발췌한 「사랑」이라는 작품이다. 이 작품은 3행으로 이루어져 있으며 단일 운(/ini/)을 가지고 있다.

> "사랑은 하나의 영혼이 아닙니다/내 몸속에는 두 개의 포옹이 있습니다//사랑은 비밀스러운 두 개의 영혼입니다/그 두 개는 모두 두 개의 몸속에 있습니다//그들은 우정 때문에 끝장나지 않습니다/한순간의 이별 때문에 끝장나지도 않습니다."

ما الحب روح واحد   في جسدي معتنقين

الحب روحان سرى   كلاهما في الجسدين

ما انتهيا من صحبة   او فرقة طرفة عين

「사랑」

이 작품은 3행임에도 불구하고 사랑의 영원성을 온전히 표현함으로써 유기적 통일성이 부족한 것으로 인식되었던 신고전주의 까시다의 한계를 극복하고 있다. 따라서 악까드가 지었던 500여 개의 단시들은 까시다와 같은 단일 운율 체계를 갖추고 있음에도 불구하고 까시다의 길이를 서구의 서정시들처럼 짧게 만들었다는 의미뿐만 아니라 내용의 유기적 통일성을 성취했다는 점에서 현대 아랍 자유시에 한걸음 더 가다선 형태라 할 수 있다.

7) 맺음말

악까드는 진정한 이집트 문학을 만들기 위해 노력했던 디완 시인들의 대변인으로서 비평이론과 작품을 통해 신고전주의 아성을 무너뜨리고 신경향의 낭만주의를 정착시키려 노력했다. 따라서 그는 대부분의 작품에서 자연과 사랑뿐만 아니라 인생 전반에서 만나게 되는 다양한 상황들에 대한 자신의 감정을 주관적이고 낭만적으로 그려내었다.

형식적인 측면에서도 1편의 무운시와 무왓샤하트, 2행연구, 3행연구, 4행연구, 5행연구 등 60여 편의 유절시를 실험함으로써 운의 족쇄를 부수려 노력하였다. 그럼에도 불구하고 대부분의 작품을 운율을 중시하는 까시다 또는 단시 형식으로 지었다는 것은 당시 이집트를 지배하고 있던 신고전주의의 한계를 제대로 탈피하지 못하였다고 볼 수 있다.

주목해야 할 사실은 악까드가 500여 편 이상의 작품을 통해 10행 미만의 단시 형식을 많이 사용하였다는 점이다. 비록 단시가 단일 율격과 단일 운을 사용하고 있다는 점에서 까시다와 동일한 측면이 강하지만 까시다의 장시적 규범을 탈피하면서도 내용의 유기적 통일성을 성취하였다 점에서 매우 중요한 변화로 볼 수 있다. 또한 많지는 않지만 까시다의 규범 중의 하나인 2반행을 파괴한 실험 또한 시도함으로써 까시다의 규범을 탈피하려는 다양한 시도를 보여 주었다.

이처럼 악까드는 주제 면에서는 신고전주의를 어느 정도 탈피하여 아랍 시에 낭만주의를 정착시켰다고 할 수 있으나, 형식 면에서는 신고전주의 굴레를 완전히 벗어나지는 못하였다고 할 수 있다.

결국 악까드는 주관적이고 낭만적인 주제들을 다양한 형식들을 통해 표현함으로써 규범적인 신고전주의 한계를 넘어 보다 자유로운 낭만주의로 나아가는 선구자의 역할을 했다고 볼 수 있다. 또한 이러한 실험들은 1930년대에 본격적으로 활동을 시작한 아폴로 시인들에 의해 더욱더 발전됨으로써, 1950년대에 활성화된 자유시 운동의 초석이 되었다.

아도니스와 비너스

악까드가 자유시 운동에 초석이 되었다는 또 하나의 명백한 증거는 신화의 사용이다. 악까드는 셰익스피어의 시 일부를 번역한 「아도니스 시체 위의 비너스」에서 아도니스와 비너스 신화를, 「이카루스」에서는 이카루스 신화를 사

이카루스

용하였다. 자유시 운동이 '죽음과 부활'의 신화를 주요 모티브로 하는 탐무즈 시인들에 의해 주도되었다는 사실에서 악까드의 기여도를 엿볼 수 있는 대목이다.

5. 맺음말

디완 시인들은 20세기 초에 형식과 주제 모두에서 신고전주의의 전통주의를 신랄히 비판하면서 아랍 세계에 낭만주의를 정착시키려 노력하였던 3명의 이집트 시인들이었다. 그러나 디완 시인들의 혁신 정신은 절반의 성공을 거둘 수밖에 없었다. 왜냐하면 디완 그룹이 활동했던 시기에는 신고전주의가 여전한 인기를 누리고 있었으며, 새로운 경향을 공감할 수 있는 독자들의 수가 적었다. 또한 슈크리와 마지니의 표절논쟁으로 인한 불화와 슈크리의 활동 중단, 마지니와 악까드가 시보다는 비평이나 산문에 더 큰 비중을 둠으로써 디완 그룹의 시작 활동이 제한적일 수밖에 없었기 때문이었다.

디완 그룹의 각 시인이 수행했던 형식과 주제에 대한 전통의 지속과 새로운 시도의 노력들을 주제어로 정리해보면 다음 표와 같다.

	전통의 지속	새로운 시도
압드 앗라흐만 슈크리	⊙ 까시다: 다수 ⊙ 대중적 행사시	⊙ 무운시 ⊙ 유절시 ⊙ 단시 ⊙ 낭만적 주관시: 다수 ⊙ 신화
이브라힘 압드 알까디르 알마지니	⊙ 까시다: 절반 ⊙ 대중적 행사시	⊙ 무운시 ⊙ 유절시 ⊙ 단시: 1/3 ⊙ 낭만적 주관시: 절대 다수 ⊙ 신화
압바스 마흐무드 알악까드	⊙ 까시다: 1/3 ⊙ 대중적 행사시	⊙ 무운시 ⊙ 유절시: 60여 편 ⊙ 단시: 1/2 이상 ⊙ 낭만적 주관시: 절대 다수 ⊙ 신화

전체적으로 볼 때, 슈크리와 마지니는 낭만적이고 주관적인 주제들을 까시다 형식으로 많이 작시하였으며 무운시, 유절시, 단시와 같은 다양한 시 형식들 또한 실험하였다는 것을 알 수 있다. 반면에 악까드는 대부분의 작품에서 낭만적이고 주관적인 감정을 다루었으며, 2/3 이상의 작품을 단시와 유절시 형식으로 작시하였다.

이를 좀 더 세부적으로 살펴보면, 슈크리와 마지니, 악까드는 대다수의 작품에서 낭만적이고 주관적인 주제와 내용을 다루었다. 형식 면에서는 슈크리, 마지니, 악까드로 갈수록 까시다의 사용 빈도가 감소하고 단시의 비율이 증가하고 있다. 또한 무운시의 빈도는 마지니와 악까드보다는 슈크리가 더 많고, 유절시의 빈도는 슈크리, 마지니, 악까드 순으로 많았다. 이러한 사실은 각 시인의 작품활동 시기와 밀접한 관계가 있어 보인다. 슈크리는 1910년대 중반경에 주로 활동했으며, 마지니는 1920년대 초반까지, 악까드는 1950년대 초반까지도 활발한 작품 활동을 전개했다. 즉, 1950년대에 본격화된 자유시와 시기적으로 가까울수록 까시다 형식의 사용 빈도가 감소하고, 신고전주의 세력권인 19세기 말과 가까울수록 까시다의 사용 빈도가 증가했다는 것을 알 수 있다.

특히 주목해야 할 사실은 디완 시인들이 10행 미만의 단시 형식을 많이 사용하였다는 점이다. 비록 단시가 단일 율격과 단일 운을 사용하고 있다는 점에서 까시다와 동일한 측면이 강하지만 까시다의 장시적 규범을 탈피하면서도 내용의 유기적 통일성을 성취하였다는 점에서 매우 중요한 변화로 볼 수 있다. 또한 많지는 않지만 까시다의 규범 중의 하나인 2반행을 파괴한 실험 또한 시도함으로써 까시다의 규범을 탈피하려는 다양한 시도를 보여 주었다.

결국 디완 시인들은 주관적이고 낭만적인 주제들을 다양한 형식을 통해 표현함으로써 규범적인 신고전주의의 한계를 넘어 보다 자유로운 낭만주의로 나아가는 선구자의 역할을 했다고 볼 수 있다. 또한 이러한 실험들은 1930년대에 본격적으로 활동을 시작한 아폴로 시인들에 의해 더욱더 발전됨으로써, 1950년대에 활성화된 자유시 운동의 초석이 되었다. 디완 시인들이 자유시 운동에 초석이 되었다는 또 하나의 명백한 증거는 신화의 사용이다. 자유시 운동이 '죽음과 부활'의 신화를 주요 모티브로 하는 탐무즈 시인들에 의해 주도되었다는 사실에서 디완 시인들의 기여도를 엿볼 수 있는 대복이다.

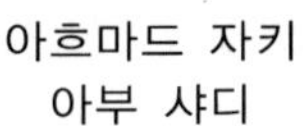

아흐마드 자키 아부 샤디	이브라힘 나지	알리 마흐 드 따하	아부 알까심 앗샵비

1. 머리말

20세기 전반기 아랍 세계의 시 경향은 '신고전주의와 낭만주의의 힘겨루기'라 할 수 있다. 18세기 말부터 아랍 시 전통의 부활과 시대 정신의 표출을 바탕으로 본격화된 신고전주의는 20세기가 되어서도 여전히 위력을 발휘하고 있었다. 한편 낭만주의는 20세기 초 레바논 시인 칼릴 무뜨란에 의해 최초의 낭만시가 발표되면서 아랍 세계에 소개되기 시작했다. 또한 낭만주의의 기운은 1910년대와 20년대에 이집트에서 활동했던 디완 시인들에 의해 더욱더 힘차게 아랍 세계를 물들이기 시작했다. 이처럼 칼릴 무뜨란에 의해 소개되고 디완 시인들에 의해 탄력을 받은 낭만주의는 1930년대와 40년대의 아랍 시를 이끌었던 아폴로 시인들에 의해 단단히 뿌리를 내리기 시작했다.

이와 같이 아랍 세계에 정착하기 시작한 낭만주의는 주제와 형식에서 신고전주의와는 매우 다른 양상으로 나타났다. 주제 면에서는 대중들의 관심사를 객관적으로 드러내는 행사시의 비중이 줄어드는 대신 개인적인 감정을 솔직하게 표현하는 감정시(서정시)가 압도적으로 우세하게 되었다. 즉, 신고전주의에서는 행사시가 우세한 반면 낭만주의가 강해질수록 감정시의 비율이 증가하게 된 것이다. 한편 형식 면에서 낭만주의의 모습은 고전 까시다의 정형성을 탈피하려는 다양한 형식적 실험들로 나타났다. 즉, 신고전주의 성격이 강한 까시다의 비율이 점차 감소하는 반면에 낭만주의의 성격이 강한 무운시, 산문시, 유절시, 극시와 같은 새로운 형식들의 비율이 조금씩 증가하기 시작했다.

따라서 이 글에서는 아폴로 그룹을 주도했던 시인들의 신고전성과 낭만성을 구체적으로 고찰하기 위해 그들의 작품을 주제와 형식으로 분류하고 그 성격들을 분석할 것이다. 연구 대상으로 선정한 시인들은 아폴로 그룹의 창시자인 아부 샤디(1892~1955), 아폴로 그룹 최고의 서정 시인인 이브라힘 나지(1898~1953), 아폴로 그룹 최고의 인기 시인인 알리 마흐무드 따하(1901~1949), 아폴로 그룹의 이단아인 아부 알까심 앗샵비(1909~1934)이다. 이들 시인들은 명실 공히 아폴로 그룹을 대표하는 시인들로서 이들의 작품들에 대한 분석은 아폴로 그룹의 성격을 규정하는 대표성을 부여하기에 부족함이 없을 것이다.

2. 아흐마드 자키 아부 샤디

1) 머리말[8)]

20세기 초 세 명의 이집트 시인들이 주축이 되어 활동했던 디완 그룹은 대중적이고 객관적인 경향을 추구했던 신고전 시인들을 비판하며 낭만적이고 주관적인 경향을 도입하고 뿌리내리기 위해 노력했다. ㄱ 결과 무운시나 유질시와 같은 새로운 시(신시) 형식들을 통해 개인의 주관적인 감정과 경험들을 표출하는 낭만주의 실험이 이집트에서 상당

한 성공을 거두었다. 그럼에도 불구하고 디완 시인들은 까시다 형식을 통한 대중적 경향의 시 작품들을 많이 작시함으로써 절반의 성공으로 기억되고 있다.

한편 미완의 낭만주의 실험은 1930년대에 이집트를 넘어 전 아랍 세계에서 활동했던 아폴로 시인들에 의해 더욱더 활발하게 추진되었다. 아폴로 시인들은 디완 시인들보다 더욱더 다양하고 자유로운 형식들과 주관적이고 낭만적인 주제들을 확대함으로써 낭만주의를 확고히 뿌리내리게 하려고 노력했다.

---

8) 이 글은 2010년도에 『지중해지역연구』 제12-3호에 게재되었으며, 일반 독자들을 위하여 일부 내용을 수정, 보완하였다.

　이들 아폴로 그룹의 창시자이며 후원자가 바로 아흐마드 자키 아부 샤디(이후 아부 샤디)이다. 그는 영국에서 의학을 공부하던 유학 시절(1912～22)부터 아랍 문학 단체를 조직하였으며, 귀국한 이후에는 작품과 언론을 통해 더욱더 적극적인 문학 활동을 전개하였다. 무엇보다 아부 샤디는 1932년 9월 『아폴로』 잡지를 창간하고 뒤이어 10월에 아폴로 그룹을 조직함으로써 아랍 세계의 낭만주의 시운동에 지대한 공헌을 하였다고 평가되고 있다.

　그렇다면 아부 샤디는 아랍 세계의 낭만주의를 대표하는 아폴로 그룹과 『아폴로』 잡지를 주도했던 시인으로서 주제와 형식 면 모두에서 낭만주의를 실천했는가? 즉, 그는 철저한 낭만주의자였나? 디완 시인들처럼 보수와 개혁의, 고전과 낭만의 중간 단계에 있었던 것은 아닌가?

　이러한 문제 제기에 대한 해답을 찾기 위해 이 글에서는 아부 샤디의 작품을 주제와 형식으로 세분하여 분석할 것이다. 이러한 작업을 통해 과연 아부 샤디가 낭만주의를 뿌리내렸던 아폴로 그룹을 주도한 시인답게 낭만적인 작품에 전념했는지, 아니면 여전히 힘을 발휘하고 있던 신고전주의 작품을 다루었는지, 낭만주의 작품과 신고전주의 작품의 비율은 얼마 정도인지 등을 파악할 것이다. 즉, 아부 사디의 작품 속에 나타난 신고전주의 특성과 낭만주의 특성을 주제와 형식을 통해 분석함으로써 아부 샤디의 낭만성을 재고할 것이다. 또한 이러한 분석을 통해 아부 샤디와 디완 시인들 간의 차별성을 추출해보고자 한다.

2) 주제에 나타난 신고전과 낭만

아부 샤디는 1910년 첫 시집『새벽이슬』을 출판한 이래 미국으로 이주하여 1955년 사망할 때까지 2권의 영어 시집을 포함한 20여 권의 시집을 남겼다. 이처럼 다작의 시인인 아부 샤디에게 영향을 끼쳤던 시적 원천으로는 아버지의 문학살롱에 참여했던 신고전주의 대가들인 아흐마드 샤우끼와 하피드 이브라힘, 아랍 세계에 낭만주의를 도입한 칼릴 무뜨란, 10년 동안의 영국 유학에서 접했던 영시와 미국문학, 고대부터 현대에 이르기까지의 수많은 아랍문학 대가들의 영향을 들 수 있다.

이처럼 다양한 시적 요소들을 흡수했던 아부 샤디는 시를 다양한 사람이 의사소통할 수 있는 매개체로 만들려고 노력했다. 시인의 이러한 생각은 대표적으로『울고 있는 황혼』(1924)에 잘 나타나 있는데 그는 여기서 민족, 문학, 예술, 사회문제, 과학, 종교, 사랑 등과 같은 다양한 주제들을 다루었다. 자신 또한 이러한 생각을 반영하듯 화가, 시인, 출판인, 양봉학자와 같은 다양한 일을 함으로써 현대 이집트 르네상스 맨(man)의 모델이 되려고 노력했다.

따라서 그의 작품 속에는 아랍인들의 삶 속에서 만나게 되는 다양한 요소들과 주제들이 혼합되어 있다. 여기서는 아부 샤디의 다양한 주제를 구체적으로 파악하기 위해 3권의 온전한 시집과 그 외의 시집들에서 선별한 47편의 작품이 실려 있는 1권의 비평서를 분석할 것이다.

시집	행사시	감정시
현대 아랍 시의 지식들(47편)	6(축하시 3, 민족시 3)	41(사랑, 자연, 삶, 과학 등)
새벽이슬 (50편)	5(축하시 2, 애도시 2, 민족시 1)	45(사랑, 이별, 배신, 자유, 인생, 애도 등)
새로운 인간 (94편)	15(축하시 6, 애도시 4, 민족시 5)	79(사랑, 청춘, 삶, 애도, 축하, 동물, 자유, 자연 등)
자유로운 새해 (77편)	8(축하시 2, 애도시 1, 민족시 5)	69(자연, 자유, 애도, 사랑, 청춘, 혁명 등)

무엇보다 분석은 신고전적이고 객관적 성격이 강한 행사시와 낭만적이고 주관적 성격이 강한 감정시에 초점을 맞추어 진행할 것이다.

(1) 행사시

행사시는 정치적 사건이나 사회적 이슈들에 대한 대중들의 관심사를 객관적으로 전달하는 시로서, 시인의 주관적인 감정이 매우 절제되어 나타난다. 이러한 것으로는 통치자나 정치·사회 지도자들에 대한 칭송 및 축하시, 노동절이나 춘절과 같은 명절에 대한 축하시, 그리고 정치 지도자들이나 사회 저명인사들의 죽음에 대한 애도시가 있으며, 고대 유적들에 대한 묘사시 등도 여기에 포함된다. 이러한 주제들은 신고전 시인들에 의해 부활되어 즐겨 실험되었던 전통적인 것들이었다.

한편 "시는 삶의 기록이며 시인은 대중들의 사도"라고 생각했던 아부 샤디에게 있어서 19세기 말부터 20세기 초에 일어났던, 영국의 이집트 통치, 1919년 혁명, 우라비혁명(1892) 등과 같은 수많은 사건은 그의 작품 창작에 영향을 끼칠 수밖에 없었다. 그는 변호사이며 정치가였던 아버지의 영향으로 어린 시절부터 형성된 이집트와 아랍 세계에 대한 여러 편의 민족시들을 발표한 바 있다.

이미 언급된 바 있듯이 민족시를 집중적으로 다룬 여러 권의 시집들이 있으나, 분석자료로 선택한 4권의 시집들에 포함된 민족시는 모두 14편이다. 『현대 아랍 시의 지식들』에는 「시의 왕자에게」, 「민족애와 휴머니즘」, 「복수의 팔레스타인」의 3편이 수록되어 있고, 『새벽이슬』에는 「무스타파 카밀의 동상 주변에서」 1편이, 『새로운 인간』에는 「여자 영웅의 용기」, 「나의 조국」, 「혁명의 선택」, 「팔루자의 영웅들」, 「연인」의 5편이 수록되어 있다. 마지막으로 『자유로운 새해』에는 「내 영혼을 거부하지 마」, 「백성들이여」, 「이집트 혁명 영웅들에게」, 「피 흘리는 마라케시」, 「봉기하는 튀니지」의 5편이 실려 있다.

여기서는 시인 자신이 열렬히 지지했던 이집트 민족 지도자 무스타파 카밀에 관한 「무스타파 카밀의 동상 주변에서」를 소개한다. 시인은 무스타파 카밀을 이집트 대중들의 영혼에 지대한 영향을 끼치는 인물로, 보통 사람들이 얽매어 있는 삶의 족쇄를 초월한 위대한 인물로 묘사하고 있다.

낡고 공허한 마음과 이별하라
슬픔을 잊고 밤들에 일어나라
얼어붙은 채로도 말하는 이성을 보아라
환상 속에서도 진실을 말하는 영광을 보아라
사랑에 대한 시선들이 여전히 남아
고상함의 끈 속에 자유를 버려둔다
권리는 여전히 청춘을
감정들과 영광의 등대를 묘사한다

달콤함은 여전히 삶을
삶과 희망의 중심지를 기억한다
영혼들의 왕자여, 생명이
올바른 길의 원칙과 달의 동맹이 끝나는가?
우리는 삶의 포로, 초월한
당신은 모든 상황에서 위대한 사람(제1연)

다음으로 신고전 시인들과 디완 시인들에 의해 많이 실험되었던 행사시의 경우, 아부 샤디는 총 37편의 행사시를 작시하였는데 그중 이미 언급한 민족시 14편을 제외한 축하시 13편, 애도시 7편을 작시하였다.

이를 좀 더 구체적으로 살펴보면, 『현대 아랍 시의 지식들』에는 노동절을 축하하는 2편의 작품과 춘절을 축하하는 1편의 축하시가 포함되어 있다. 다음은 「춘절」이라는 작품의 일부로서 원래는 『울고 있는 황혼』에 수록된 작품이다. "나는 미소 짓는 연인 같은 봄을 만난다"라는 마지막 시행에서 나타나듯 시인은 겨울이 가고 봄이 오는 즐거움을 미소 짓는 연인에 비유해 축하하고 환영하고 있다.

봄은 펜이 아니다
시인을 위한 상처
그의 멜로디로부터 놀라움이 나오고
이야기를 연주한다
그를 유혹한다
경이로움들 속에 질서가 있다
창조주가 다시 새롭게 만들었다
옛 시절이 잃어버렸던 것을

겨울은 옛 시절의 왕국
싸움에서 진 패배자들
꽃들이 희망 속에 있다
미소 짓는 마음들처럼
봄은 꽃들의 주인
관대함이 봄을 깨운다. [……]

『새벽이슬』에는 축하시 2편과 애도시 2편이 실려 있다. 축하시로
는 친구의 시집 출판과 영불해협을 횡단한 비행을 축하하는 작품이
있으며, 애도시로는 민족지도자의 죽음과 순교자를 애도하는 작품
이 있다. 『새로운 인간』에는 공원 개장, 미국 독립기념일, 단식종료
제(이드 일피뜨르), 희생제(이드 알아드하), 미국 노동자의 날, 왕위
즉위식에 관한 축하시가 6편, 동료 시인의 죽음, 순교자들, 혁명의 희
생자들, 언론인의 죽음을 다룬 4편의 애도시가 실려 있다. 마지막으
로 『자유로운 새해』에는 이집트 독립기념일과 노루즈 축제를 축하
하는 작품 2편, 파루크 왕(1936~1952
재위)의 퇴위를 안타까워하는 1편의 작
품이 포함되어 있다.

다음은 파루크 왕의 퇴위를 다룬 「파
루크의 퇴위」라는 작품 중 일부이다. 파
루크 왕은 이집트 왕조의 마지막 왕으
로서 1952년 나세르혁명에 의해 폐위되
었고 스위스로 망명했다가 1962년 사망
했다. 혁명 이후 이집트는 군주제를 폐
지하고 공화국으로 변모했다.

파루크

우리는 그들 때문에 관대함을 잃어버렸다
아니 오히려
그들이 상징을 잃어버렸다. 그의 두 눈 속엔
세월의 자비가 있다
그들이 두려워하는 왕을 꼭두각시로 만들었다
국민을 불행하고 비참한 노예로 만들었다 [……]
(파루크) 내가 미소를 지으며 환호했던 이여
내가 사랑과 애정을 쏟았던 이여
어린 시절과 청년 시절 아름다운 성격과
외모로 빛났던 이여
우리가 그의 인간적이고 활력적인 감정들로
국민을 계몽시켰던 이로 생각했던 이여. [……]

(2) 감정시

감정시는 말 그대로 시인의 주관적인 감정이 충만한 시를 말한
다. 아랍 시에서 감정의 중요성을 언급한 것은 1908년 칼릴 무뜨란
이 자신의 첫 번째 시집 서문에서였지만, 이것을 하나의 시적 경향
으로 발전시킨 것은 디완 시인 슈크리에 의해서였다. 슈크리는 자
신의 세 번째와 다섯 번째 시집의 서문에서 감정시의 개념을 설명
하였는데, "시에는 반드시 시인 자신의 감정이 깃들어야 한다"고
보고, 감정을 시의 근본 요소이며 중심 주제로 삼았다.

아부 샤디는 신고전 시인들이 주로 다루었던 대중적 행사시를 완
전히 탈피하지는 못하였지만 거의 절대다수의 작품에서 시인 자신
의 주관적인 감정을 충실히 반영하였다. 여기서는 아부 샤디의 감
정시를 사랑시, 자연시, 철학시(명상시)로 세분하여 살펴볼 것이다.

첫째, 사랑시는 아부 샤디가 탐닉했던 가장 주된 주제로서 사랑, 이별, 배신과 같은 내용을 주로 다루고 있다. 특히 그는 청년 시절 사랑의 실패로 인해 학업을 중단하는 아픔을 겪기도 하는데, 그가 사랑했던 여인이 다른 사람과 결혼하는 사건과 그 상처는 그에게 지속적인 영향을 끼치며, 이는 『자이납』(1924)이라는 시집을 통해 명백히 드러난다. 참고자료에 실려 있는 작품의 제목과 소재들인 '사랑과 소망, 열정적인 사랑의 시절, 이별 후에, 첫사랑의 추억, 영원한 슬픔, 사랑의 상실, 그녀의 목소리, 그녀는 어디에, 네페르티티와 조각가, 사랑의 시간, 당신의 미소는 어디에, 마즈눈 라일라의 꿈, 자밀과 부사이나의 이별, 감옥 속의 이브 자이둔, 길 잃은 소년' 등을 살펴보면 사랑에 대한 시인의 김징을 개략직으로나마 가늠해볼 수 있다.

특히 '마즈눈 라일라, 자밀, 부사이나, 이브 자이둔'과 같이 아랍 설화나 아랍 역사 속의 인물들을 통해 시인 자신의 사랑과 이별의 감정을 다룬 몇 편의 이야기시는 주목할 만한 가치가 있다. 라일라와의 이루지 못한 사랑으로 미쳐 버린 남자(마즈눈 라일라), 서로를 사랑했지만 부사이나와 이별할 수밖에 없었던 자밀, 공주와의 사랑으로 인해 감옥에 갇히는 시련을 겪는 이브 자이둔은 첫사랑인 자이납과의 사랑을 이루지 못했던 시인 자신의 모습을 숨기는 가면(mask)인 것이다.

마즈눈:
나는 어릴 때부터 당신의 그늘 속에서 사랑을 알았네
우리는 노래를 부르고 펄쩍펄쩍 뛰며 빛처럼 달렸지
우리는 세상을 조롱하지만, 세상은 우리를
그러지 못했지

그러니 우리가 어떻게 무거운 죄를 피할 수 있겠는가?
나의 천국이여 [……]
라일라:
(까이스) 사랑은 삶을 얼마나 암울하게 만들며
사람들은 얼마나 고통을 강요하는지 [……]

둘째, 아부 샤디는 '힐완에서의 가을, 새벽의 슬픔, 지는 해, 새들과 꽃들, 면화의 슬픔, 목동의 귀환, 파도, 새벽이슬, 물의 표면, 라벤더의 영혼들, 가을의 슬픔, 밤의 연극, 비의 영감, 고아 고양이, 앵무새, 가을 새, 봄의 태양, 눈, 늦은 오후의 응시, 엉망진창인 날씨' 등과 같은 소재들을 다루었는데, 자연현상이나 대상에 대한 단순한 묘사가 아닌 자연에 시인 자신의 감정을 이입하는 성숙한 테크닉을 보여 주었다. 이러한 점에서 그는 현대 아랍 시인들 중 가장 중요한 '자연시인'으로 여겨지며, "자연의 아름다움을 속삭이는 사람"이라고 불리기도 하였다.

특히 그의 첫 번째 시집 제목이기도 한 「새벽이슬」에서 시인은 '새벽이슬'의 형성과 소멸을 사랑과 희생으로 노래하고 있다.

별들의 눈물들로부터, 사랑하는 연인의 잠 못 드는
밤으로부터 형성되었다. 삶의 소망으로부터
사랑과 우정 속에서 그녀가 일생 동안
소유한 것은 한순간뿐
꽃들의 입 속에서, 반짝이는 초원에서
나뭇가지들 위에서 산다, 죽는다
그녀는 태양을 위해 사랑을 주고 희생한다
마치 태양을 위한 죽음이 가장 고귀한 듯하다

온전한 새벽이 돌아와 그것을 부활시킨다
그러나 희생이 돌아오고 지나간다
그녀는 우리를 위해 산다, 죽는다
그녀의 영혼 속에는 영원의 모습이 있다.(전문)

마지막으로, 아부 샤디가 많이 다루었던 주제 및 소재는 철학시 또는 명상시이다. 그는 주변에서 만나게 되는 다양한 모습들을 통해 삶을 진지하게 고민하고 있다. 그는 '두 개의 인생, 세상, 자유로운 삶, 시간, 현미경, 가장 먼 생각들, 나의 원칙, 영혼의 위대함, 천국, 거울, 영원한 청춘, 신의 권능과 우주, 새로운 인간, 작가의 부유함, 새싹, 두 종류의 사람들, 사람들의 세상, 나의 꿈들, 삶의 연습, 나의 청춘' 등과 같은 주제들과 소재들을 통해 시인 자신의 삶과 주변에서 만나게 되는 다채로운 삶의 모습들을 주관적이고 감정적으로 그려내고 있다.

나는 손바닥으로 내 마음을 쓰다듬었다
두려움이 느껴졌다
이유를 알 수 없는 쿵쾅거림 때문에
만일 세상이 두려워 등을 돌린다면
수치심은 커지고 불행은 놀라운 일이
아니게 될 것이다.(전문)

이 작품은 첫 번째 시집인 『새벽이슬』에 실려 있는 「세상」이란 작품이다. 세상에 대한 이유를 알 수 없는 두려움과 무시무시한 세상으로부터 도피하고 싶은 마음을 가져보지 않은 사람이 어디 있겠는가. 그러나 시인은 세상으로부터 등을 돌리는 순간 수치심이 자신을 괴롭히고 수많은 불행한 일들이 닥쳐온다는 사실을 경고하고 당당히 맞서 싸워 이겨내야 한다는 것을 반어적으로 이야기하고 있다.

3) 형식에 나타난 신고전과 낭만

아부 샤디는 고전 형식이 시인을 노예로 만들고, 전통 율격이 시인에게 잠재의식 속에 깊이 뿌리내리고 있던 스타일, 리듬, 기법을 모방하도록 만들며 리듬, 어법, 스타일을 받아쓰도록 만들어 시인의 독창성과 개성을 억제한다고 보았다. 따라서 그는 새로운 매개체를 발견함으로써 어휘들과 의미들의 유사성을 피할 수 있다고 생각했다. 더욱이 그는 고전 형식은 완전하지 않으므로 모든 주제와 감정을 전달할 수 없다고 보았다. 즉, 관습과 문학 대가들이 독자들의 의식에 고전 형식이 완벽하다는 믿음을 심어 주었다는 것이다. 그 결과 고전 형식은 시인을 노예로 만들었고 독창성의 발현을 허락하지 않게 만들었던 것이다. 이는 고전 스타일이 오랫동안 익숙해진 것이기 때문에 가장 쉬운 것이라는 견해와 관계가 있어 보인다. 아부 샤디는, 시인의 진정한 능력은 고전 시인들의 표현, 사상, 형식을 기억하고 반복하는 단순한 모방이 아니라 강하고 창조적인 개성을 표현하는 것이라고 보았다.

이러한 견해를 반영하듯 아부 샤디는 새롭고 다양한 형식들을 통해 많은 작품을 지었지만, 신고전 시인들과 디완 시인들에 의해 많이 실험되었던 까시다 형식으로도 또한 많은 시를 썼다.

여기서는 신고전 시인들에 의해 많이 사용되었던 까시다와 단시를 '고전시'로 묶고, 아랍 세계에 낭만주의를 보급했던 디완 시인들에 의해 실험되기도 했던 다양한 시 형식 실험들과 아부 샤디에 의해 최초로 명명된 자유시를 '신시'란 부제하에 다루고자 한다.

(1) 고전시

아부 샤디는 칼릴 무뜨란에 의해 도입되고 디완 시인들에 의해 보다 체계화된 낭만주의를 아랍 세계에 널리 확대하고 심화시킨 아폴로 그룹의 대표 시인으로 알려져 있다. 따라서 아부 샤디는 신고전 시인들이 규범으로 삼았던 고전시의 형식과 전통 주제로부터 매우 자유로울 것으로 여겨졌다.

이미 살펴본 대로 내용이나 주제에 있어서는 신고전 시인들이 많이 다루었던 축하시나 애도시와 같은 행사시를 지양하고 시인의 감정을 주관적으로 표출하는 감정시를 주로 씀으로써 낭만주의 경향을 확실하게 실천하였다. 그러나 형식 면에 있어서는 까시다 형식을 주로 사용하였다.

형식 시집	까시다	무운시	자유시	유절시	극시	이야기시	드라마
현대 아랍 시의 지식들(47편)	40(단시 7, 변이형 2)			7			
새벽이슬 (50편)	46(단시 31, 변이형 1)			4			
새로운 인간 (94편)	81(단시 6, 변이형 3)	1	2	4	5		1
자유로운 새해 (77편)	62(변이형 9)			12	2	1	

아부 샤디는 참고자료로 사용한 4권의 시집에 실린 총 268편의
작품들 중 229편의 작품(약 85%)을 까시다 형식으로 작시함으로써
디완 시인들과 크게 달라지지 않은 모습을 보여 주었다.

이를 좀 더 세부적으로 살펴보면, 229편의 까시다들 중 10행 미
만의 시행으로 된 단시가 44편이며, 까시다의 규범 중 하나인 반행
을 파괴한 '변이형'(「내 사랑 당신의 미소는 어디에?」)이 15편 포함
되어 있다.

أين ابتساماتكَ يا حبيبى ؟ فالثلج أقسى من مَشيبى

فى 'غربتى لهفان' أسألُ عنك كل هوًى غريب

هيمان' أنظر للسماء فلا ترد على وجيبى

ماتت أشعتها كموت الثلج فى كفن رهيب

وغدت مناحتها مناحة كل مغترب كئيب

مالى ـ وقد 'خلق التفاؤل من حنانى ـ كالربيب ؟!

مالى 'أرجّع' آهتى سهمان كالروض الجديب ؟!

مالى ظمئت' وكل ما حولى مناهل للقلوب ؟!

من' كل فن عبقرى للمحبّ وللحبيب

خلقته آلهة الجمال لكل ذى وتر عجيب

وَحبت' فؤادى فوق مرجّو المؤصّل والجنيب

「내 사랑 당신의 미소는 어디에?」

단시는 디완 시인인 마지니가 작품들 중 1/3을, 악까드가 작품들 중
1/2에 해당될 정도로 많이 실험하였던 형식이다. 비록 이들의 단시가
단일 율격과 단일 운을 사용하고 있다는 점에서 까시다의 규범을 준

수하고 있지만, 까시다의 장시적 규범을 탈피하면서도 내용의 유기적 통일성을 성취하였다는 점에서 형식의 자유를 향한 움직임으로 여겨졌다. 44편에 달하는 아부 샤디의 단시 또한 2반행과 단일 운의 규범을 준수하고 있다는 점에서 디완 시인들의 작품들과 다르지 않다.

한편 까시다의 규범 중 2반행을 탈피한 '변이형'의 시도 또한 일찍이 디완 시인들에 의해 시도되었는데, 아부 샤디에 의해 양적으로 증가하는 모습을 보여 주었다. 위에 제시된 「내 사랑 당신의 미소는 어디에?」란 작품에서 오랜 세월 동안 규범으로 자리 잡았던 반행이 사라진 것을 시각적으로 확인할 수 있다. 하지만 거의 80행에 달하는 장편시라는 점과 처음부터 끝까지 단일 운(/bi/)이 사용되고 있다는 점에서 까시다의 '변이형'으로 볼 수 있다.

이와 같이 아부 샤디가 시의 길이를 짧게 한다거나 반행을 탈피하는 실험들을 시도한 것은 까시다의 엄격한 정형성을 탈피하고자 하는 노력의 일환으로 이해될 수 있다. 그러나 한편으론 단시나 변이형이 양적인 면에서 디완 시인들보다 훨씬 감소되었다는 사실은 아부 샤디가 이들 시형들을 까시다의 정형성을 많이 탈피하지 못하는 시 형식이라고 생각했던 것으로 보인다.

(2) 신시

아부 샤디는 산문 리듬이 아니라 율격 리듬에 기초한 자유시를 쓰려는 진지한 시도를 한 최초의 아랍 시인이었다. 그는 영문학에 깊은 영향을 받았으며 가장 대담하게 시 형식 실험들을 하였던 시인이었다. 그는 무왓샤하트와 영어의 소네트를 포함하는 유절시 형식들을 실험하였으며, 동시에 무운시와 자유시를 실험하기도 하였다.

따라서 여기서는 아부 샤디가 실험했던 '새로운 시(신시)' 형식들에 대한 견해 및 작품들을 무운시, 자유시, 유절시, 이야기시, 극시 순서로 살펴볼 것이다.

첫째, 아부 샤디는 볼테르(1694~1778), 찰스 디킨스(1812~1870), F. W. 하비(1578~1657), 러디어드 키플링(1865~1936), 콜리지, 셰익스피어의 시를 무운시 형태로 번역하였다. 『울고 있는 황혼』(1927)에서는 운으로부터 거의 자유로운 것은 무운시라고 주장하면서 「꿈」, 「악마의 왕국」이라는 두 편의 장편 서사시를 무운시 형식으로 작시하기도 하였다.

특히 아부 샤디는 시작품들과 『아폴로』, 『나의 문학』이라는 문예지들을 통해 무운시의 기법들과 장점들을 소개하는 등 무운시 운동에 매우 적극적이었다. 그는 무운시 형식이 고대에도 알려져 있던 유형이었으며, 현대 아랍 시의 주제와 형식을 풍요롭게 만들고 유럽문학을 따라잡기 위해서는 반드시 필요한 형식이라고

볼테르

찰스 디킨스

러디어드 키플링

주장하였다. 또한 무운시의 사용은 까시다에 능하지 못한 결과가
아니며, 까시다가 시인의 독창성을 질식시키는 반면에 무운시 형식
은 시인의 독창성을 드러낸다고 주장했다. 한편 아부 샤디는 중간
휴지와 종말 휴지를 사용하지 않음으로써 무운시를 한 단계 더 발
전시켰으나, 행 걸치기를 사용하지 못했고 동일한 길이의 행을 사
용함으로써 무운시에 대한 이론들을 훌륭하게 소개했던 것만큼 실
제 작품들로 뒷받침하지는 못했다.

한편, 참고자료로 사용하고 있는 작품들 중에서는 『새로운 인간』
에 「가을 새들」이란 작품이 수록되어 있다. 이 작품은 시인이 겨울
이 오기 전에 따스한 미국 남부지방으로 여행을 가서 얻은 영감을
바탕으로 쓴 것이다. 이 작품은 하나의 시행이 두 개의 반행으로 나
누어진 까시다 형식이지만 12행이 각기 다른 운(/'u, 'i, ru, li, ni,
bi, ni……/)들을 가지고 있다. 따라서 뚜렷한 공통의 운을 찾기 어
렵다는 점에서 무운시라 할 수 있다.

طيــور الخريف ! أطيلى البقـــاء‘
فمـا زال للحــب هـذا الضيـاء‘
أقيـلى وغنـى غنـاء الربيــع‘
ولو فى الخريف ، فينا‘ى الصقيع‘
أطيـلى البقـاء ، فإن العطـور‘
تراق‘ استماعا ، وتزهى الزهـور‘
طيـور الخريف ! لماذا الرحيل‘
وهـذى ربوع الجمال الأصيل ؟
لماذا الرحيـل بليـن حـزين‘
ونحن محبـوك لـو تعـلمين ؟

「가을 새들」

둘째, 아부 샤디는 아랍 세계 최초로 '자유시'란 용어를 사용하였다. 그는 이 용어를 하나의 시에 두 가지 유형의 음보를 사용하는 시 형식이나 유사성을 가진 혼합된 아랍 음보들을 사용하는 자신만의 방식을 지칭하는 용어로 사용했다. 즉, 아부 샤디의 자유시는 시인의 시적 경험이 요구하는 것에 따라 다양한 아랍 율격들을 사용하는 형식이다. 하나의 행은 하나의 음보, 두 개의 음보들, 사용되는 율격의 전체 음보들을 포함할 수 있으며 전체 음보들이 두 번 포함되기도 한다. 또한 반행의 구분은 없으며, 행의 휴지도 일반적으로 없다. 모든 시행은 행말에서 마무리되고, 상당수는 문장의 통일성과 독립성을 강조하기 위해 수쿤으로 끝난다. 또한 운의 고의적인 사용이나 단어와 구의 반복이 없다. 그는 이 방식을 영국이나 미국의 자유시(free verse)를 모방하기 위한 시도로 발전시켰다. 이 용어는 1926년 「예술가」란 제목의 자유시에서부터 사용되기 시작했으며 1947년 최초의 자유시가 나오기까지 여러 시인에 의해 계속 사용되었다.

한편 아부 샤디는 『새로운 인간』에서 2편의 자유시를 작시했는데 모두 '자유산문시'라는 부제를 제시하였다. 「벼락출세」와 「나는 신념의 아들이다」라는 두 편 모두 반행이 없고, 다양한 음보들을 사용함으로써 행의 길이가 일정하게 획일화되지 않으며, 운 또한 다양하게 사용되었다.

아래에 제시한 「벼락출세」란 작품을 시각적으로 살펴보면 현대 자유시라고 불러도 무방할 정도이다. 그럼에도 불구하고 최초의 자유시로 인정받지 못하는 것은 아부 샤디의 자유시가 까시다의 반행과 운의 규범은 어느 정도 탈피했지만 까시다의 율격과 음보를 주기적으로 반복해 사용하고 있다는 점이다. 또한 운에 있어서도 까시다의 단일 운을 완전히 탈피했지만 2행 또는 3행에 걸쳐 주기적으로 동일한 운(/lī, nā, li, mi/)을 반복함으로써 까시다의 운으로부터 부분적으로만 자유로워져 있다는 것을 알 수 있다.

لا تخجلى يا فاجرهْ !

لا تخجلى !

لا تخجلى !

وتمهلى

فستمسخين جهودَنا

وستجعلين يقيننا

ٔكفراً وينعم عندَها

أهلوك بالمستقبل

لا تخجلى !

لا تخجلى !

كم من مرارات شربناها كشرْب الحنظل

وذووك حرْب" لا تلينْ على الشريف الأمثل

لا تخجلى !

لا تخجلى !

سَاوى الحصيفْ لدىٌ ذا العقل البهيمْ

كلْ غريمْ

「벼락출세」

셋째, 아부 샤디는 안달루스 시대의 무왓샤하트와 자잘 형식, 2행부터 8행에 이르는 연구 형식과 같이 각 절(연)의 운이 다른 유절시 또한 실험하였다. 참고자료로 선택한 4권의 시집들에 포함된 총 268편의 시 작품들 중 27편이 유절시 형태로 실험되었다. 아부 샤디의 유절시 형식은 크게 두 가지 형태가 있는데, 까시다와 같이 한 행이 두 개의 반행을 가진 형태와 반행이 파괴된 형태로 구분할 수 있다. 특히 『자유로운 새해』에는 12편의 유절시가 포함되어 있는데, 그중 하나의 행이 두 개의 반행으로 나누어진 것은 5편, 반행의 구분이 파괴된 것이 8편이었다.

또한 12편의 유절시들은 2행연구, 3행연구, 4행연구, 6행연구와 같이 다양한 연구 형태들로 실험되었으며 그중 2행연구가 9편, 3행연구가 1편, 4행연구가 1편, 6행연구가 1편이었다. 이처럼 아부샤디가 운의 변화가 가장 뚜렷한 2행연구를 많이 작시하였다는 사실은 까시다의 운에 대한 족쇄를 극복하려는 강력한 의지로 이해된다.

تقلبى ! تلونى ! يا صورة الحرباء !

واستمرئى الغنم ولو رتعت فى الدماء !

تقلبى ! تلونى ! يا كعبة « الأبطال » !

من كل غر آثم يجنى على الأجيال

ما ضيهمو ـ مهما دنا ـ عال على الأحرار

يكفيهمو تمثيلهم فى جراءة الفجار !

تقلبى ولتغنمى برغم أنف الناس

يا ما أضل رشد هم فى ساعة القسطاس !

「기회주의」

위의 작품은 『자유로운 새해』에 수록된 「기회주의」란 제목의 2행연구이다. 이 작품의 운(/'i, li, ri, si,……/)은 2행마다 다르며, 무엇보다 까시다의 반행 규칙을 탈피하고 있다는 점에서 단일 운과 2 반행의 규범을 동시에 탈피하려는 복합적인 실험으로 볼 수 있다.

넷째, 이야기시는 이야기로서의 줄거리와 뼈대를 가지고 있는 것을 가리키는데, 아부 샤디의 이야기시는 명확히 칼릴 무뜨란의 영향이다. 아부 샤디는 역사적 사실을 다루는 이야기시들을 여러 편 썼는데, 그중에는 「네바리노의 재난」(1924)과 「로제타의 긍지」(1925)를 개별적으로 발표하였고, 1926년에는 사회적인 이야기시인 「압두후 베이 이야기」, 「마하의 이야기」 두 편을 발표하였다.

한편 『자유로운 새해』에 「자유로운 아이」(192~195)라는 작품이 실려 있으며, '이야기시'라는 설명이 붙어 있다. 이 시는 미국 독립 전쟁 당시의 소년 영웅의 이야기를 다루고 있다.

다섯째, 극시는 신고전 시인인 아흐마드 샤우끼에 의해 아랍 세계에 소개되었으며 샤우끼는 6편의 비극과 1편의 희극을 남긴 바 있다. 한편 아부 샤디의 『새로운 인간』에는 「마즈눈 라일라의 꿈」, 「자밀과 부사이나의 이별」, 「감옥 속의 이븐 자이둔」, 「길 잃은 소년」, 「비흐튼의 처녀들」이라는 5편이, 『자유로운 새해』에는 「살람과 미란다」, 「예술가의 죽음」이라는 2편이 포함되어 있다.

그 외에도 아부 샤디는 『자유로운 새해』에서 「이므룰 까이스의 요약」이라는 제목의 방송 드라마시를 실험하였다. 또한 몇 편의 오페라를 실험하기도 하였다.

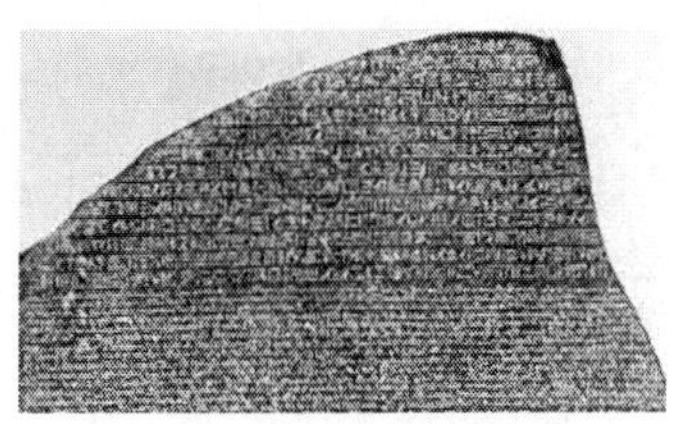

로제타스톤

4) 맺음말

아랍 낭만주의 시문학의 대표적인 시인으로 평가되고 있는 아부 샤디의 낭만성을 재고하기 위해 주제와 형식에 나타난 신고전주의 특성과 낭만주의 특성을 분석한 결과 다음과 같은 결과를 도출하였다.

첫째, 주제 면에서 신고전 시인들과 디완 시인들이 많이 시도했던 축하시나 애도시 같은 행사시와 시인의 주관적인 감정을 표출하기 위해 디완 시인들에 의해 시도되었던 감정시로 세분하여 분석하였다. 그 결과 참고자료로 사용한 4권의 시집에 포함된 총 268편의 작품들 중 행사시는 민족시 14편, 축하시 13편, 애도시 7편을 모두 합한 34편(약 14%)이었다. 그 외 나머지 대다수는 시인의 주관적인 감정을 묘사한 낭만성이 충만한 작품이었으며 주제별로는 사랑시, 자연시, 철학시(명상시)로 크게 분류되었다.

둘째, 형식 면에서는 신고전 시인들에 의해 부활되어 주된 매개체로 사용되었던 까시다와 단시를 포함한 고전시 형식과 디완 시인들에 의해 시도되기도 했던 무운시, 유절시, 극시, 이야기시와 같은 새로운 시 형식을 포함하는 새로운 시(신시)로 세분하여 살펴보았다. 그 결과 총 268편의 작품들 중 229편(약 85%)을 고전시 형식으로 작시하였으며, 그중에는 10행 미만의 단시가 44편, 반행을 탈피한 '변이형'이 15편이 포함되어 있다. 그 외 39편이 무운시, 유절시, 자유시, 극시, 이야기시, 드라마와 같은 새로운 시형으로 실험되었다.

이러한 연구 결과를 종합해볼 때 아부 샤디는 주제 면에서는 낭만성이 짙은 주관적인 감정시를 주로 다루었지만, 형식 면에서는 고전시 형식을 주로 사용함으로써 신고전적 경향에 압도되어 있었다. 이러한 사실은 아부 샤디가 주제와 형식의 전체적인 측면에서 디완 시인들보다 그리 큰 진전을 보이지 못했다는 것을 보여 준다. 따라서 아부 샤디는 "아랍 세계의 가장 위대한 낭만주의 시인"이라는 평가보다는 디완 그룹의 뒤를 이어 낭만주의를 확산시키고 뿌리내리는 데 일조한, 신고전주의를 넘어 낭만주의로 넘어가는 교량 역할을 한 시인으로 평가되는 것이 더 타당성이 있어 보인다.

그럼에도 불구하고 아부 샤디를 주목해야 할 사실은 자유시라는 형식이 그에 의해 최초로 시도되었다는 것이다. 참고자료를 통해 확인한 비에 따르면 아부 샤디는 '자유산문시'라는 부제를 단 2편의 작품을 실험하였는데 다양한 율격의 사용, 단일 운의 탈피, 2반행의 탈피와 같이 까시다의 정형성을 대부분 탈피하는 획기적인 시도로 평가된다. 이는 디완 시인들이 하지 못했던 혁신적인 시도였으며, 이후 아폴로 시인들에 의해 폭넓게 실험됨으로써 1947년에 나온 진정한 현대 아랍 자유시를 향한 중요한 발전으로 볼 수 있다.

3. 알리 마흐무드 따하

1) 머리말9)

알리 마흐무드 따하(1901~1949, 이하 따하)는 감각적이고 서정적인 주제를 음악성이 풍부한 전통 아랍 시 형식을 통해 표출한 아폴로 시인이었다. 특히, 그는 아랍 세계 젊은이들의 억눌린 성적 감정을 발산하는 배출구를 제공했다고 평가되고 있다. 한편 소수의 작품을 『아폴로』 잡지에 발표하고 매우 짧은 기간 그룹의 진행위원으로 활동했음

에도 불구하고 그를 아폴로 시인으로 분류하는 것은 서정성이 풍부한 작품을 주로 썼기 때문이다. 사실 따하는 "타고난 시인"으로 알려져 있다. 왜냐하면 그는 프랑스와 영국 시인들의 일부 작품을 번안 또는 번역하는 등 일부분 영향의 흔적이 보이기는 하나 전통 아랍 시나 서구시에 대한 정식 교육을 받은 적이 없었기 때문이다.

그렇다면 아폴로 시인인 따하의 작품에 나타난 주된 주제들은 무엇일까? 아랍 세계 젊은이들의 억눌린 성적 감정의 돌파구가 되었던 쾌락적인 주제 외에 대부분의 낭만주의 시인들에게 나타났던 자

---

9) 이 글은 2011년도에 『중동연구』 제30-1호에 게재되었으며, 일반 독자들을 위하여 일부 내용을 수정, 보완하였다.

연이나 사랑에 대한 주제의 비율은 얼마나 될까? 낭만적이고 서정적인 주제들 외에 디완 그룹과 아폴로 시인들에 의해 실험되었던 칭송시, 애도시와 같은 신고전 경향의 행사시는 없는가? 규칙적인 운율체계를 준수하는 아랍 고전 시형인 까시다 외에 절이 있는 유절시나 단일 운의 규범을 탈피하는 무운시, 단일 율격을 파괴하는 산문시와 같은 새로운 시형들의 사용은 없는가?

이와 같은 문제 제기에 대한 해답을 얻기 위해 따하가 발표했던 작품들의 주제와 형식에 나타난 신고전주의적 경향과 낭만주의적 경향을 분석할 것이다. 또한 따하의 작품들을 애도 및 추모, 축하 및 칭송, 사회적 사건들을 다룬 신고전 경향의 주제들과 자연, 사랑 등과 같은 낭만적 주제늘로 나누어 분석할 것이나. 나음으로는 작품들을 엄격한 운율체계를 바탕으로 하는 고전 시형과 까시다의 규범들을 탈피하려는 다양한 형식 실험들을 '새로운 시형'으로 나누어 시인의 낭만주의적 경향과 신고전주의적 경향을 검토, 분석할 것이다.

이러한 작업들은 따하의 작품세계를 종합적으로 연구하는 계기가 될 뿐만 아니라 아폴로 그룹에 대한 신고전주의적 경향과 낭만주의적 경향을 재고하는 기초 작업이 될 것이다.

2) 주제의 신고전 경향과 낭만주의 경향

아폴로 그룹의 시문학을 개괄적으로 다룬 한 연구에서는 알리 마흐무드 따하의 작품세계를 초기의 염세주의 경향과 후기의 쾌락주

의 경향으로 나누고, 사회참여적 성향의 민족주의 시를 주요한 특
징으로 지적하였다. 또한 따하가 주로 다루었던 주제들로 자연, 시
와 시인, 사랑을 언급하였다.

그러나 여기서는 따하의 작품세계에 나타난 신고전주의적 경향
과 낭만주의적 경향을 종합적으로 연구하기 위해 신고전적 경향의
행사시와 아랍 세계에서는 새롭게 수용되어 정착되기 시작한 낭만
적 경향의 감정시로 나누어 분석할 것이다. 또한 행사시는 아폴로
시인들에 의해 주로 다루어졌던 애도 및 추모, 축하 및 칭송, 민족
시로 세분하였다. 한편 대중적인 정서보다는 개인적인 희로애락을
주관적으로 표출하는 낭만적 주제로는 자연과 사랑을 필두로 여러
비평가에 의해 지적되고 있는 시와 시인에 대한 부분을 포함하였
다. 또한 뚜렷한 주제로 분류할 수는 없지만 삶의 다양한 모습에 대
한 시인 자신의 철학적이고 명상적인 주제들 또한 하나의 카테고리
로 분류하였다.

| 시집
(발행연도/편수) | 행사시 | | | 감정시 | | | |
	애도및 추모	축하 및 칭송	민족	자연	시와 시인	사랑	기타 (명상/철학 등)
표류하는 선원 (1934/33)	3	0	0	10	4	4	12
표류하는 선원의 밤들 (1940/27)	5	6	0	6	0	6	4
영혼들과 유령들 (1942/8)	0	0	0	0	0	0	8
꽃과 술 (1943/19)	1	2	0	4	2	5	5

돌아오는 사랑 (1945/23)	2	2	0	1	0	12	6
동과 서 (1947/24)	5	2	7	4	1	2	4
총 편수 (135)	16	12	7	25	7	29	39

* 퍼센트는 별도로 표기함. 16편: 12%, 12편: 9%, 7편: 5%, 25편: 19%, 7편: 5%, 29편: 21%, 39편: 29%.

(1) 행사시

행사시는 정치적 사건이나 사회적 이슈들에 대한 대중들의 관심사를 객관적으로 전달하는 작품으로서, 통치자나 정치·사회 지도자들에 대한 애노 빛 추모, 축하 및 칭송 등이 주를 이룬다. 또한 시인들에 따라 아랍과 이슬람의 자긍심이나 저항의식을 담은 민족적 정서를 표출한 작품들이 실험되었다. 이러한 주제들은 아랍 고전 시인들에 의해 즐겨 사용되던 주제들이었으며, 신고전 시인들에 의해 부활되어 실험되었던 전통적인 주제들이었다.

한편 객관적 정서보다는 개인적인 감정에 충실한 낭만주의 시인으로 평가되고 있는 따하는 위의 표에 나타나듯이 약 26%에 달하는 행사시를 지었다. 이를 좀 더 세부적으로 살펴보면, 총 35편의 행사시들 중 가장 큰 비중을 차지하는 것은 정치 지도자나 시인들의 죽음을 추모하고 애도하는 것으로 16(12%)편에 달한다. 다음으로는 통치자나 지도자들에 대한 축하 및 칭송을 표하는 것이 12편(9%), 마지막으로 아랍 세계와 이슬람세계의 자긍심과 저항의식을 담은 민족시 7편(5%)이 이에 해당한다.

첫째, 행사시 중 가장 큰 비중을 차지하고 있는 애도시는 세 번째 시집을 제외한 모든 시집에서 골고루 다루어지고 있다.

첫 번째 시집(1934)에서는 3편의 애도시가 포함되어 있다. 1933년 프랑스에서 이집트로 돌아오다 사고로 사망한 2명의 전투기 조종사를 애도하는 「불타는 날개들」, 1933년 9월 8일 사망한 파이살 1세(1921~1933 재위)를 추모하는 「영웅 왕」, 1932년 사망한 아흐마드 샤우끼를 추모하기 위해 개최된 모임에서 낭송된 「샤우끼」가 그것이다.

두 번째 시집(1940)에서는 제2차 세계대전 당시 독일 순양전함에 의해 침몰된 세계 최초의 항공모함인 글로리우스와 모든 승무원의 최후를 애도하는 「죽음을 이겨낸 사람」, 디완 시인 하피드 이브라힘을 애도하는 「이집트의 시인」, 낭만주의 시인인 무함마드 압드 알무으띠 알함샤리(함샤리)를 애도하는 「시인의 죽음」, 이집트 민족주의 지도자인 사아드 자글룰의 묘지 이전 행사를 맞이해 그를 기리는 「어두운 강」, 수상을 역임했던 정치가 무함마드 타우픽 나심을 애도하는 「한 남자의 비극」 등 5편이 실려 있다.

네 번째 시집(1943)에서는 이집트 근대화의 아버지로 불리는 무함마드 알리 사망 100주년 추모식에서 영감을 받은 「100년 후에」라는 1편의 애도시가 실려 있다. 또한 다섯 번째 시집(1945)에서는 함샤리 사망 1주기를 맞아 시인을 애도하는 「이별 행렬」과 아흐람 신문의 주인인 지브라일를 애도하는 「아흐람의 주인」이라는 2편의 작품들이 포함되어 있다. 마지막으로 여섯 번째 시집(1947)에서는 민족주의자인 사아드 자글룰의 사망 20주년을 추모하는 「지하드

참가자들 행렬 속에서」, 프랑스 군대에
맞서 마이슬룬 전투에서 순교한 시리아
의 지도자였던 유숩 알아드마를 기리는
「마이슬룬의 순교자」, 이집트의 정치가
무함마드 사브리 아부 알람(1893~1947)
의 사망 40주년을 추모하는 「추억의 세
계에서」, 드루즈의 왕자였으며 범이슬
람 정책을 지지했던 샤키브 아르슬란
(1869~1946)을 추모하는 「지하드 전사
인 왕자」, 이집트 수상을 역임했으며 한
청년의 총을 맞고 사망하자 이후에 대

무함마드 사브리

샤키브 아르슬란

통령이 된 사다트가 암살 배후로 지목되어 투옥되기도 했던 아민
우스만을 애도하는 「한 정치가의 죽음」이라는 5편의 작품들이 실
려 있다.

이상의 추모 및 애도시들을 종합해보면 시인에 관한 내용이 4편,
왕과 왕자에 대한 것이 3편, 정치가가 3편, 민족지도자가 2편, 나머
지 각각 1편씩이 항공모함과 승무원, 전투기 조종사, 사회지도자,
순교자에 관한 내용이었다.

두 번째로 많은 분량을 차지하고 있는 행사시는 축하 및 칭송시
이다. 전체적으로 볼 때 첫 번째와 세 번째 시집에는 한 편도 실려
있지 않으며, 두 번째 시집(1940)에 가장 많은 6편이 실려 있다. 구
체적인 동기는 알 수 없지만 전사들의 귀환을 축하하는 「아프리카
의 송가」, 파루크 1세(1920~1965)의 대관식을 축하하는 「위대한

날」, 파루크 1세가 개최한 문학축전을 축하하는 「결혼식」, 피르얄 공주의 돌을 축하하는 「동방의 공주」, 스위스 취리히에서 개최된 축제를 기념하는 「새로운 타이」, 이집트 작가 무함마드 후사인 하이칼(1888~1956)의 책 출판을 축하하는 「영감의 메아리」가 그것들이다.

무함마드 후세인 하이칼

무솔리니와 히틀러

파우지 알까우까지

다음으로 네 번째 시집(1943)에는 동시대 시인 이브라힘 나지가 종교성 산하 의료분과장에 임명된 것을 축하하는 「그 시인」과 새해를 축하하는 「새해」가 실려 있고, 다섯 번째 시집(1947)에는 아랍연맹을 조직하기 위한 아랍 지도자들의 모임을 축하하는 「만남의 날」과 이탈리아의 독재자로 베이루트에 함포 사격을 하기도 했던 무솔리니(1883~1945)의 몰락을 기뻐하는 「파루스 2세」가 실려 있다. 마지막으로 1946년 사우드 국왕의 이집트 방문을 축하하는 「만남과 기도」와 영국에 맞서 투쟁하였으며 소련군에 체포되어 2년여 이상을 감옥에 있다 수천 명의 지하드 전사들과 함께 팔레스타인으로 귀환한 팔레스타인 민족 지도자 파우지 알까우까지(1890~1997)의 귀환을 축하하는 「전사의 귀환」이라는 2편의 축하시가 마지막 시집(1947)에 포함되어 있다.

이상의 축하 및 칭송시를 종합해보면 왕의 대관식, 공주의 돌, 국왕의 방문, 지도자들의 모임, 독재자의 몰락, 책 출판 기념, 승진 기념, 전사의 무사 귀환, 문학 축전, 축제 및 신년 축하 등과 같이 국가와 사회의 주목할 만한 사건에서부터 사회 저명인사와의 개인적인 친분에 이르기까지 실로 다양한 내용을 담고 있다.

세 번째로 알리 마흐무드 따하가 관심을 가졌던 행사시는 바로 민족적 정서를 담은 민족시들이다. 특이한 것은 표를 자세히 보면 알 수 있듯이 마지막 시집(1947)에만 7편이 집중되어 있다는 점이다. 이들을 자세히 살펴보면, 시인이 병상에 누워 팔레스타인 문제에 대한 투쟁을 촉구하는 「동방의 자손들에게」를 필두로, 팔레스타인 땅에 이스라엘의 국가 건설을 지원한다는 발포어선언문(1917)이 발표된 28주기를 맞은 바로 그날 아침에 아랍에게 투쟁을 촉구하는 「팔레스타인의 날」, 유럽을 전전할 수밖에 없었던 팔레스타인 지도자 아민 알후사이니(1895~1974)에 대한 파루크 왕의 보호 천명 소식을 들은 시인은 「심연으로부터」를 썼다. 또한 이집트를 수단과 분리시키려는 제국주의자들의 음모들과 선동주의자들의 행동들에 대해 '북쪽의 아이로부터 남쪽의 아이까지'라는 부제가 붙은 「나일 강에서」를, 스페인 점령군에 저항한 모로코 마라케시의 영웅 압드 알카림

아민 알후사이니

알캇타비

알캇타비(1882~1963)를 그리는 「시골의 영웅」, 포르투갈, 영국, 네덜란드와 같은 제국주의자들의 억압을 받은 이슬람국가인 인도네시아를 다룬 「인도네시아」, 영국과 프랑스 군대의 완전 철수 이후 자주 독립의 기쁨을 맞는 시리아에 대한 「시리아와 철수 축제」가 포함되어 있다.

여기서는 시인이 병상에 누워서조차 팔레스타인의 투쟁과 저항을 촉구했던 「동방의 자손들에게」를 감상해보자. 이 작품은 1947년에 출판된 「동방과 서방」에 포함되어 있는데, 1947년은 UN에서 팔레스타인을 아랍지구 48%와 유대지구 52%로 분할하는 결의안이 가결되고 이스라엘의 성립이 선언된 시기였다. 그러나 시오니즘운동이 본질적으로 팔레스타인에서 유대인들만의 나라를 건설하려는 운동이었기 때문에 유대인들은 팔레스타인 내 아랍 주민을 배제하려고 하였고 두 민족 간의 대결이 격화될 수밖에 없었다. 이러한 첨예한 시기에 시인은 병든 몸을 이끌고 "침묵을 깨고 거짓 약속들에 맞서 투쟁할 것을" 팔레스타인 아랍인에게 촉구하게 된 것이다.

> 그것을 소망으로 두고, 상상으로 남겨두시오
> 진실이 알고 있는 것은 투쟁뿐
> 동방의 자손이여! 약속들 배후에 있는 것은 무엇인가
> 우리는 오른쪽을 기웃거리기도 하고
> 왼쪽을 바라보기도 한다
> 탐욕들이 요란하게 부딪히는 세상에서
> 침묵이 무슨 소용이란 말인가
> 당신들의 시대는 상처를 입고 더 이상 순결하지 않아
> 나는 그곳에서 힘이 없는 약한 이를 보았다

당신들의 하루는 노동자들에게는 기회
게으르고 힘없는 이들에게는 상실
깃발이 사냥꾼의 발걸음으로 걸어갔다
운명들이 그로부터 빗줄들을 막아주었다
그가 빛의 왕국으로 깊이 침투했다
그곳에 있는 전사들을 살해하면서 사냥했다
그것을 다시 모았다 왜냐하면 그것이
그들 사이에 있기 때문에
그 일부를 파괴하고 경고를 한다 [……]

이상의 민족시들을 종합해보면, 우선 팔레스타인 문제와 저항의식을 담은 내용이 3편으로 가장 많고, 그 다음으로 제국주의자들에 대한 저항과 승리가 2편이다. 그 외에는 아랍 영웅의 저항과 승리, 최대 이슬람국가인 인도네시아의 시련과 극복에 관한 내용이 각각 1편씩 포함되어 있다.

(2) 감정시

감정시는 희로애락과 같은 개인의 감정을 매우 주관적으로 그려낸 것으로 위의 표에서 알 수 있듯 알리 마흐무드 따하의 전체 작품 중 74%인 100편이 이에 해당된다. 이를 주제별로 세분해보면 가장 많은 비율을 차지하고 있는 것은 삶에 대한 철학적이고 명상적인 감정으로 39편(29%)에 달했으며, 다음으로는 사랑에 대한 작품으로 29편(21%), 그다음으로는 자연이 25편(19%), 마지막으로 시와 시인에 대한 견해를 다룬 작품이 7편(5%)에 해당되었다.

첫째, 삶의 주변에서 만나게 되는 다양한 양상들에 대한 철학적이고 명상적인 주제들의 소재들을 열거해보면 '표류하는 선원, 기타, 유령, 심장, 아름다운 예술, 부랑자, 우마르 알카이얌의 술잔, 동상, 사다리, 하늘, 여자와 예술, 삶의 광기, 검은 마법, 이주, 꿈, 여자와 사탄, 여신의 술, 철학과 공상, 고백' 등이 있다. 따하는 이러한 소재들을 통해 '두려움, 슬픔, 고통, 도피, 추방, 상실감, 허무감, 절망, 운명'과 같은 주로 삶의 부정적인 이미지를 드러냈다. 시인과 같이 1930년대와 40년대 초반을 살아가는 아랍인이라면 누구나 제국주의의 억압과 제2차 세계대전의 소용돌이 속에서 몸서리치는 고통과 좌절의 시간을 보낼 수밖에 없었을 것이다. 그들에게 술과 여자와 공상 외에 또 다른 탈출구가 있었겠는가. 특히 첫 번째 시집(1934)에 12편, 두 번째 시집(1940)에 4편, 세 번째 시집(1942)에 8편에 달할 정도로 전반기에 이러한 경향의 2/3 이상이 나타나고 있는 점을 볼 때 따하의 전반기 작품 경향을, 일부 비평가들이 평가하듯, "염세주의"라고 해도 큰 무리는 없어 보인다.

여기서는 첫 번째 시집의 제목이기도 한 「표류하는 선원」을 감상해보자. '표류하는 선원'은 1930년대의 희망 없는 시대를 살아가는 시인 자신이면서 동시대 아랍의 젊은이들이다. 그들은 섬 하나 보이지 않는 망망대해에서 방향을 잃고 헤매는 표류하는 선원이며, 이는 제국주의의 억압 속에서 어떠한 극복의 희망도 없이 살아갈 수밖에 없는 이집트와 아랍인들을 상징하고 있다.

선원이여, 일어나 돛을 내려라
우리는 왜 밤의 심연을 서둘러 내리는가

이제 편안하게 노를 저어
우리를 해안으로 데려다주오
친구여, 내일은 세월의 파도가
밀고 당기며 우리를 데려갈 것이다
바다가 삼킨다고 상상했던
과거의 발걸음을 따라가다니 헛되구나
사랑은 아주 짧은 시간 외엔 없었다
사랑은 분리되면서 운명의 순환으로부터 금지되었다
그러니 천천히 하세 영혼이 상상했던 것으로 행복해지고
마음이 듣고 노래를 부르게 시간을 주자
밤이 떠나게 내버려두자
그것은 힘을 갖고 잃었던 최초의 것이 아니니 [……]

둘째, 감정시의 많은 부분을 차지하고 있는 것은 사랑과 자연이다. 이러한 주제들 역시 시인과 동시대 젊은이들의 어려운 삶의 고통을 경감시켜 줄 매개체이며 탈출구였다. 특히 그는 아랍 세계 젊은이들의 억눌린 성적 감정을 발산하는 배출구를 제공했다고 평가되고 있는데, 이러한 점이 그의 후반기 시 세계를 "쾌락주의"라고 규정짓는 중요한 원인이기도 했다. 또한 그는 이브라힘 나지와 더불어 아폴로 그룹 최고의 인기 시인으로 여겨지는데 이 또한 억제되고 금지된 성적 표현들을 솔직하게 표출하였다는 사실이 크게 작용하였을 것이다.

시인 자신의 감정을 진솔하게 표현한 작품으로 1940년에 발행된 『표류하는 선원의 밤들』에 실려 있는 「사랑에 빠진 달」이란 작품을 소개한다. 시인은 작품의 서두에 "달빛이 비치는 여름 밤, 열린

창문 아래서 부드러운 잠옷을 입고 잠을 자는 여인에게”라는 부제
를 붙여놓았다. 작품 속에 등장하는 ‘순결한 침대, 알몸, 키스, 가슴,
포옹’과 같은 매우 직설적인 시어들은 당시 아랍 젊은이들이 공공
연히 표현할 수 없었던 것들이었다.

    사그라지는 달빛이 발코니에 찾아들 때
    꿈처럼 빛처럼 너를 감싸 안을 때
    너는 잠자는 백합처럼 순결의 침대에 누워 있다
    그러니 너의 알몸을 끌어안아라. 가장 아름다운 모습을 간직하여라
    [……]

    나는 질투한다, 질투한다, 그가 이 입에
    키스를 하거나 포갠다면
    부드럽게 가슴을 감싸거나 나긋나긋한
    몸을 끌어안는다면
    왜냐하면 처녀 같은 순결한 파도를
    그 심연으로부터 사냥하는
    그 빛 속에 가슴이 있고 그 마법 속에
    눈동자가 있으니 [……]

    알리 마흐무드 따하 작품들의 또 하나의 특징은 해외여행에서 얻
은 영감들을 바탕으로 쓴 작품들이 상당수 있다는 것이다. 그는
1938년 이래 이탈리아, 스위스, 독일, 프랑스 등지를 여행하였으며
여행지에서 만나게 된 다양한 환경과 경험들을 작품으로 썼다. 대략
10여 편의 작품들이 발견되는데 이탈리아 여행의 경험을 다룬 것이
3편, 독일 3편, 스위스 2편, 프랑스 1편, 유럽 여행에 대한 느낌을 다

룬 것이 1편이다. 형식적으로는 까시다가 6편, 유절시가 4편이었다.

여기서는 「바다와 달」이란 작품을 소개한다. 이 작품은 시인이 1946년 여름, 프랑스의 칸을 방문했을 때 달빛이 비치는 어느 날 밤 열린 여행자들을 위한 파티에서 느낀 영감을 까시다 형식으로 쓴 것이다.

> 물이, 나무들이 너에게 물었다
> ((칸))아, 이 그림들은 어디서 왔냐고 물었다
> 바다와 포플러는 수영을 하고
> 달은 계속 꿈을 꾸기 시작하네!
> 빼꼼이 머리를 내밀자 달빛이 빙글빙글 춤을 추네
> 마음이 그를 초대하고 눈이 그를 간절히 바라보았네
> 매혹적인 그를 보며 속삭이네
> 이들은 여신인가, 인간인가?
> 그가 심연에서 바위로 펄쩍 뛴다
> 마치 화가 난 그의 영혼이 닿은 것처럼 [……]

이상의 내용들은 간략히 정리해보면, 따하는 약 74%의 작품에서 자연, 사랑, 시와 시인, 명상적인 주제들을 다루었다. 또한 애도, 축하, 민족시와 같은 행사시를 약 26% 작시하기도 하였다. 따라서 따하는 대부분의 작품에서 주관적이고 낭만적인 주제들을 다룸으로써 낭만성이 짙은 시인이라고 평가할 수 있다.

3) 형식의 신고전 경향과 낭만주의 경향

따하는 감각적이고 서정적인 주제를 "음악성이 풍부한 전통 아랍 시 형식을 통해 표출한 시인"이라고 평가되고 있다. 일부 고전성이 짙은 비평가들과 시인들은 전통 아랍 시를 평할 때 "음악성이 풍부하다"라고 하는데 이는 까시다의 반복적인 율격과 운의 규칙적인 리듬성을 매우 긍정적으로 평가한 때문이다. 반면에 일부 낭만성이 짙은 측에선 까시다의 반복적인 율격과 운 규칙이 시인의 자유를 억압한다고 보고 탈피해야만 할 대상으로 규정하기도 하였다. 그러므로 어떤 시인의 작품에 사용된 까시다의 비중이 얼마나 높으냐에 따라 고전성이 높다, 또는 낭만성이 높다고 평가할 수 있는 하나의 중요한 기준이 되기도 한다.

따라서 여기서는 아랍 세계에 낭만주의를 뿌리내린 시인들로 알려진 아폴로 그룹의 일원으로 포함되어 있는 알리 마흐무드 따하의 신고전성과 낭만성을 종합적으로 평가하기 위해 작품들을 고전 시형과 새로운 시형으로 분류할 것이다. 세부적으로 고전 시형에는 단일 율격과 운, 2반행, 10행 이상의 장시 규칙을 엄격하게 유지하고 있는 까시다, 이러한 규범들 중 일부가 파괴된 까시다 변이형, 규범들 중 장시를 탈피하여 10행 미만의 행을 가지고 있는 단시를 포함한다. 다음으로 고전 시형을 탈피해 자유시로 나아가려는 새로운 시형으로서 디완 그룹과 아폴로 시인들에 의해 많이 실험된 것으로는 절(연)이 여러 개 있는 유절시, 단일 운의 규범을 탈피한 무운시, 단일 율격과 2반행 규범을 탈피하여 산문과 같은 리듬을 가진 산문시, 드라마와 같은 시극(극시) 등이 있다.

그런데 따하의 경우 작품을 분석한 결과 유절시와 시극 외에 어떠한 다른 새로운 시형을 발견할 수 없었다.

형식 시집 (발행연도/ 편수)	고전 시형			새로운 시형						시극
				유절시						
	까시다	까시다 변이형	단시	2	4	5	6	기타	무왓 샤하트	
표류하는 선원 (1934/33)	23	0	1	2	6	0	0	0	1	0
표류하는 선원의 밤들 (1940/27)	19	1	1	0	2	0	1	0	3	0
영혼들과 유령들 (1942/08)	0	0	0	0	0	0	0	0	0	8
꽃과 술 (1943/19)	11	2	0	2	1	1	0	0	2	0
돌아오는 사랑 (1945/23)	12	2	1	2	4	0	1	1	0	0
동과 서 (1947/25)	19	1	0	1	1	0	0	1	2	0
총 편수 (135)	84	6	3	7	14	1	2	2	8	8

* 퍼센트는 별도로 표기함. 1편: 1%, 2편: 2%, 3편: 2%, 6편: 4%, 7편: 6%, 8편: 6%, 14편: 10%, 84편: 62%.

(1) 고전 시형

이미 언급하였듯이 고전 시형은 까시다, 까시다 변이형, 단시로 세분하여 분석하였으며, 그중 가장 많은 비중을 차지하고 있는 것은 전체 작품 중 62%에 해당하는 84편의 까시다였다. 그 외 까시다 변이형은 6편(4%), 단시는 3편(2%)에 불과하였다.

시기적으로 까시다가 사용된 비율은 첫 시집에서 마지막 시집까지 꾸준하게 나타나고 있다. 이는 따하가 까시다 리듬에 매우 친숙했으며 형식 실험보다는 주제적인 측면에서 낭만적인 경향을 추구했다고 볼 수 있다.

까시다가 사용된 작품들의 주제적인 측면을 좀 더 세부적으로 살펴보면 애도와 축하, 민족적 정서를 담은 행사시가 33편, 자연 18편, 사랑 16편, 삶의 다양한 모습들을 철학적이고 명상적으로 담아낸 것이 17편에 달했다. 이러한 통계를 보면 따하는 특정한 주제에 관계없이 까시다 형식을 즐겨 사용했다는 사실을 알 수 있다.

이러한 점을 종합해볼 때 다음과 같은 특징들에 주목할 필요가 있다.

첫째, 매우 고전적인 주제인 행사시에 대해서는 거의 전 작품을 까시다 형식으로 작시했다. 이러한 점은 행사시의 비율과 까시다의 사용이 비례관계에 있다는 사실을 보여 주며, 행사시와 까시다의 비율이 높으면 고전적인 성향이 강하다고 말할 수 있다. 사실 많은 행사시는 낭송되는 경우가 많은데 이러한 웅변적인 어조에 적합한 것은 바로 까시다 형식이라 할 수 있다.

둘째, 상당수의 낭만적인 주제들 또한 까시다 형식으로 작시되었다. 일반적으로 철학적이고 명상적인 주제, 자연, 사랑을 매우 낭만적인 주제로 다루고 있지만 이미 고전 시인들에 의해서도 다루어지던 주제였다. 고전시의 주제들 중에는 행사시 외에도 묘사시, 사랑시, 교훈시 등 다양한 분야가 있는데 이들의 공통된 특징은 시인 자신의 주관적인 감정이 결여되어 있다는 점이다. 즉, 자연을 묘사할 때도 주위 경관에 대한 객관적인 사실을 열거하며, 사랑을 노래할 때도 자신이 아닌 제3자의 사랑을 노래한다는 것이다. 결국 따하는 고전 시인들에 의해 사용되었던 고전적인 주제들에 자신의 감정을 이입함으로써 낭만적인 것으로 만들었지만, 고전 시인들처럼 까시다 형식의 사용을 거부감 없이 사용하였던 것으로 보인다.

(2) 새로운 시형

'새로운 시형'이란 까시다의 엄격한 정형성을 탈피하려는 형식 실험들에 대한 용어로서 유절시, 무운시, 산문시, 자유시, 시극, 이야기시(서사시) 등을 포함한다. 따하의 작품을 전체적으로 분석한 결과 까시다 형식과 그 변이형이 68%에 달하고, 나머지 32% 중 유절시가 26%에 해당되었다. 특히 까시다의 운율체계를 혁신적으로 변화시키려는 실험인 무운시와 산문시가 한 편도 없다는 사실에 주목할 필요가 있다.

첫째, 유절시는 처음부터 끝까지 하나의 운을 사용하는 까시다의 단일 운을 탈피해 여러 개의 운을 사용했다는 점에서 새로운 시도라 할 수 있다. 동일한 운이 반복되는 행의 수에 따라 2행시(2행연구), 4행시(4행연구), 5행시(5행연구), 6행시(6행연구) 등이 있으며, 후렴구가 있는 무왓샤하트 형식이 여기에 포함된다. 따하가 실험한 유절시 형식을 좀 더 구체적으로 세분해보면 총 34편(26%) 중 4행시가 14편(10%), 무왓샤하트가 8편(6%), 2행시가 7편(6%), 6행시,

기타, 5행시 순이었다. 유절시의 주제는 사랑, 자연, 시와 시인, 명상 등 특별한 주제에 국한되지 않고 다양하게 실험되었다.

여기서는 아랍인들에게 널리 사랑을 받았던 작품인 「곤돌라의 노래」를 소개한다. 이 작품은 시인 자신의 설명에 의하면 1938년 여름, "아드리아의 신부"라고 불리는 베니스를 우연히 방문했을 때 본 베니스축제에 영감을 받아 쓴 작품이다. 시인은 베니스 사람들이 화려한 의상과 가면을 쓰고 형형색색의 등불과 장미 다발을 들고는 곤돌라를 타고 도시의 운하를 따라 역사적인 성들과 놀라운 다리들을 지나가며 노래를 부르는 모습을 보고 깊은 감명을 받았다. 특히 이 시는 이집트의 유명한 가수인 무함마드 압드 알와합에 의해 노래로 불리면서 이집트뿐만 아니라 전 아랍 세계에 놀라운 성공을 거두었다.

이 작품은 무왓샤하트 형식으로 쓰였는데, 무왓샤하트의 가장 큰 특징은 반복되는 리듬을 가지고 있는 노래시라는 점이다. 이러한 형식이 근대 시인들에 의해 채택된 이유는 전통에 뿌리를 두고 있으면서도 까시다의 엄격한 정형성을 상당히 탈피했기 때문이었다. 이 작품은 처음부터 끝까지 "저러한 순결함은 내 두 눈 어디에 있나, 바다의 신부여, 공상의 꿈이여"라는 구절이 반복되면서 후렴구의 역할을 하고 있다.

> 저러한 순결함은 내 두 눈 어디에 있나
> 바다의 신부여, 공상의 꿈이여
> 밤새 즐기던 친구이며 너의 사랑은 어디에
> 아름다움의 요람이여, 너의 계곡은 어디에

처녀들의 행렬과 카니발 축제
넓은 운하에 곤돌라가 등장했다

컵 사이에서 포도가 술을 소망한다
컵이 연인의 항구를 희망한다
내 눈이 처음으로 그를 바라보았다
그리고 첫눈에 사랑을 알게 되었다
저러한 순결함은 내 두 눈 어디에 있나
바다의 신부여, 공상의 꿈이여
그가 내 무릎 근처로 웃으면서 지나갔다
그는 술을 섬세한 술잔들과 섞는다
우리는 그에게 동의하지 않을 작정이었다
그는 우리를 바라보고 만남을 위한 미소를 지었디
그는 갈림길에서 그의 꽃을 올바른 길로 인도한다
그는 유혹적인 손길로 그의 머리카락을 정돈한다
내 두 입술이 처음으로 그의 영역에 접촉할 때
나는 내 컵에서 그의 향기를 녹이는 것을 상상했다
저러한 순결함은 내 두 눈 어디에 있나
바다의 신부여, 공상의 꿈이여
금발의 머리카락, 동양적인 얼굴
활력적인 육체, 달콤한 몸짓들
나는 언제나 말했지: 가져, 그러면 그는 말했다: 줘
영혼의 연인이여, 삶의 친밀함이여 [……]

둘째, 따하가 실험했던 새로운 시형으로는 시의 형식으로 쓰인
극, 즉 시극을 들 수 있다. 사실 시극은 아흐마드 샤우끼에 의해 아
랍 세계 최초로 시도가 되었으며, 아폴로 그룹의 리더였던 아부 샤

디가 7편의 시극을 실험하기도 했다. 그러나 그 외의 디완 시인들과 아폴로 시인들 어느 누구도 시극 형식을 실험하지는 않았다.

오르페우스와 에우리디케

따하는 1942년에 발표한 『영혼들과 유령들』에서 그리스신화, 구약성서로부터 영감을 얻은 시극을 썼는데, 이 시집에는 8편의 시가 포함되어 있지만 사실 이 작품은 약 400행으로 구성된 하나의 장편이다. 작품의 주제는 육체와 영혼 간의 갈등이다.

모세

『영혼들과 유령들』에는 "타이스, 사포, 아프로디테, 빨간 수선화의 친구에게"라는 헌사가 붙어 있다. 또한 머리말에는 B.C. 4세기 아테네의 무희였던 타이스, B.C. 6세기경 그리스의 여류시인이며 노래시의 신 사포, 프랑스 시인 피에르 루이에 의해 창조된 상상 속의 여류시인 발리티스, 그리스의 시인이며

헤르메스

악사인 오르페우스, 신들이 사는 곳인 올림포스, 구약성서 속에 등장하는 모세와 사마리아인들의 이야기, 타부의 가장 위대한 신인 마나, 태평양의 한 섬인 하와이, 무거운 바위로 덮여 있는 샘물과 모세와 십보라의 결혼 이야기와 같이 그리스신화와 구약성서에 등

장하는 인물들과 장소에 대한 간략한 설명들이 포함되어 있다.

　여기서는 제우스의 아들이며 신들의 사자인 헤르메스가 한동안 친구가 되어 함께 여행했던 예술가에게 작별을 고하고 부활을 기다리고 있는 요정들이 있는 곳으로 돌아가 요정들과 대화를 나누는 「귀환」이란 작품을 일부분 감상해보자.

헤르메스: 하늘의 처녀 여러분, 안녕하시오.
요정들: 신의 영혼인 헤르메스님, 안녕하세요.
헤르메스: 나는 당신들의 하늘에서 악이
번뜩이는 것을 보고
마치 내가 그를 보고 있는 것 같은 소리를 듣는다
그는 광대한 하늘에서 나를 따라온다
그 메아리가 내 귓가에서 떨리고 있다
(((인간이 가장 훌륭한 면들과 분리되었다
시듦이 치료의 장미를 퍼뜨렸다!))
요정들: 그렇습니다. 선택된 왕이시여
우리는 당신을 믿습니다. 마음의 고통을 용서하소서
중요한 주인의 보호를 받던 한 청년이
우리 곁을 새처럼 지나갔습니다
그는 우리를 보았지만 무시했고
행복한 영혼으로 하늘에 인사를 하지 않았습니다
그는 온갖 망상들을 으스댔습니다
널리 퍼진 사악함에 매우 열중이었습니다
헤르메스: 너희들은 아무런 죄가 없는
청년을 욕하는구나
언제나 그들을 내려다보았지, 조심해
새끼고양이처럼 진심으로 환호하라

그가 운명의 날개 아래서 펄럭이고 있다
그를 보면 그에게 인사하라
그를 주목할 필요를 모르겠구나!
요정들: 그 청년의 마음이 어떻게 말하며
인간의 자손이 아닌 그는 무엇인가요? [……]

이상의 내용들을 간략히 정리해보면, 알리 마흐무드 따하는 전체 작품들 중 약 68%를 고전 시형인 까시다와 그 변이형 형식으로 작시했다. 또한 나머지 32%의 작품들 중 까시다의 단일 운을 탈피하는 유절시가 26%와 약 6%의 시극 형식을 사용했다. 따라서 따하는 형식 면에서 볼 때 약 2/3의 작품들을 고전 시형으로 작시함으로써 신고전성이 매우 짙은 시인으로 평가할 수 있다.

4) 맺음말

알리 마흐무드 따하는 감각적이고 서정적인 주제를 음악성이 풍부한 형식을 통해 표출한 아폴로 그룹 최고의 인기 시인으로 인정받고 있다. 즉, 따하는 두 가지 측면에서 높은 평가를 받고 있는 것이다. 첫째는 20세기 초반의 이집트와 아랍의 젊은이들이 감히 표현하지 못했던 자신들의 성적 감정을 솔직하고 명쾌한 언어로 표출하는 배출구 역할을 했다. 둘째로는 90% 이상의 작품들을 리듬감이 풍부하고 친숙한 형식으로 작시함으로써 아랍인들의 열렬한 사랑을 받았다.

이렇듯 감각적인 낭만주의 시인으로 알려져 있는 따하의 작품세

계를 종합적으로 검토하기 위해 그의 작품들의 주제와 형식을 신고
전성과 낭만성을 중심으로 분석하였다.

	신고전성	낭만성
주제	26%	74%
형식	68%	32%

즉, 주제 면에서는 대중적인 관심사를 객관적으로 표출하는 행사
시보다는 개인적인 감정을 주관적으로 표출하는 감정시에 더 많은
관심을 기울였다는 것을 알 수 있다. 반면에 형식 면에서는 엄격한
정형성을 탈피하는 새로운 형식들을 실험하기보다는 음악성이 뛰
어난 고전 형식에 치중하는 모습을 보여 주었다.

결론적으로 대부분의 비평가가 평가하듯 알리 마흐무드 따하는
삶의 여정에서 만나게 되는 다양한 주관적인 경험들과 감정들을 음
악성이 높은 고전 형식으로 노래한 시인이라 할 수 있다. 이를 아랍
시의 변화 과정 측면에서 보면 대부분의 아폴로 그룹 시인이 그러
하듯 따하 또한 신고전주의에서 낭만주의를 향해 나아가는 '경계'
에 서 있다고 평가할 수 있다.

더 나아가 따하의 문학사적 중요성은 아흐마드 샤우끼 이후 이집트
와 아랍 세계를 시극을 통해 결합하는 역할을 하였으며, 1950년대와
그 이후에 본격화되는 현대 아랍 시의 발전을 위한 연결고리 역할을
하였다는 점이다. 일부 비평가들은 따하가 없었다면 니자르 깝바니와
바드르 샤키르 앗사이얍도 없었을 것이라는 평가를 하기도 하였다.

4. 이브라힘 나지

1) 머리말10)

이브라힘 나지는 "느끼고 있는 감정들을 그대로 예술로 승화시킨 시인"이라는 평가를 받고 있는 이집트 최초의, 최고의 서정시인으로 알려져 있다. 즉, 그는 자신의 개인적 경험을 그대로 시로 표현한 매우 주관적인 시인으로 평가되고 있다.

사실 이브라힘 나지의 서정성과 주관성은 그의 삶과 밀접한 관계가 있다. 그는 부유한 집 아들로 태어나 문학성이 깊은 아버지의 영향으로 어린 시절부터 아랍 고전시와 서구 낭만시를 접했으며, 이후 의사가 되었고, 카이로 시장의 딸과 결혼, 와끄프당의 의료장, 아폴로 그룹의 부회장, 1952년 이집트혁명 이후의 직위 박탈, 가족들의 외면, 1953년 병원 진찰실에서의 사망 등과 같은 성공과 좌절의 파란만장한 삶을 살았다. 그는 결혼 이후에도 방랑 생활을 즐겼으며 배우나 무희들에게 시를 바칠 정도로 애인이 많은 낭만적인 인물이기도 하였다. 특히 이러한 자유스러운 사랑관은 두 번째 시집에 뚜렷이 그 흔적을 남겼으며 이집트 최고의 서정시인이

---

10) 이 글은 2010년도에 『아랍어와 아랍문학』 제14-2호에 게재되었으며, 일반 독자들을 위하여 일부 내용을 수정, 보완하였다.

라는 평가를 받게 하였다.

따라서 이 글에서는 과연 이브라힘 나지가 이집트 최고의 또는 아폴로 그룹 최고의 서정성과 주관성을 시 작품을 통해 표출했던 낭만주의 시인인가? 그의 작품에 신고전적 특성은 없는가? 서정적이고 주관적인 감정을 고전 형식이 아닌 새로운 형식으로 표출했는가? 그의 서정성과 주관성을 가장 두드러지게 나타낸 주제는 무엇인가?

이와 같은 문제 제기를 통해 이브라힘 나지의 시 작품에 나타난 신고전성과 서정성을 탐구하고 비교 연구할 것이다.

우선 이브라힘 나지의 전체 작품을 주제와 형식으로 구분해 분석함으로써 신고전성과 낭만성을 종합적으로 살펴볼 것이다. 다음으로 이브리힘 니지를 이집드 최고의 서정시인으로 불리게 만들었던 사랑시를 중점적으로 분석함으로써 그의 서정성을 집중적으로 살펴볼 것이다.

이러한 종합적인 연구는 이브라힘 나지가 아랍 세계의 낭만주의를 주도했던 아폴로 그룹의 주요 시인이라는 점에 비추어 그의 시가 주제와 형식 면에서 얼마나 낭만적이었나, 디완 그룹이나 신고전 시인들과의 차별성은 무엇인가, 더 나아가 이브라힘 나지가 사망할 때쯤 전 아랍 세계를 주도했던 자유시를 위한 그만의 기여도는 무엇인가 등을 탐구하는 기회가 될 것이다.

2) 주제 및 형식의 특징

이브라힘 나지는 1934년에 첫 시집 『구름 뒤에서』를 시작으로 『카이로의 밤』(1951), 『상처 입은 새』(1957), 『밤의 신전에서』란 네 권의 시집을 출판했고, 그의 사후에는 미발표되었던 시 작품들이 소개되기도 하였다. 여기서는 네 권의 시집들을 통합해 출판한 『이브라힘 나지 시선집』을 중심으로 논의를 전개할 것이다.

(1) 주제의 특징

이브라힘 나지는 19세기 말과 20세기 초 아랍 세계를 압도하였던 신고전주의와 1920년대부터 서서히 소개되었던 낭만주의를 동시에 경험하였다. 또한 그가 활발한 작품 활동을 하였던 1930년대, 40년대, 50년대 역시 신고전주의와 낭만주의가 힘겨루기를 계속하고 있던 시기였다. 따라서 그의 작품 속에는 신고전주의 시인들에 의해 많이 쓰였던 행사시 또는 대중시와 낭만주의 시인들에 의해 실험되었던 주관적인 낭만시가 공존할 수밖에 없었다.

따라서 이브라힘 나지의 전체 시집 속에 포함된 모든 시를 행사시와 낭만시로 분류하고, 이를 다시 세부적으로 살펴볼 것이다.

특징 작품	전체 작품 수	행사시	낭만시
구름 뒤에서(1934)	54	6	47
카이로의 밤(1951)	74	17	55
상처 입은 새(1957)	57	0	57
밤의 신전에서	35	3	32
작품 수 백분율(%)	220 (100%)	26 (12%)	194 (88%)

① 행사시

아랍 세계에 낭만주의를 확고하게 뿌리내렸다고 평가되기도 하는 아폴로 그룹의 부회장으로 활동하기도 했던 이브라힘 나지는 위의 표에 나타나듯이 약 12%에 달하는 행사시를 지었다. 이를 좀 더 세부적으로 살펴보면, 총 26개의 행사시들 중 가장 큰 비중을 차지하는 것은 정치 지도자나 시인들에 대해 존경을 표하는 것으로 15편에 달하며, 다음으로는 정치 지도자나 시인들의 죽음을 애도하고 위로하는 것으로 11편이 이에 해당한다.

첫째, 유명 인사들에 대한 존경을 나타내는 작품들은 1951년에 발표된 『카이로의 밤』에 집중적으로(15편 중 13편) 수록되어 있다. 유력 인사들에 대한 존경을 표하는 주제는 고전시에서 통치자나 후원자들에게 바치는 칭송의 변화된 내용이라 할 수 있다.

특히 여기에는 『이브라힘을 위한 시들』이란 소제목하에 "현대 아랍 문예부흥의 아버지"라 불리기도 했던 이브라힘 두수끼 아바다 (1889~1953)를 위한 작품 6편이 포함되어 있다. 시인은 '오페라하우스의 명예 수여식에서, 아랍 문인대학에서, 장관실에서, 아바다를 지지하는 일부 지도자들의 고귀한 행동에 대한 위로, 시인의 집에서, 아랍 문인대학에서 개최된 봄 축제에서'와 같이 다양한 장소와 행사에서 이브라힘 두수끼 아바다에 대한 존경을 시로 지었다.

다음은 「아랍 문인대학에서」란 작품의 일부이다.

두수끼 아바다

알라께서 세상의 초원들을 아름답게 장식하고
가을로부터 보호하셨던 봄이여
알라께서 도시들과 시골들의 이슬람공동체를 향해
뻗어나가게 만들었던 빛이여
경계도 한계도 없는 축복이여
우리는 그림자 속에서도 시골에서도 당신
때문에 행복했습니다
고귀한 영혼이여, 고귀한 마음이여
당신에게는 순수한 언어와 고귀한 시가
있습니다 [······]

이 외에도 『카이로의 밤』에는 보건부 장관과 총리를 지내기도 했던 이브라힘 압드 알하디, 시인이었던 아지즈 아바다(1899~1973), 그 외 여러 인사에 대한 몇 편의 존경시가 포함되어 있다. 또한 『구름 뒤에서』에 작가, 시인, 언론인, 학자이기도 했던 자키 무바라크(1892~1952) 박사에 대한 존경시가, 『밤의 신전에서』에 이브라힘 두수끼 아바다에 대한 존경시가 각각 1편씩 수록되어 있다.

둘째, 유명 인사들의 죽음을 애도하고 위로하는 작품은 『구름 뒤에서』에 5편, 『카이로의 밤』에 4편, 『밤의 신전에서』에 2편 총 10편이 포함되어 있다.

아지즈 아바다

자키 무바라크

이들 애도시들은 시인과 작가를 위한 작품이 8편, 장관에 대한 작품 1편, 순교자에 대한 작품이 1편이다. 특히 전통의 부활을 주창했던 신고전주의 그룹의 대표적인 시인이었으며 아폴로 그룹의 초대 회장이기도 했던 아흐마드 샤우끼에 대한 추모시가 4편이 수록되어 있으

마흐무드 알함샤리

며, 그 외에도 프랑스 팔레스타인 해방기구를 대표했던 마흐무드 알함샤리(1938~1973), 시인이었던 무함마드 알하라위(1885~1939), 칼릴 무뜨란 등을 애도하는 작품이 포함되어 있다. 그 외에도 보건부장관이었던 압드 알와히드 알와킬과 순교사 압드 알하킴 알사라히를 추모하는 작품이 있다.

다음은 아흐마드 샤우끼를 추모하는 작품 「추억의 시간」의 일부이다. 이 작품은 아흐마드 샤우끼 사망 1주기에 이집트 문인협회가 알렉산드리아에서 개최했던 추모행사에서 낭송되었다.

슬픔 또 슬픔, 불의 고통
추억의 시간, 나를 행복하게 만드는 이
일어나시오 왕자여! 나에게 생각들을 퍼부어주시오
밤바람에 떠다니는 당신의 영혼을 찾으시오
살아 있던 당신의 시대처럼 나비를 높이 날리시오
빛들 위를 더욱더 아름답게 떠다니도록
수평선 뒤에 남겨진 자유의 애호가여
조국의 청년들에게 당신의 시로 소리치시오 [······]

② 낭만시

이브라힘 나지는 아랍 시인들 중 서정성과 주관성이 가장 뚜렷한 시인으로 알려져 있다. 서정성과 주관성이 두드러진 작품들은 낭만성이 충만한 시라고 할 수 있다. 따라서 여기서는 자신의 감정보다는 대중들의 감정을 객관적으로 전달하는 신고전적인 특성의 행사시에 상대되는 개념으로서, 시인 자신의 주관적인 감정과 경험을 전달하는 작품들을 중점적으로 다룰 것이다.

특히 이브라힘 나지가 주관적인 작품을 많이 쓰게 된 이유에 대해서는 그의 두 번째 시집 서문에서 분명히 알 수 있다.

"나에게 시는 삶을 향해 나 있는 창문이며, 그것을 통해 영원과 영원 뒤에 있는 것을 바라볼 수 있다. 시는 내가 숨 쉬는 공기이며, 슬픔이 강해질 때 내 마음의 상처를 치료하는 진통제이다. 그것이 바로 내 시이다."

이처럼 이브라힘 나지는 자신의 삶을 송두리째 꿰뚫어보는 창문이며 삶의 고통을 치료하는 만병통치약인 시를 통해 개인적인 삶의 희로애락을 고스란히 드러내고 있는 것이다. 결국 우리는 시를 통해 시인 이브라힘 나지의 솔직한 감정을 느낄 수가 있다.

우선 이브라힘 나지 작품의 낭만성과 주관성을 잘 드러내고 있는 자연과 추방의 감정(추방감)을 다룰 것이다. 사실 이브라힘 나지 작품의 가장 많은 부분을 차지하고 있는 것은 사랑이다. 그리고 그를 이집트 최고의 서정시인으로 평하는 이유 또한 낭만적인 사랑 때문이다. 결국 사랑시는 이브라힘 나지의 차별성을 가장 잘 부각시켜 주는 주제이므로 별도의 장에서 좀 더 집중적으로 다룰 것이다.

가. 자연

이브라힘 나지에게 있어 자연은 인간의 상상력에 의해 번역되고 설명되고 표현될 필요가 있는 하찮은 정보의 집합체였다. 산, 하늘, 사막에 동력과 활력과 의복을 주는 것은 바로 시인이며, 시인이 자연에 상상력을 주고 감정을 줌으로써 자연이 살아 움직이는 것이다. 만일 자연이 그 자체로 아름답다면 그것을 사진같이 재생할 필요가 없는 것이다. 따라서 그에게 있어 자연은 단지 일시적인 위안을 주는 존재일 뿐이다.

자연이 일시석인 위안을 줄 뿐이라는 이러한 생삭은 『구름 뒤에서』에 실려 있는 「황혼녘의 생각들」에 잘 나타나 있다.

나는 저녁 무렵 서서 바다에게 물었다
나는 얼마나 오랫동안 서서 들었던가
너는 내 영혼을 위해 산들바람을 더 만들어주었지
너는 어둠을 빛을 마셨지
마치 빛들도 서로 다른 것 같아
너로부터 노래하는 초원을 만들었지
초원의 향기가 나를 스쳐가며 내 마음을
달콤하게 만들었지
내 속에서 원하는 대로 떠다녔지
행복한 순간은 길지 않았다! 마음이
그로부터 깨어났다
원래 있었던 대로 더 무기력한 상태로

비슷한 것이 비슷한 것을 이해하는 것
바다여, 우리는 똑같지 않아
너는 영원하고 우리는 우리를 찢어발겨 먼지로 만드는
밤과 전쟁을 한다 [……]

이처럼 자연은 시인의 고통을 완전히 치료하지 못한다. 왜냐하면
자연과 인간은 서로 다르기 때문이다. 시인이 자연으로부터 부분적
인 위안을 얻기는 하지만 잠시 일시적인 것일 뿐이다. 시인의 고통
은 본질적으로 인간의 것이며, 인간 감정의 본질로부터, 운명의 인
식으로부터 나오는 것이기 때문이다. 이와 같이 자연은 중립이라는
시인의 생각 때문에, 고립감과 추방감은 매우 뚜렷해진다.

이 외에도 이브라힘 나지의 시선집에는 자연을 통해 시인 자신의
감정을 전달하는 여러 편의 작품들이 있다. 「어둠 속에서」, 「밤들의
종말」, 「저녁」, 「사막의 신기루」, 「바다의 신기루」, 「감옥의 신기루」,
「사막에서의 사랑」, 「침묵의 그늘 속에서」, 「어둠」 등과 같은 작품
들에 나타난 가장 지배적인 이미지는 '사막, 밤(어둠, 저녁), 신기루'
와 같이 부정적인 이미지이며, 이는 자연의 한계에 대한 시인의 생
각이 반영된 결과이며, 또한 시인 자신의 삶이 그리 행복하지 못했
다는 증거이기도 한 것이다.

나. 추방감(exile)

추방감은 이브라힘 나지 작품에 반복적으로 나타나는 주제들 중
의 하나이다. 우선 많은 작품 중 『상처 입은 새』에 수록된 「상처
입은 새」를 감상해보자.

나는 살았던 남자
혼란스러워하며 고통스러워하며
나는 살았다. 보지 못한 채
내 맥박이 뒤집어지는 것을
나는 일가친척도 없는 여행자
방랑자 아웃사이더 [……]
나는 등불을 들고 걷는다
바람 속에서 지쳐서 홀로
나는 걷는다. 기름은
거의 떨어져 가는데 [……]
나는 살았던 남자
혼란스러워하며 고통스러워하며
나는 그 시절을 생각하지 않는다
그때를 회상하지 않는다 [……]

시집 『상처 입은 새』는 시인이 사망한 뒤인 1957년에 출판되었
다. 이 시집에 수록된 대부분의 작품은 이브라힘 나지가 1952년 이
집트 혁명으로 인해 모든 직위를 박탈당한 그 당시에 쓰인 것들이
다. 즉, '상처 입은 새'는 바로 시인 자신인 것이다. 당시 그는 혼란
과 고통 속에서 괴로워하는 방랑자요, 이방인이었으며, 가족들로부
터도 외면당한 아웃사이더였다.

한편 『카이로의 밤들』에 수록되어 있는 「아웃사이더」에서도 그
가 믿었던 이와 사회로부터의 고립감과 추방감이 분명하게 드러나
고 있다.

너무도 멀어진 이여, 어찌 이리도 멀어지나
난 수도승처럼 외톨이 아웃사이더
넌 오늘 나를 배신하고 내일이라고 말하네
나에게 너의 만남에 내일이 어디 있나
내일은 그녀를 바라보는 이에겐 깊이를
알 수 없는 심연
그곳에선 믿음들이 흔들릴 것이다 [……]
사람들이 헤어지기도 하고 모이기도 한다
사람들이 내려가기도 하고 올라가기도 한다
나는 최고의 아웃사이더
나에게는 그들 중 어느 누구도 없다

이상에서 보았듯이 주제적인 측면에서 이브라힘 나지는 신고전적
인 특성인 행사시(12%)보다는 주관적이고 서정적인 낭만시(88%)에
집중함으로써 이집트 최고의 서정시인이라는 평가에 어울리는 작
품 활동을 하였다.

(2) 형식

이브라힘 나지의 작품들을 전체적으로 볼 때, 고전시인 까시다가
43%, 고전시의 특징을 거의 그대로 가지고 있지만 까시다의 장시
적 규범과 주제의 유기적 연결 한계를 극복하려는 시도인 단시 형식
이 40%로 절대적인 우위를 차지하고 있는 반면에, 17%의 유절시
형식 외에 다른 형식적인 실험들이 전혀 없다는 사실을 알 수 있다.

작품 \ 형식	전체 작품 수	까시다	단시	유절시
구름 뒤에서(1934)	54	30	10	14
카이로의 밤(1951)	74	42	23	9
상처 입은 새(1957)	57	16	28	13
밤의 신전에서	35	6	27	2
작품 수 백분율(%)	220 (100%)	94 (43%)	88 (40%)	38 (17%)

① 까시다

아랍 고전 시형인 까시다는 장편 서정 정형시이며, 형식적인 측면에서 볼 때는 장편 정형시라 할 수 있다. 작품의 길이를 기준으로 할 때 까시다는 10행 이상의 장편시를 말하며, 10행 미만의 작품은 단시라 한다. 운율을 기준으로 할 땐 까시다와 단시 모두 정형시에 해당된다. 그러나 고전 시인들이 장편시인 까시다를 주로 사용한 반면, 낭만주의 시인들은 까시다의 장시적 규범을 탈피하는 시도로 단시를 많이 사용하였다는 점에서 단시는 새로운 시도에서 살펴볼 것이다.

이상의 표에서 알 수 있듯이 이브라힘 나지의 작품들 중 까시다의 비율은 전체 작품 수의 43%에 해당된다. 시기적으로 볼 때 첫 번째와 두 번째 시집에서는 절반 이상이 까시다 형식이며, 세 번째 시집에서는 약 1/4, 네 번째 시집에서는 약 1/6 정도의 비율로 나타나고 있다. 후반부로 갈수록 아랍 전통 시형에 대한 의존도가 조금씩 감소되고 있다는 점에서 엄격한 정형시를 통해 주관적이고 서정적인 감정을 표출하기에는 한계가 있다는 사실에 대한 시인의 인식 변화로 해석될 수 있다.

까시다의 한계 인식과 그 한계를 탈피하려는 시도는 운의 교체나 2반행 파괴와 같은 변이형의 실험으로 나타났다. 비율이 그리 많지는 않지만 첫 번째 시집과 세 번째 시집에서 그 예를 찾아볼 수 있다.

까시다는 한 시행을 두 개의 반행으로 이분하는 것을 규범으로 삼고 있다. 반면에 「방문자」는 까시다의 2반행 규범이 파괴된 것을 시각적으로 뚜렷하게 알 수 있다. 이 작품은 2반행이 완전히 파괴된 반면에 단일 운(/am/)이 엄격히 준수되고 있다.

작품 「이별 후에」는 2반행의 파괴와 더불어 단일 운을 탈피한 예로 들 수 있다. 이 작품은 두 부분으로 나누어져 있는데 첫 부분은 단일 운(/'ii/ 또는 /'in/)과 2반행을 준수하는 완전한 까시다 형식인데 반해, 두 번째 부분은 모두 단일 운(/qaa/)을 가지고 있지만 2반행이 파괴된 행과 2반행을 준수하는 행들이 혼합되어 있다. 따라서 전체적으로 이 작품은 까시다의 규범을 부분적으로 탈피한 변이형이라 할 수 있다.

② 시 형식 실험

가. 유절시

이브라힘 나지는 위의 표에서 나타나듯이 17%에 해당하는 유절시와 40%에 달하는 단시 형식 외에는 까시다의 엄격한 형식적 규범을 탈피하려는 다른 시 형식은 실험하지 않았다. 아랍 세계에 낭만주의를 도입했던 디완 시인들이 유절시, 단시와 더불어 까시다의 운에 대한 규범을 탈피하는 무운시 또한 시도하였다는 점과 비교해볼 때 아폴로 시인으로서 이브라힘 나지가 지녔던 형식적 한계성을 알 수 있다.

이브라힘 나지가 시도했던 유절시 형식은 일정한 운율적 구성으로 배열된 절(연)이 있는 시란 의미이다. 유절시는 여러 개의 절이 동일한 리듬을 반복하는 형식이지만 각기 다른 운을 가지고 있는 것이 가장 큰 특징이다. 영시의 스탠자 형태와 안달루스 시대의 무왓샤하트와 자잘, 2행연구, 3행연구, 4행연구, 5행연구, 6행연구, 8행연구 등이 그것이다.

이브라힘 나지의 유절시는 비율 면에서 38편, 17%로서 까시다와 단시에 비해 매우 적게 나타나고 있다. 까시다가 후반기로 갈수록 감소하고, 단시의 비율이 증가하고 있는 특징을 보이고 있는 반면에, 유절시는 첫 번째 시집에 14편, 세 번째 시집에 13편이 수록되어 있듯 분명한 시기적 특징을 감지할 수 없다. 유절시를 세분해보면 2행연구가 25편으로 절대적인 비율을 차지하고 있으며, 3행연구가 1편, 4행연구가 10편, 5행연구가 1편, 무왓샤하트가 1편이다. 이처럼 이브라힘 나지가 운의 변화가 가장 뚜렷한 2행연구를 많이 작시하였다는 사실에서 까시다의 단일 운에 대한 족쇄를 극복하면서도 일정하게 운을 유지하려는 과도기적인 시도를 보여 주었다. 즉, 유절시는 까시다에서 자유시로 넘어가는 과도기적인 형식으로 볼 수 있다.

2행연구에 대한 실험은 『카이로의 밤들』에 수록된 「저녁」에서 명백히 보이며, 여러 개의 운들이 교대로 나타나는 것을 볼 수 있다. 이 작품은 시각적으로도 분명히 알 수 있듯이 2행마다 다른 운

(/raa/, /dii/, /di/, /qaa/, /fii/, /haa/)이 차례대로 나타나고 있는 2행연구 형식으로 되어 있다.

나. 단시

표에서 알 수 있듯이 단시의 비율은 전체 작품 수의 40%에 해당된다. 주요한 특징으로는 첫 시집보다는 후반기로 갈수록 단시의 비율이 증가하고 있다는 사실이다. 이와 같은 사실은 까시다가 후반부로 갈수록 감소하고 있다는 것과 비교해볼 때 상당히 의미 있는 변화로 볼 수 있다. 단시가 단일 율격과 단일 운을 사용하고 있다는 점에서 까시다의 정형성을 준수하는 측면이 강하지만 까시다의 장시적 규범을 탈피하면서도 내용의 유기적 통일성을 성취하려는 시도라는 점에서 매우 중요한 변화로 볼 수 있다. 즉, 이브라힘 나지는 엄격한 정형성을 유지하면서도 서두, 이행부, 본 주제와 같이 유기적 연결성이 떨어지는 부분들이 결합되어 있는 전통 까시다보다는 비교적 짧은 단시가 자신의 주관적인 감정을 강렬하게 전달하기에 더 효과적이라고 생각했을 것이다. 『상처 입은 새』에 수록된 「의심」이란 작품을 살펴보자.

당신 내 사랑을 의심하는 건가요? 당신에게는 나를
이러한 어둠과 의혹과 의심에 있게 할 권리가 있지요
당신은 마땅히 내 사랑을 잊을 수 있지요
그러면 당신으로 인해 맛보았던 나의 행복했던 나날들은 지워지겠지요
매 순간 당신을 기억하지 못한다면
한 순간도 당신에 관해 묻는 것조차 못 하게 된답니다

만일 내 감정과 눈물을 희생하지 않았더라면
잃어버린 모든 순간을 위해 울 수조차 없게 된답니다
나에게는 더 이상 기뻐할 수 있는 사랑은 없습니다
아픔과 절망만이 있습니다
내 사랑 라일라, 유일한 사랑
의심을 벗어났다, 덫을 벗어났다
가슴 한편에 남아 언제나 고동치고 있었다
잊히지도 않고 떠나지도 않은 채

위에 소개한 작품은 2반행, 단일 운(/k, kin, kii/), 7행의 단시 형식이다. 짧은 시행에도 불구하고 시인은 자신이 경험했던, 한편 누구나 경험하게 되는 사랑에 대한 의심, 절망, 사랑의 추억 등을 담담하게 고백하고 있다.

다. 사랑시

이브라힘 나지는 현대 아랍 시인들 중 가장 매력적인 사랑 시인의 한 사람으로서 그의 많은 작품에는 연인에 대한 열정적인 숭배로부터 순수한 낭만적 이상화에 이르기까지, 또는 기쁨의 충만으로부터 완전한 절망에 이르기까지 사랑의 전 감정들이 총망라되어 나타난다. 주제의 측면에서 볼 때 그의 작품 대부분을 차지하고 있는 것은 바로 사랑이다. 그것은 바로 시인 자신의 고립감과 추방감을 멈추게 하고 그에게 위안을 주는 거의 유일한 경험이 사랑이기 때문이었다. 시인은 시집의 서문에서 "시는 영혼의 고통을 치료하는 진통제"라고 밝힌 바 있는데, '사랑은 영혼의 고통을 치료하는 진통제'라고 바꾸어 표현할 수 있다.

이러한 치료제로서의 사랑은 『카이로의 밤들』에 수록되어 있는 「눈에서 아인까지」에서 볼 수 있다. 이 작품은 안달루스의 노래시인 무왓샤하트 형식으로 되어 있다. 무왓샤하트는 낭송시인 까시다와는 달리 노래를 위한 시 형식이며, 따라서 후렴구가 있는 것이 가장 큰 특징이다.

> 내 마음의 반쪽이여, 내 유일한 사랑이여
> 나의 라일라여, 내가 원하는 것이 아니면
> 원하지 않았지
> 내 깊고 먼 슬픔을 보았던 사람이여
> 당신은 내 상처를 새로운 상처로 치료했네
> 당신은 내 영혼으로부터 숨겨진 커튼을 벗겨내었지
> 그러나 라일라여, 이 베일은 제거되지 않았네
> 너의 두 발이 고통 위를 걸어갈 때까지
> 라일라여, 나는 불행하고 행복한 사람
> 내 인생은 신기루
> 내 모든 과거는 추방
> 그러나 라일라, 오늘 고통을 치료했다
> 너의 넓고 아름답고 짙은 그림자 속에서 [……]

이브라힘 나지는 사랑이야말로 남자의 삶에서 유일하게 의미 있는 경험이며, 따라서 사랑을 하지 않는 사람들은 인생을 헛되이 사는 것이라고 생각했다. 또한 사랑은 시인을 좀 더 고귀하고 고상한 존재로 만드는데, 『상처 입은 새』에 수록된 「여행」에서 시인은 사랑을 순결함과 빛의 빛나는 정상, 또 다른 에덴동산으로 묘사하고 있다.

내 삶은 옮겨갔다, 우리의 삶은 달려간다
달콤한 꿈으로부터 쓴 현실을 향해
최고의 사랑을 향한 최고의 예술가가 있다
빛과 순결의 하얀 정상 위에
나는 너를 하늘의 지식을 알게 되었다
내 마음속에 떠도는 것은 별의 속삭임뿐
산기슭에 구름이 끼었다 내가 그것을 잊을 정도로
산기슭이 기억의 세상에서 사라질 정도로
오만한 꼭대기들에서 나는 하늘을 선회하고 있다
나는 맨 꼭대기에 나의 둥지를 심었다
너와 천국만이 남아 있다
내가 심고 활짝 핀 꽃들로 왕관을 씌워주었던
너와 미풍만이 남아 있다
천국으로부터 불어오는
너와 배만이 남아 있다
강물 표면의 물결을 흔들리게 하는 [……]

또한 시인은 사랑의 순수한 기쁨을 여러 작품에서 노래하는데, 그중 「이별」이란 작품을 감상해보자. 이 작품은 『구름 뒤에서』에 수록되어 있으며, 4행연구의 유절시 형식으로 되어 있다. 이 작품은 달빛과 별빛이 빛나는 아름다운 밤에 아이들처럼 깔깔거리며 자신들의 그림자와 경쟁하듯 달려가는 연인들의 행복한 미소를 떠오르게 한다.

우리와 같이 설탕처럼 달콤한 사랑을 본 적이 있나요?
우리는 우리의 주변에 상상으로 된
집을 얼마나 지었는지!

우리는 달빛이 비치는 길을 걸었지
우리 앞을 달려가는 기쁨과 함께
우리는 그 별들을 유심히 바라보았지
그러자 떨어져 우리의 것이 되었지
우리는 아이들처럼 함께 웃었지
우리는 우리 그림자를 앞설 때까지 달렸지(4연)

한편 이브라힘 나지의 많은 사랑시는 사랑의 소멸이나 연인의 불행한 상태를 한탄하기도 한다. 『카이로의 밤들』에 수록되어 있는 「신기루의 학살」은 '사막에서, 바다에서, 감옥에서'의 신기루를 다루는 세 편의 연작시로서 사랑이 산산이 부서진 불행한 결과에 대한 기록이다. 그는 연인을 여전히 갈망하지만 밤하늘의 별처럼 도달하기 어려운 대상이 되었다. 따라서 그에게 삶은 사람을 속여 길을 잃고 갈증 나 죽게 만드는 거짓의 신기루를 가진 사막처럼 변한다. 그에게 삶은 아무도 오지 않는 바다와 같고 감옥과 같은 것이다.

신기루는 거짓 그리고 사막
혼란 피난민들 그리고 갈증
밤들 후의 또 다른 밤들
텅 빈 세월 그리고 텅 빈 공간 [……]
사람들은 소식들을 가지고 가지 않는다, 오지 않는다
너의 마음속에는 너의 밤에 관한 소식들이 없다
봄은 우리의 밤들로부터 도망쳤다, 떠나버렸다
초원을 파괴한다 그림자도 물도 없이 [……]
삶의 죄수여, 탈출구는 어디에 있나
밤이 문을 닫았다 그리고 낮도 [……]

　이브라힘 나지 사랑시의 또 다른 특징은 연인을 이상화한다는 것이다. 그러나 이브라힘 나지는 연인을 이상화하는 작품을 많이 썼던 디완 시인 압드 앗라흐만 슈크리와 달리 여성을 이상화하지만 여성의 실체를 분명히 인식한다. 『구름 뒤에서』에 수록되어 있는 「만남의 악수」에서 시인은 마음에 드는 여인을 만났을 때 악수를 통해 전해지는 전율과 설렘을 슬라이드처럼 묘사한다. 시인과 손을 맞잡은 여인은 환상이 아닌 실체이며, 손을 통해 전달되는 사랑의 감정은 시냇물처럼 두 사람의 몸을 통해 흐른다.

우리를 불렀다 그래서 우리는 그 부름을 따랐다
우리의 두 영혼이 포개졌다
우리가 악수를 할 때
우리의 두 손으로 서로를 포옹하는 것 같았다
사랑이 시냇물처럼
우리 두 사람의 몸 사이를 흐르는 것 같았다
우리의 눈에 불을 붙이고
우리의 피에 불을 지르는 것 같았다. (전문)

　그 외에도 이브라힘 나지는 사랑시에 종교어를 사용하곤 한다. 그는 연인의 아름다움을 하나의 종교로 발전시킬 정도이며, 아름다움을 종교적인 용어로 묘사하기도 한다. 그에게 있어 연인의 집은 신성한 모스크, 즉 카아바 신전이며, 그녀의 아름다움은 성배이며, 연인을 만나러 가는 여행은 순례인 것이다. 그에게 삶과 우주의 비밀을 드러내는 것은 바로 사랑이다. 사랑의 부름은 하늘이 준 것이며 시인을 더욱더 높은 단계로 높여 준다.

아래 작품은 『구름 뒤에서』에 수록되어 있는 「사랑의 기도」이다.
사랑하는 연인은 기쁨이며 동시에 슬픔이다. 연인의 말 한마디에,
몸짓 하나에 울고 웃는 것이 바로 사랑이다. 사랑은 나를 순결하게
만들고, 볼 수 있게 만들며, 닫힌 장막을 찢어 버리는 강력한 힘을
가지고 있다.

    당신은 기쁨 키스
    당신은 슬픔 박탈
    당신의 눈 속에 살기가 있다
    당신의 미소 속에 용서가 있다
    당신은 새벽의 기쁨
    지평선에 있는 새벽의 미소
    가끔은 강물의 신음
    황혼녘 태양의 슬픔
    당신은 태양의 열기
    당신은 그림자의 행복
    당신은 어제의 경험들
    당신은 아이의 순진무구함! [……]
    사랑은 마법처럼 내가
    별들의 재능을 보게 만든다
    나를 순결하게 만들고 나를 보게 만든다
    닫힌 장막을 찢는다 [……]

이상에서 본 것처럼 이브라힘 나지에게 있어 사랑은 자연이 주는
일시적인 위안을 극복하고 마땅히 사랑받아야 할 가족이나 사회로
부터의 추방감과 고립감을 치료하는 만병통치약이었다. 특히 그는

이집트혁명 이후에 겪게 되는 사회적 지위의 박탈과 가족들이나 사회의 외면을 극복할 수 있는 유일한 힘을 사랑에서 발견했다. 이것이 바로 이브라힘 나지가 아랍 세계 최고의 서정시인이라 불리게 되는 이유라 할 수 있다.

3) 맺음말

아랍 세계 최고의 서정시인이라는 평가를 받았던 아폴로 시인 이브라힘 나지의 작품에 나타난 신고전성과 낭만성 탐구를 목표로 그의 전 작품을 주제와 형식으로 분류해 분석해본 결과 다음과 같은 결론을 도출하였다.

첫째, 주제 면에서 이브라힘 나지는 저명한 인사들에 대한 존경과 애도를 위주로 하는 행사시를 12% 작시하였지만 나머지 88%의 작품에서 자연과 추방감, 사랑을 다루었다. 특히 그는 대다수의 작품에서 사랑에 탐닉했는데 자연의 한계를 극복하고 시인 자신의 추방감을 치유하는 치료제로서 사랑을 갈망했다.

둘째, 형식 면에서 이브라힘 나지는 엄격한 정형시인 까시다 형식을 43%, 까시다의 정형성을 대부분 유지하지만 장시적 특성과 내용의 산만함을 탈피한 단시 형식을 40%, 하나의 리듬을 유지하지만 절마다 다른 운을 채택하는 유절시를 17% 작시했다.

이상의 분석 결과를 종합해보면, 이브라힘 나지는 주제 면에서는 최고의 서정시인이라는 평가를 받기에 충분하다. 그러나 형식 면에서는 단일 운을 탈피하는 유절시와 장시적 한계에서 벗어난 단시 형식을 절반 이상 실험하였음에도 전반적으로는 까시다의 규범 속에 놓여 있다 할 수 있다. 따라서 전체적으로는 신고전과 낭만의 과도기적인 상태에 놓여 있다고 볼 수 있다. 특히 이브라힘 나지가 1947년 이래로 본격화된 자유시와 동시대에 활동을 했음에도 불구하고 그만의 독특한 기여도를 발견할 수는 없다.

5. 아부 알까심 앗샤비

1) 머리말[11]

2011년 튀니지 민중봉기와 이집트의 정권퇴진 운동 때 튀니지의 낭만주의 시인 아부 알까심 앗샤비(1909∼1934, 이후 샤비)의 시 「세상의 독재자들에게」가 대중들의 슬로건으로 사용되었다. 샤비는 1920년대와 30년대 초에 활동했던 튀니지 시인임에도 불구하고 현재까지도 튀니지를 넘어 아랍 민중들의 사랑을 받고 있다. 샤비는 이집트 시인들을 중심으로 시리아, 이라크, 레바논의 레반트 시인들에 의해 주도되었던 동부 중심의 낭만주의 운동에 적극적으로 참여한 유일한 서부 지역 시인이었다.

---

11) 이 글은 2011년도에 『한국중동학회논총』 제32-1호에 게재되었으며, 일반 독자들을 위하여 일부 내용을 수정. 보완하였다.

심장병으로 인해 26년이라는 짧은 삶을 살다 간 천재시인 샵비의 문학관은 한마디로 전통 아랍문학에 대한 거부이며 서구시에 대한 찬양으로 정리할 수 있다. 그의 이러한 반란적 태도는 보수 문인들의 분노를 유발하면서 "반도, 이단자, 무신론자, 아랍의 볼테르"라고 하는 신랄한 비판을 받았다.

이 글은 아랍 시 전통에 대한 강력한 거부감을 표출했던 샵비가 '과연 전적으로 낭만주의 시인이었나?'라는 의문점에서부터 출발되었다. 그렇다면 '그는 주제 면에서 주관적인 낭만시, 즉 감정시에 충실했는가? 그는 대중들의 관심사를 객관적으로 표출하는 신고전 성향의 행사시를 쓰지는 않았나? 형식 면에서는 고전 시형을 얼마나 탈피했는가? 다른 아폴로 시인들처럼 새로운 시형을 실험한 것은 있는가? 그가 자유시를 향한 아랍 시 역사의 흐름에 기여한 부분은 무엇인가?' 등의 의문점 또한 집고 넘어가야 할 과제라 할 수 있다.

이러한 의문들에 대한 대답을 찾기 위해 샵비의 작품을 주제와 형식으로 나누어 분석할 것이다. 또한 주제는 낭만성이 강렬한 시인으로 평가되고 있는 만큼 낭만적인 주제를 중심으로 신고전적인 행사시를 탐색할 것이다. 다음으로 형식에서는 낭만주의 시인들이 즐겨 실험했던 유절시를 필두로 시극, 무운시, 산문시와 같은 새로운 시 형식이 있는지, 고전 까시다의 사용 비율은 얼마나 되는지 등을 살펴볼 것이다.

이렇듯 주제와 형식을 아우르는 종합적인 연구를 통해 아랍 낭만주의의 강력한 실천가로 알려져 있는 샵비의 낭만주의적 경향(낭만성)과 신고전주의적 경향(신고전성)을 분석할 것이다. 이는 샤비 작품에 나타난 아랍 전통과 서구 모더니티의 갈등 양상을 탐색하는 과정일 뿐만 아니라 1950년대에 본격화되는 자유시의 발전을 위한 샤비의 기여도를 평가하는 작업이 될 것이다.

2) 주제에 나타난 낭만성과 신고전성

샤비는 전통 학교인 쿳탑과 자이투나 대학에서 전통적인 이슬람 교육을 받았으며 아랍 고전 시인들과 지브란 칼릴 지브란을 필두로 한 이주학파 시인들의 작품들에 큰 영향을 받았다. 또한 그는 단 하나의 서구어도 구사하지 못했지만 아랍어로 번역된 자료들을 통해 서구 낭만주의에 정통했으며, 특히 괴테와 라마르틴(1790~1869)을 칭송했다. 이와 같은 분위기로 인해 샤비에게는 주제와 형식 모두에서 전통과 낭만이라는 두 가지 상반된 정서가 공존하고 있다.

샤비 작품의 주제가 갖는 가장 큰 특징은 개인적이고 주관적이라는 것이다. 또한 일부이지만 사회와 민족의 정서를 다룬 작품들이 존재하고 있다. 무엇보다 이 글의 목적이 샤비의 낭만성과 신고전성을 살펴보기 위함이라는 점에서 그의 주제를 낭만성이 풍부한 감정시와 신고전성을 잘 드러내는 행사시로 분류할 것이다.

라마르틴

(1) 감정시

샵비는 자신의 존재, 삶의 불만족과 슬픔, 사랑, 심장병과 고통, 임박한 죽음과 같은 시인 자신의 본질적인 문제들에 집중했다. 그의 개인적인 삶을 다룬 주제들은 매우 다양하지만 큰 틀에서 보면 다른 낭만주의자들과 크게 다르지 않다고 할 수 있다. 즉, 샵비 작품의 개인적인 정서를 다룬 가장 주된 주제는 자연, 사랑, 죽음과 삶이라 할 수 있다. 그 외에도 시와 시인, 고통과 슬픔, 소외, 다양한 삶의 모습들을 명상적이고 철학적으로 다룬 작품들이 다수 있다.

① 자연

아랍의 낭만주의 시인들에게 자연은 어렵고 힘든 현실을 위한 위안이요, 도피처였으나, 샵비에게 자연은 큰 위안과 평온을 주지는 못했다. 자연에 대한 이런 태도는 일생 큰 변화 없이 남아 있게 된다.

대표적으로 작품 「고아의 불평」에 나타난 자연은 그에게 아무런 소용이 없는 대상이다. 그의 울음소리는 포효하는 바다 소리에 묻혀 버리고 무심한 숲과 강에 의해 무시된다. 그는 어머니인 자연에게 "엄마! 어서요. 내게로 오세요! 삶이 나를 괴롭혀요"라고 도와 달라고 요청한다. 그러나 그녀가 들어주지 않자 고아가 된 심정이 되어 스스로에게 닥치라고 소리를 지른다.

해변에서, 나는 아침에는 소리치고
저녁에는 통곡을 했다
나는 불행의 눈물과 슬픔의 가시로 가득

채워진 마음으로 한숨을 쉬었다
그런데 한숨이 바닷가에서 사라졌다
한숨 속에 고통이 있는데
나는 걸어가며 소리쳤다: ((엄마! 어서요,
내게로 오세요! 삶이 나를 괴롭혀요))
나는 숲으로 갔다, 통곡을 하며 내 마음의 고통들을
쏟아낸다, 불꽃처럼
내 마음속에서 통곡을 밀어냈다,
대성통곡을 하기 시작했다
그런데 숲은 그 슬픔들을 이해하지 못했다
계속해 그 멜로디들을 반복했다
나는 걸어가며 소리쳤다: ((엄마! 어서요,
내게로 오세요! 삶이 나를 괴롭혀요))
그래서 나는 고통스러운 슬픔이 홍수처럼 터져 나오는
내 두 뺨 위로 조용히 흘러내리는
지옥 불의 눈물들처럼 반짝거리는
눈물을 흘리며 강가에 섰다
강물은 흐르는 눈물을 말려주지 않았다
아니, 강물은 그의 노래에 대답하지 않았다
그래서 난 걸어가며 소리쳤다: ((엄마! 어서요,
내게로 오세요! 삶이 나를 괴롭혀요))
***

내가 통곡을 할 때 도와주지 않았다
내가 엄마를 부를 때 듣지 않았다
나는 슬픔을 가지고 홀로 돌아왔다
나는 계속해 통곡했다
나 홀로 고통과 슬픔을 끌어안았다
스스로에게 말했다: ((조용히 하지 않을래!))

또한 「슬픔의 노래」에서 시인은 "언제나 웃고 있는 새벽의 송가를 나에게 불러주오, 가수여! 어둠의 소리가 나를 상처 입혔고, 나에게 아픔을 삶의 공격성을 가르쳐 주었다. 그래서 내 마음은 통곡의 메아리들로 피곤해졌다"라고 노래한다. 정신적·육체적으로 겪게 되는 고통스러운 생각들은 자연을 그의 아픔을 치료해주는 존재나 기쁨의 원천으로 보게끔 허락하지 않았다.

이처럼 자연이 시인 자신에게 기쁨의 원천이 되지는 못했지만 억압적으로 변해 가는 인간 세상으로부터의 도피처로 생각하기도 했다. 그 한 예로 작품 「숲」에서 숲은 사회와 사람들의 삶을 반대하는 것에 대한 상징으로, 다른 사람들의 사악함들로부터 시인을 구출하는 수레바퀴의 상징으로 니다닌다. 이처럼 시인이 숲으로 도피하는 것은 사회적 삶으로부터의 절망에 대한 상징이다.

한편 낭만적인 감정들과 태도들로 가득 차 있는 「참새의 비밀대화」란 작품에서 샵비는 자연과 인간세계를 대조적으로 보여 주고 있다. 특히 그는 온갖 사악함과 부도덕함을 만들어내는 도시 생활을 공격하고("나는 으르렁대고 출렁이는 피에 잠겨 있는 도시로부터 무엇을 원하나?/나는 으르렁대는 피의 슬픈 소리를 느끼지 못하는 도시로부터 무엇을 원하나?/나는 어둡고 사악하지 않은 사람에게 복종하지 않는 도시에게 무엇을 원하나?/나는 온갖 부정과 부당함에 익숙한 도시에게 무엇을 원하나?"), 인간의 타락한 세상에 대한 피난처로서의 자연에 공개적으로 의존한다("그의 마음에 즐거운 행복을 채워주는, 노래하는 교양인이여!/봄의 꽃들에게 키스를 했다").

② 사랑

샵비는 1928년 사촌과 결혼하고 두 아들을 두었으나, 행복한 결혼 생활은 아니었던 것 같다. 한편 그에게는 어릴 때부터 알고 지냈던 첫사랑이 있었는데 불행히도 그녀가 어린 나이에 죽게 되면서 큰 상처가 되었다. 그녀에 대한 비극적인 사랑은 죽을 때까지도 그에게 큰 영향을 끼쳤으며, 이후 사랑에 대한 많은 작품을 씀으로써 "사랑의 시인"이라는 칭호로 불리게 되었다.

한편 샵비가 감각적인 사랑시를 전혀 쓰지 않은 것은 아니지만, 그의 사랑은 정신적이고 플라톤적인 사랑이라 할 수 있다. 동시대의 아폴로 시인이었던 알리 마흐무드 따하가 쾌락적인 사랑관을 가지고 있던 데 반해, 샵비는 물질적인 여성관에 반하는 정신적인 사랑관을 표출했다.

이것은 샵비가 가지고 있던 전통 아랍 사회와 문화에 대한 반항 정신의 직접적인 결과라 할 수 있다. 이는 『아랍인들의 시적 상상력』에 언급된 여성관에도 명백히 나타나 있다.

> "여성에 대한 아랍 문학의 태도는 상스럽고 천하며 가장 저급한 물질주의 속에 빠져 있다. 여성을 욕망의 대상으로, 쾌락의 대상으로만 보고 있는 것이다. [……] 아랍 시인들 가운데서 여성을 우주에 있는 사랑의 제단으로, 알리의 집에 관해 이야기하는 신실한 숭배자로 이야기하는 것을 들어본 적이 있는가?"

이처럼 정신적인 사랑을 추구했던 샵비의 작품에 등장하는 여성들은 모두 이상적인 존재로 나타난다. 한 예로 여성 숭배론자인 그의 작품에서는 매춘부가 등장하지 않는다. 무엇보다 그의 사랑관, 여성관은 「사랑의 제단에서의 기도」에 잘 나타나 있다. 이 작품은 여성에 대한 존경과 숭배의 태도로 가득 차 있다. 시인에게 있어 그녀는 신성한 우상이며 여신이다. 그녀는 "인간들 사이를 걸어가는 비너스"이며, "땅으로 내려온 천사"이다. 또한 "마법의 새벽, 봄의 영혼"이며 "빛의 딸'인 것이다. 그래서 그는 "수도자의 삶을 살게 해 달라"고 기도한다.

당신의 달콤함은 어린 시절 같고 꿈결 같고
노랫가락 같고 새로운 아침 같네
언제나 웃는 하늘 같고 달빛 비치는 밤 같고
장미 같고 갓 태어난 아이의 미소 같다
온화한 마음을 가진 여인이여, 아름다운 여인이여
부드럽고 달콤한 젊음을 가진 여인이여!
순결한 여인이여, 당신은 불행하고 고집 센
마음속에 성스러움을 재생시키는군요!
장미를 단단한 바위 속에서
빛나게 할 것 같은 부드러움을 가진 여인이여!
당신은 누구신가요? 당신은
비참하고 슬픈 세상을 위해
다시 청년 시절과 달콤한 기쁨을 회복시키기 위해
인간들 사이를 걸어가는 비너스
오래된 평화의 영혼을 불러오기 위해
땅으로 내려온 천국의 천사
당신은……, 당신은 무엇인가요? 당신은 존재의
예술로 된 천재적이고 아름다운 그림
당신에게는 모호함과 심오함이 있고

아름다움과 숭배받는 성스러움이 있습니다
당신은…… 당신은 무엇인가요? 당신은 슬픈 내 마음에
나타난 마법의 새벽 [……]
당신은 세상 속을 으스대며 걸어가는 봄의 영혼,
그러면 놀라운 일들이 불쑥 나타난다 [……]
***

빛의 딸이여, 나야말로 당신에게서
숭배받는 이의 아름다움을 보았던 유일한 사람
그러니 당신의 달콤한 그림자 속에서
어디서나 눈에 띄는 아름다운 당신 곁에서
살게 해주세요
아름다움, 예술, 영감을 위한 삶을
순수함, 빛남, 숭배의 삶을 살게 해주세요
혼돈의 향기 속에서 신을 속삭이는
수도자의 삶을 살게 해주세요 [……]

이 외에도 샵비는 19살 때 쓴 「사랑」이란 작품에서 사랑을 하늘에서 내려온 매혹적인 빛으로, 세상을 이상화하는 신성한 영혼으로, 지옥 불을 고통 없이 건너게 해주는 술의 강으로 묘사하였다. 한편으론, 시인에게서 사랑이 사라지자 혼돈이 다시 찾아온다. 자연조차도 그에게 위안을 주지 못하게 된다. 인간의 고통에 대한 자연의 무관심에 괴로워하는 감정이 17살 때 쓴 「사랑의 장례식」에 잘 나타나 있다.

③ 생명과 죽음

일부 비평가는 샵비를 일컬어 "생명과 죽음의 시인"이라고 하였다. 이는 그의 많은 작품에 '생명과 죽음'에 관한 이미지들이 나타나고 있는 데 기인한다. 이미 언급했듯이 샵비는 20세 되던 해에 심각한 심장병 증세를 알게 되면서 언제 닥칠지도 모르는 죽음의 절망 속에서 살게 되었다. 「죽음에게」와 같은 초기의 작품에서는 "죽음은 아름다운 영혼, 구름들 위를 날아다닌다"처럼 죽음을 낭만적으로 환영하기도 하는데, 이는 점차 절박한 관심사로 바뀐다. 사실이 당시 샵비는 「고백」이란 작품에서 나타나듯 절망과 무의미한 삶, 삶에 대한 열정적인 사랑 사이에서 혼란을 겪는다.

특히 노래로 불리면서 전 아랍 세계에 대단한 인기를 누렸던 「삶의 소망」이라는 작품은 식물신화를 바탕으로 쓰였다. 등장인물들은 바람, 땅, 밤, 숲과 같은 자연의 본질적인 에너지들이다. 겨울이 되자 온 세상의 마법이 죽고 만물이 죽음을 맞이한다. 그러나 봄과 함께 모든 생명이 부활한다. 이 작품은 개인적으로는 샵비 개인의 삶의 소망으로, 더 넓게는 튀니지와 아랍 세계의 삶의 소망으로 이해할 수도 있을 것이다.

사람들이 어느 날 삶을 원하면
반드시 운명이 대답할 것입니다
반드시 밤이 분명해질 것입니다
반드시 족쇄가 부서질 것입니다
삶의 열정이 포옹하지 않는 사람은
그 분위기에 잠겨 들어 잊히게 됩니다
그러니 삶이 열망하지 않았던 사람은
참으로 불쌍합니다 [······]
***
어느 날 밤 가을은 슬픔과 분노로 묵직해졌다

그래서 나는 별빛을 마셨고 취할 때까지 슬픔을 위해
노래를 불렀다
나는 어둠에게 물었다: 인생의 봄을 시들게 하면
삶이 돌아오나요?
어둠의 입술은 말을 하지 않았다. 매혹적인 처녀들은
노래하지 않았다
현의 박자처럼 부드럽고 사랑스럽게 숲이
나에게 말했다
((겨울이 온다. 안개의 겨울이, 눈의 겨울이, 비의
겨울이 온다))
((마법이 죽는다. 나뭇가지의 마법이, 꽃들의 마법이,
열매의 마법이)) [······]
((나뭇가지들이 떨어진다. 그 나뭇잎들이, 사랑스러운
세월의 꽃들이)) [······]
***

((봄이 왔다. 멜로디들과 함께,
꿈들과 함께, 향기로운
어린 시절과 함께))
((봄이 그 입술에 키스를 했다. 지나가버린 청춘에
경의를 표한다))
((봄이 말했다: 생명이 허락되었다. 영원한 생명이
너의 자손들에게 주어졌다))
((빛이 너에게 축복을 내렸다. 그러니 삶의 청춘을
비옥한 삶을 맞이하라)) [······]
((네가 원하는 대로 달콤한 열매를 가지고, 싱싱한
꽃을 가지고 들판 위로 솟아라))
((미풍에게 속삭였다. 구름에게 속삭였다.
별들에게 속삭였다.

다음으로 그가 사망하기 1년 전에 쓴 「거인의 송가 또는 프로메테우스가 이렇게 노래했다」에서는 모든 아픔과 고통을 인내하고 죽음에 대한 긍정적인 프로메테우스적 태도를 보여 준다. 샵비는 고통의 요소를 무시하지 않으면서도 삶에 대한 영웅적인 태도를 주창한다. 그는 삶 그 자체를 위한 투쟁의 가치를, 삶 그 자체의 가치를 설파한다. 샵비의 이러한 태도는 영원한 형벌을 알면서도 인간에게 불을 전해준 프로메테우스의 페르소나로 나타난다.

프로메테우스

작품 속에는 심장병으로 인해 고통받는 시인의 고난을 연상시키는 "질병, 적, 슬픔의 파도, 재난의 폭풍우, 가시밭길, 자갈밭, 파멸의 유성, 고통의 번개" 등과 같은 이미지들이 많이 나타난다. 이러한 고난에도 시인은 "그럼에도 불구하고 기타를 연주하며 계속 걸어갈 것이다"라는 말로 삶에 대한 강렬한 의지와 소망을 표명한다. 한편

제우스와 독수리

작품 속에 등장하는 '독수리'는 제우스에 의해 프로메테우스의 간을 쪼아 먹는 존재가 아니라 하늘의 제왕으로서의 이미지로 나타난다. 그 외에도 '심장'이나 '거인'과 같은 시어들은 시인과 프로메테우스를 밀접하게 연결시켜 주는 기능을 하고 있다.

나는 질병과 수많은 적에도 불구하고
오만한 산꼭대기 위의 독수리처럼 살 것이다
나는 구름과 비와 폭풍우를 조롱하는
빛나는 태양을 응시한다
나는 우울한 그림자를 보지 않아
검은 심연의 밑바닥에 있는 것을 보지 않아
나는 꿈을 꾸며 시인들의 행복을 노래하며
감정의 세계로 걸어간다
나는 삶의 노래를 삶의 영감을 듣는다
나의 창조에 존재의 영혼을 녹인다
나는 죽어 가는 메아리들을 내 심장에 살리시는
신의 목소리로 소리친다
나는 온갖 시련으로 내 희망들과의 전쟁을
포기하지 않았던 운명에게 말한다
((슬픔의 파도와 재난의 폭풍우들은
내 핏속에서 불타오르는 불꽃을 끄지 못할 것이다))
((할 수 있다면 내 심장을 파괴하라,
그러면 그것은 거대한 바위처럼 될 것이다))
((그것은 하찮은 불평이나 통곡을
아이들과 허약한 이들의 칭얼거림을 알지 못한다))
((그는 언제나 새벽을 아름답고 멀리 떨어져 있는
새벽을 응시하는 거인으로 살 것이다))

《내 길을 두려움들과 어둠과
폭풍우 같은 가시밭길과 자갈밭으로 채워라》
《그 위에 놀라움을 퍼뜨려라, 그 위에
파멸의 유성들을 고통의 번개들을 퍼뜨려라》
《그럼에도 불구하고 나는 계속 걸어갈 것이다,
나의 기타를 연주하며 노래를 부르며》 [……]

한편 「새로운 아침」이란 작품에서는 "상처여, 슬픔들이여, 나와 함께 살아라/통곡과 속박의 세월이 죽었다/세월 뒤로부터 아침이 나타났다"처럼 죽음이 더욱더 충만하고 더욱더 중요한 삶을 얻는 수단으로 묘사된다.

특히 「사랑의 제단에서의 기도」에 나타닌 '비너스'와 「서인의 송가 또는 프로메테우스가 이렇게 노래했다」의 '프로메테우스'는 1950년대 자유시를 주도했던 탐무즈 시인들보다 한발 앞서 그리스 신화를 사용한 작품들이라는 점에서 매우 큰 의의를 갖고 있다.

(2) 행사시

행사시는 개인의 주관적인 감정보다는 민족과 사회와 대중들의 관심사를 객관적으로 전달하는 시이다. 전통적으로 시인들은 부족과 민족의 대변인으로서 칭송, 존경, 애도, 비방 등의 특정한 주제를 통해 당시에 발생했던 사건(행사)들에 대한 일반 대중들의 감정을 대변하여 왔다. 특히 행사시는 근대에 들어서면서 궁정시인이었던 아흐마드 샤우끼를 필두로 한 신고전 시인들에 의해 많이 작시되었으며, 아랍 세계에 낭만주의를 도입하고 실천했던 디완 그룹과 아폴로 시인들에 의해서도 지속적으로 시도되었다.

한편 튀니지의 아폴로 시인인 샵비는 신고전 시인들과 디완 그룹, 아폴로 시인들에 의해 많이 다루어졌던 통치자나 지도자들에 대한 칭송, 존경, 애도와 같은 주제들은 전혀 다루지 않았다. 반면에 프랑스의 신탁통치(1881~1956)와 독재자들에 의해 억압당하고 있는 조국 튀니지와 아랍 민중들의 분노를 표출한 일부 민족시들을 실험했다.

이미 살펴보았듯이 샵비 작품들의 주요 주제는 자연, 사랑, 죽음 등과 같은 낭만적인 것들이다. 이러한 주제들은 1929년부터 본격적으로 나타나기 시작한 심장병과 임박한 죽음과 깊은 관계가 있다. 한편 시인 개인의 고통스러운 상황은 오랜 프랑스의 신탁통치하에 놓여 고통을 당하는 튀니지, 더 나아가서는 서구 열강들의 억압하에 놓여 있는 아랍 세계와 밀접한 상관관계에 놓이게 된다. 이에 샵비는 독재자들을 비난하는 몇 편의 시를 씀으로써 "튀니지 민족시인" 또는 "혁명의 시인"이라고 불리게 되었으며, 샵비를 북아프리카에서 가장 유명한 현대 시인으로 만드는 계기가 되었다.

다음은 현재까지도 아랍 대중들의 사랑을 받고 있는 작품인 「세상의 독재자들에게」이다. 작품 속에는 "민중들의 신음들, 슬픔의 가시, 어둠의 공포, 천둥, 폭풍우, 사람들의 머리, 눈물, 피의 홍수" 등 오랜 세월 서구 열강과 독재 권력에 의한 억압을 연상시키는 암울하고 어두운 이미지들로 가득 차 있다. 또한 작품 속에는 잔인한 독재자를 향한 강력한 경고의 메시지가 들어 있다.

공정하지 못한 독재자여
어둠의 연인이여, 생명의 적이여

당신은 허약한 민중들의 신음들을 즐거워했지
당신의 손바닥은 그의 피로 물들었지
당신은 매력적인 존재를 흉하게 바꾸면서
그들의 땅에 슬픔의 가시들을 뿌리면서 걸어갔지
***

천천히! 봄이 당신을 속이지 못하게 하라
청명한 하늘이, 아침 햇살이
광대한 지평선에는 어둠의 공포가 있다
으르렁대는 천둥이, 폭풍우 같은 바람이 있다
조심하시오! 재 아래에 불꽃이 있으니
가시를 기르는 사람은 상처들을 수확할 것이니
잘 생각하시오! 그곳에서…… 당신은 수집했다
사람들의 머리들은, 희망의 꽃들을
당신은 흙의 마음에 피를 뿌렸지
취할 때까지 그에게 눈물을 마시게 만들었지
홍수가, 피의 홍수가 당신을 쓸어 버릴 것이다
무서운 폭풍우가 당신을 집어삼킬 것이다.

그 외에도 샵비의 행사시들로는 민족적인 정서를 담은 「그를 죽
도록 찔러라」, 「독재자에게」, 「날들이 말했다」, 사회적 비방시인
「종교의 보호자들이여」, 「죽어 가는 세상」, 정치시인 「신성한 뱀의
철학」, 교훈시의 성격을 가진 「신성한 모성애」, 「긍지의 어려움들」,
「슬픔들」, 「운명과 함께 가라」 등이 있다.

여기서는 행사시의 또 다른 보기로 4행으로 구성된 단시인 「신성
한 모성애」를 소개한다. 이 작품은 교훈적인 성격을 지니고 있으며,
교훈시는 이슬람 이전 시대부터 있어 왔던 매우 고전적인 주제라
할 수 있다.

어머니는 그녀의 아이들에게 키스를 하고 포옹을 한다
성스럽고 하늘 같고 아름답고 신성하기도 하다
그의 곁에 있으면 생각들이 신을 섬기는 것처럼
성스럽게 되고
영혼들이 깨끗하게 되어 그의 곁으로 돌아간다
그녀는 깨끗하고 신성한 인생
그보다 더 위대하고 더 성스러운 성소가 있나?
신성한 모성애여, 어린 시절이여, 축복 있을지니
당신 때문에 인생이 얼마나
완성되고 성스러워지는지요

샵비의 일부 민족시는 현재까지도 대중들의 민중 봉기 슬로건으
로 불리고 있다. 이렇게 볼 때 그의 민족시는 일부 비평가들이 평가
하듯 자신의 재능을 알아주지 않는 사회와 대중들을 향한 분노의 표
출이라기보다는 당시 튀니지와 아랍 세계가 처해 있던 억압과 절망
의 세계를 향한 반항의 사회적 메시지라고 보아도 무방할 것이다.

3) 형식에 나타난 낭만성과 신고전성

"아랍 문학은 더 이상 현재의 정신, 경향, 열망에는 부적합하다.
따라서 아랍 문학을 우리가 따르고 모방해야 할 이상으로 생각해서
는 안 된다. [……] 그동안 아랍인들이 생산했던 모든 것은 지루할
정도로 단조롭고, 시적 상상력이 극도로 부족하며, 사물의 본질 속으
로 침투하지 못하는 피상적인 것들이다"라고 한 『아랍인의 상상력』

의 언급처럼 샵비는 기성 체제에 반항하는 낭만주의 정신을 가진 시인이었다. 그럼에도 불구하고 형식 면에서는 대부분의 작품에서 단일 율격, 반행, 단일 운과 같은 고전 형식에 충실했던 시인이었다.

따라서 여기서는 샵비가 가지고 있었던 고전 아랍 시에 대한 반항적인 정신이 어느 정도 작품으로 표출되었는지, 고전 형식에 얼마나 충실했는지를 고찰하기 위해 그의 전 작품을 형식적으로 분석하였다.

까시다	49편	52%
유절시	26편	27%
단시	20편	21%
합계(비율)	95편	100%

위의 표에 나타나지 않지만 주목할 만한 사항으로는 첫째, 무운시나 산문시, 또는 시극과 같은 실험들이 전혀 없다는 사실이다. 이는 샵비가 파격적인 형식 실험을 통해 전통적인 리듬을 완전히 거부하기보다는 전통 리듬을 일부 변화시키는 방법을 선호했다는 것을 말해주는 것이다. 그의 모든 작품에 그가 사용했던 전통 율격들이 모두 명시되어 있다는 점이 이러한 사실을 뒷받침해주고 있다. 둘째, 까시다의 주요한 규범 중 하나인 2반행이 없는 작품들이 14편(15%)이 있다. 이는 단시나 유절시의 실험과 같이 까시다의 정형성을 탈피하려는 다양한 시도들 중의 하나로 이해할 수 있다.

(1) 새로운 시형

샵비는 10여 편에 해당하는 일부 행사시들을 제외하곤 거의 모든 작품에서 자신의 감정을 진솔하게 표현하는 낭만적인 감정시를 썼다. 그럼에도 그는 리듬감이 풍부한 고전 시형을 많이 사용한 것으로 평가되기도 한다.

한편 그의 작품들을 형식적으로 분석한 결과, 위의 표에 나타나듯 새로운 시도라 할 있는 유절시와 단시의 비율이 거의 절반(약 48%)에 달하는 것을 알 수 있다. 이를 구체적으로 살펴보면 다음과 같다.

첫째, 샵비는 27%에 달하는 26편의 작품을 유절시 형식으로 작시하였다. 이를 좀 더 세부적으로 살펴보면 2행시가 11편, 3행시가 3편, 4행시가 4편, 5행시가 1편, 6행시가 4편, 7행시가 1편, 8행시가 1편, 무왓샤하트가 2편, 기타 1편이다. 이와 같은 결과는 까시다에 비해 비율이 크게 높지는 않지만 까시다의 정형성을 탈피하려는 적극적인 시도로 보인다. 무엇보다 유절시가 단일 운의 규범을 파괴하지만 까시다의 리듬(율격)은 유지하는 시형이라는 점에서 볼 때, 샵비의 전통 리듬에 대한 애착을 엿볼 수 있다.

특히 유절시들 중에서도 리듬감이 가장 다채롭고 변화무쌍한 2행시를 많이 작시하였다는 점에서 샵비가 전통 리듬을 살리면서도 단조로운 까시다의 율격을 탈피하려 한 의도를 엿볼 수 있다. 여기서는 샵비의 대표작 중의 하나인 「시여」를 소개한다. 이 작품은 운들(/b, t, m, h, h, h, b, r,……/)이 2행마다 교대로 나타나고 있으며, 2반행이 파괴되어 있다.

사실 이 작품에 나타난 "시는 감정들의 입이요, 슬픈 영혼의 외침, 시는 마음의 통곡의 메아리요, 놀라운 분출"이라는 구절을 통해 자신의 감정을 진솔하게 표출하려 노력한 샵비의 낭만주의적 시론을 명확히 파악할 수 있다.

> 시여, 당신은 감정들의 입이요, 슬픈 영혼의 외침
> 시여, 당신은 마음의 통곡의 메아리요, 놀라운 분출
> ***
> 시여, 당신은 삶의 속눈썹들에 매달려 있는 눈물샘
> 시여, 당신은 피, 존재하는 것들의 상처들로부터
> 터져 나오는 피
> ***
> 시여! 당신이 알고 있듯 내 마음은 불행하고 어둡지요
> 상처와 자손이 있습니다. 그 동굴로부터
> 피가 흘러내립니다
> ***
> 그 두 입술 위에 암울한 삶의 재난들이
> 얼어붙어 있습니다
> 그것은 비참함, 암울한 마음들의 영혼이
> 그것을 녹여 내립니다 [……]

둘째, 위의 표에서 알 수 있듯 샵비는 10행 미만의 단시를 20편 (21%) 작시하였다. 단시는 단일 율격과 단일 운, 2반행 등 까시다의 규범을 준수하면서도 길이가 짧아진 것이 가장 큰 특징이다. 길이가 짧아진 것은 이후에 유행하게 될 자유시의 길이가 대체로 짧다는 점을 고려해보면 까시다에서 자유시로 나아가는 하나의 과정으로 파악된다.

(2) 고전시

샵비는 주제 면에서는 개인적이고 주관적인 정서를 표출한 낭만주의 시인임에 틀림없으나, 형식 면에서는 낭만적인 경향과는 달리 고전 시형에 크게 의존하는 모습을 보여 주고 있다. 위의 표에서 볼 수 있듯이 샵비는 52%에 달하는 49편의 작품을 고전 까시다 형식으로 작시하였다. 그 외 나머지 작품들을 유절시(27%)와 단시(21%)로 작시하였다는 점에서 상당수 고전 까시다의 형식적인 규범을 탈피하려 노력하였다고도 평가할 수 있다. 그러나 유절시와 단시 또한 까시다의 리듬(율격)을 거의 그대로 사용하고 있다는 점에서는 전통 리듬에 대한 탈피보다는 풍부한 전통 리듬에 변화를 주어 사용하려 했다고 볼 수 있다.

다음은 까시다 형식을 사용한 많은 작품 중 삶의 아름다움을 노래한 「아름다운 인생」을 소개한다. 샵비가 아버지의 사망 이후에 겪게 되는 경제적인 부담감과 그를 죽음으로 내모는 심장병을 오랜 기간 동안 앓고 있었다는 것을 생각해보면 시인의 삶에 대한 눈물겨운 노력을 엿볼 수 있다. 형식적으로 이 작품은 라말 율격과 단일 운(/aah/)을 가진 까시다 형식으로 작시되었다.

나는 초원을 걸었다,
새벽의 날개는
어둠이 천천히 움직인다
부드러운 아침 바람이
강물의 잔물결이 술 취한 듯 흔들리고
아침의 태양이

그리고 얼마 후 부끄러운 듯
그리고 데이지 꽃 잔으로부터
발키스 여왕이 그 지역에서
그리고 또 얼마 후 전쟁이 터진 후
태양이 넓은 옥좌에 있음에도
***

이렇게 운명은
밝음과 어둠이 있고
노래와 향기가 있고
실로 운명은 까마귀의 소리처럼
그때 새벽이 시작되었다
날개의 여주인들을 향한 나의 날
무거운 엉덩이를 가진 젊은 여인처럼
평원 위로 부드럽게 흐른다
초원의 꽃들이 소리를 지른다
영광스러운 존재를 바라보았다
살포시 모습을 드러냈다
이슬 술을 마셨다
밤의 옥좌에 올랐다
황혼으로 기울기 시작했다
밤이 점점 더 깊어졌다

오고 감이 있다네
침묵과 외침이 있다네
걱정도 있고 즐거움도 있다네
밤들의 동맹이라네.

　이상의 형식적인 특성을 종합해보면, 까시다의 비율이 52%에 달하고, 21%의 단시가 까시다의 리듬적 요소들을 거의 그대로 간직하고 있다는 점, 27%가 까시다의 리듬을 간직하고 있는 유절시 형식으로 실험하였다는 점은 샵비의 거의 모든 작품이 리듬감이 풍부한 시형으로 작시되었다고 할 수 있다. 전통 리듬에 대한 애착은 샵비가 까시다, 단시, 유절시 외에 무운시나 산문시와 같이 까시다의 리듬감을 파격적으로 파괴하는 시형들을 단 한 편도 작시하지 않았다는 점에서도 분명하게 드러난다.

4) 맺음말

　샵비는 물질주의적이고 피상적인 특성, 여성을 즐기는 육체로 인식하였다는 사실, 신화가 부족하다는 점 등이 전통 아랍문학의 시적 상상력을 약화시킨 주된 원인이라고 보았다. 샵비는 이러한 문제를 아랍문학에만 국한된 것이 아니라 아랍 전통문화 전반의 문제로 인식하고 총체적인 거부와 반항을 나타내는 낭만주의를 실천하려 노력하였다.

　이에 샵비는 "시는 감정들의 입이요, 영혼의 외침"이라는 자신의 시론과 신념들을 작품을 통해 실천하였다. 그 결과 일부 행사시를 제외하곤 거의 대부분의 작품에서 시인 자신의 주관적인 감정들을 표출하였다. 그러나 까시다의 운을 탈피하려는 시도인 유절시와 까시다의 장시적 규범을 탈피하려는 단시를 거의 절반 가까이 실험하였음에도 절반 이상의 작품을 까시다 형식으로 실험하였다. 따라서 샵비는 자신의 낭만적 신념을 주제를 통해서는 충분히 표현하였지만 형식 면에서는 전통 리듬을 선호하는 모순된 모습을 보여 주었다. 결국 샵비 또한 다른 아폴로 시인들과 마찬가지로 낭만성과 신고전성을 공유하고 있는 '경계성'을 지닌 시인으로 평가될 수 있다.

한편 샵비가 1950년대부터 본격화되는 자유시에 끼친 영향은 자유시 형식을 향한 형식적 기여와 더불어, 그의 신화 사용을 들 수 있다. 그리스신화의 사용뿐만 아니라, 특히 일부 작품에서 사용한 '죽음과 부활'의 이미지를 가진 식물신화는 자유시를 주도했던 '탐무즈 시인들'의 가장 주된 모티브라는 점에서 선구자적인 의의가 크다고 할 수 있다.

6. 맺음말

아폴로 시인들의 아랍 전통 계승과 서구 모더니티 수용 간의 갈등과 융합의 과정을 다룬 이상의 연구 결과를 표로 정리해보면 다음과 같다.

	주제		형식	
	행사시	새로운 시도	고전시	새로운 시도
아부 샤디	14%	86%	85%	15%
이브라힘 나지	12%	88%	43%	57%(단시 40%, 유절시 17%)
알리 마흐무드 따하	26%	74%	62%	38%
아부 알까심 앗샵비	소수	절대 다수	52%	48%

주제 면에서는 신고전성이 짙은 행사시보다는 낭만성이 짙은 새
로운 시도가 압도적으로 많은 반면, 형식 면에서는 새로운 형식 실
험보다는 엄격한 정형성을 갖춘 고전 까시다의 사용 비율이 더 높
게 나타난 것이 주요 특징이다. 이러한 사실은 아폴로 시인들이 개
인의 주관적인 감정을 리듬감이 진한 까시다 형식으로 노래했다고
정리할 수 있다. 이렇듯 아폴로 시인들이 주관적인 감정시에 고전
까시다 형식을 지속적으로 사용한 이유는 까시다가 시인과 대중 모
두에게 익숙한 시형이었기 때문이다. 또한 엄격한 정형시가 주관적
인 감정시에는 부적절한 시형이라는 것을 인식하고 다양한 실험들
을 하였지만 적합한 시 형식을 발견하지 못하였던 까닭이다. 사실
새로운 시형, 특히 주관적인 감정시를 표출할 수 있는 적합한 형식
에 대한 확신은 1947년 최초의 자유시가 나온 이래 1950년 「황무
지」가 번역되면서 가능했다.

이와 같이 1930년대와 40년대 아랍 세계에 낭만주의를 깊이 뿌
리내렸던 것으로 평가되고 있는 아폴로 시인들 또한 주제와 형식
면에서 완전한 낭만주의를 정착시켰다고 단언하기는 어렵다. 그들
또한 신고전주의에서 낭만주의로 넘어가는 경계에 서 있던 '경계
인'이었다. 그럼에도 불구하고 아폴로 시인들이 신화 사용, 성에 대
한 솔직한 언급, 다양한 형식 실험 등을 통해 1950년대에 본격화되
는 자유시 운동의 초석을 놓았다는 점은 높게 평가될 수 있다.

참고문헌

김능우, 2004, 『아랍 시의 세계』, 명지출판사.

김주희, 1982, 「샤우끼의 시에 관한 연구: 애국주의사상을 중심으로」, 한국외국어대학교 대학원 아랍어과 석사학위논문.

송경숙·전완경·조희선, 1992, 『아랍문학사』, 송산출판사.

우미경, 1985, 「칼릴 무뜨란의 시에 관한 고찰」, 한국외국어대학교 대학원 아랍어과 석사학위논문.

유승완, 1990, 「디완 학파의 시문학에 관한 연구」, 한국외국어대학교 대학원 아랍어과 석사학위논문.

임병필, 2006, 『현대 아랍 시의 자유와 전통』, 서울: 화남출판사.

______, 2007, 『아랍 시와 신화』, 서울: 한국학술정보.

______, 2008, 「아랍 신고전주의의 모더니즘 연구: 전통과 모더니티를 중심으로」, 『아랍어와 아랍문학』 제12집 2호, 한국아랍어아랍문학회.

______, 2008, 「신고전주의 선구자 마흐무드 사미 알바루디(1839~1904)의 작품세계 연구」, 『중동연구』 제26권 2호, 한국외대중동연구소.

______, 2009, 「고전과 낭만의 경계시인 칼릴 무뜨란」, 『지중해지역연구』 제11-2호, 부산외대 지중해지역원.

______, 2009, 「디완 시인 압드 알라흐만 슈크리의 시적 특성과 문학사적 위상」, 『외국문학연구』 제35호, 한국외대 외국문학연구소.

______, 2009, 「디완 시인 이브라힘 압드 알까디르 알마지니의 시 비평과 낭만성 연구」, 『한국이슬람학회논총』 제19-3집, 한국이슬람학회.

______, 2010, 「디완 그룹의 대변인 압바스 마흐무드 알악까드의 시 비평과 작품세계」, 『지중해지역연구』 제12-1집, 부산외대 지중해지역원.

______, 2010, 「이브라힘 나지(1989~1953)의 신고전성과 낭만성 연구」, 『아랍어와 아랍문학』 제14-2호, 한국아랍어아랍문학회.

______, 2010, 「아부 샤디(1892~1955) 작품의 주제 및 형식에 나타난 낭만성 연구」, 『지중해지역연구』 제12권 제3호, 부산외대 지중해지역원.

장용석, 1991, 「아폴로 그룹의 시문학에 관한 연구: 아부 샤디, 나기, 따하를 중심으로」, 한국외국어대학교 대학원 석사학위논문.

전완경·임병필, 2002, 『아랍·이슬람문학의 이해』, 부산외국어대학교 출판부.

조희선, 1999, 『아랍문학의 이해』, 서울: 명지출판사.

Ali Ahmad Mahmoud, 1988, "Aḥmad Shauqi's al Sitt Hudā as a satirical comedy of manners", Journal of Arabic Literature, vol. 19.

Badawi M. M., 1974, A critical introduction to modern Arabic poetry, Cambridge University Press.

Badawi M. M., 1975, A critical introduction to modern Arabic poetry, Cambridge: Cambridge University Press.

Badawi, M. M., 1985, Modern Arabic Lierature and the West. London: Ithaca Press.

Badawi M. M., 1992, Modern Arabic literature, Cambridge University Press.

Badawi M. M., 1993, A short history of modern Arabic literature, Oxford: Clarendon Press.

Brugman J., 1984, An introduction to the history of modern Arabic literature in Egypt, Leiden: E. J. Brill.

Daniel Weissbort ed., 2003, Iraqi Poetry Today, University of London.

David Semah, 1974, Four Egyptian literary critics. Leiden: E. J. Brill.

David Tresilian, 2008, A brief introduction to modern Arabic literature. London: SAQI.

Gibb, 1963, Arabic Literature: An Introduction, 2nd edt., Oxford University press: London.

J. Brugman, 1984, An Introduction to the history of modern Arabic literature in Egypt, E. J. Brill: Leiden.

John A. Haywood, 1971, Modern Arabic literature 1800-1970, London: Lund Humphries.

M. H. Bakalla, 2002, Arabic Culture throughts Language and Literature, Kegan Paul: London.

Moreh S., 1976, Modern Arabic poetry 1800-1970, Leiden: E. J. Brill.

Mounah A. Khouri, 1971, Poetry and the Making of Modern Egypt(1882-1922), E. J. Brill: Leiden.

Muhammad Abdul Hai, 1982, Tradition and English and American Influence in Arabic Romantic Poetry. London: Ithaca Press.

Paul Starkey, 2006, Modern Arabic Literature, Washington D.C.: Georgetown

University Press.

Roben Ostel ed., 1991, Modern literature in the Near and Middle East 1850
1970, London and New York: Routledge.

Roger Allen ed., 1987, Modern Arabic literature. New York: The Ungar
Publishing Company.

S. K. Jayyusi, 1977, Trends and movements in modern Arabic poetry, vol. one,
Leiden: E. J. Brill.

S. K. Jayyusi, 1987, Modern Arabic Poetry: An Anthology, New York:
Columbia University Press.

S. Moreh, 1976, Modern Arabic Poetry 1800 1970: The development of its
forms Forms and Themes under the Influence of Western Literature,
E. J. Brill: Leiden.

S. Moreh, 1988, Studies in modern Arabic prose and poetry, E. J. Brill:
Leiden.

Yaseen Noorani, 1997, "A Nation born in mourning: the Neoclassical funeral
elegy in Egypt", Journal of Arabic Literature 28, E. J. Brill: Leiden.

http://findarticles.com/p/articles/mi_m2501/is_n4_v19/ai_20576619

http://www.encyber.com/search_w/ctdetail.php?masterno=771817&contentno=
771817

عباس محمود العقاد وإبراهيم عبد القادر المازني، 2000، الديوان فى الأدب
والنقد، القاهرة: الهيئة المصرية العامة للكتاب.

عبد العزيز نبوي، 2006، موجز تاريخ الشعر العربى، القاهرة: الهيئة المصرية العامة للكتاب.

عبد البديع عبد الله، 1994، إبراهيم عبد القادر المازني، القاهرة: الهيئة المصرية العامة للكتاب.

عبد الحميد الرشودي، 1988، الرصافي: حياته، آثاره، شعره، بغداد: دار الشؤون الثقافة العامة.

عبد الحميد سند الجندي، 1992، حافظ إبراهيم: شعر النيل، القاهرة: دار المعارف.

عبد الرحمن شكري، نقولى يوسف، 1960، ديوان عبد الرحمن شكري، الإسكندرية: منشعات المعارف.

علي عسى، 2009، أحمد زكى أبو شادي بين العلم والأدب، القاهرة: المجلس القومى الشباب.

أحمد زكى أبو شادي، الإنسان الجديد(1949-52).

أحمد زكى أبو شادي، النيروز الحرّ(1952).

أحمد زكى أبو شادي، أنداء الفجر(1910).

إليا حاوي، 1970، أعلام الشعر العربي الحديث بيروت: منشورات المكتب التجاري لطباعة والنشرة والتوزيع.

عبد الجليل عبد المهدي، عبد الرحمن خميس، سمير شريق ستتية، 1979،
مذكرة في تاريخ الأدب العربي، وزارة التربية والتعليم الأردنية.

أحمد شوقي، 1995، الأعمال الشوقية الكاملة الأول، بيروت: دار العودة

أحمد سويلم، البارودي: فارس الشعراء، الدار المصرية اللبنانية.

أحمد سويلم، 2004، الأعمال الشعرية عبد الرحمن شكري، القاهرة: مكتبة الأسرة.

أحمد سويلم، 2004، الأعمال الشعرية عبد القادر المازني، القاهرة: مكتبة الأسرة.

حافظ إبراهيم، 1937، ديوان حافظ إبراهيم، بيروت: دار العودة.

حنا الماخوري، 1986، الجامع في تاريخ الأدب العربي، بيروت: دار الجيل.

حلمى بدير، 1995، الإبداع والشعر، القاهرة: دار المعارف.

إبراهيم علي أبو الخشبي، 1987، تاريخ الأدب العربي في العصر الحاضر، الهيئة المصرية العامة للكتاب.

إليا الحاوي، 1978، معروف الرصافي، بيروت: دار الكتاب اللبناني.

محمود سامي البارودي، 1992، ديوان البارودي الأول، بيروت: دار العودة.

منشورات المكتبة المصرية، 1972، ديوان العقاد الأول الثاني، بيروت: لبنان.

مذت الجيار، 1997، عبد الرحمن شكري، القاهرة: الهيئة المصرية العامة للكتاب.

محمد عبد النعم خفاجي، عبد العزيز شرف، 1991، الرأيا الإبداعية في شعر أحمد زكي أبو شادي،
بيروت: دار الجيل.

محمود مندور، 1989، الشعر المصري بعد شوقي، القاهرة: نهضة مصر.

محمود سعد فشوان، 1982، مدرسة أبولو الشعرية في ضوء النقد الحديث، دار المعارف.

مصطفى بدوي، 1969، مختارات من الشعري العربي الحديث، بيروتك دار النهار للنشر.

نزير العضمة، 1999، التغريب والتأصيل في الشعر العربي الحديث، دمشق: منشورات وزارة الثقافة.

نزير العضمة، 1999، التغريب والتأصيل في الشعر العربي الحديث: أبو القاسم الشابي نموذجا،
دمشق: منشورات وزارة الثقافة.

راضي صدوق، ديوان الشعر العربي في القرن العشرون الأول، روما: دار كرمة للنشر.

شوقي ضيف، 1961، الأدب العربي المعاصر في مصر، القاهرة: دار المعارف.

شوقي ضيف، 1987، في التراث والشعر واللغة، القاهرة: دار المعارف.

شوقي ضيف، 1964، البارودي رائد الشعر الحديث، القاهرة: دار المعارف.

شوقي ضيف، 2003، دراسة في الشعر العربي المعاصر، القاهرة: دار المعارف.

صلاح عبد الصبور، 1997، ماذا يبقى منهم للتاريح، القاهرة: الهيئة المصرية العامة للكتاب.

يحيى سامي، 1995، العقاد كاتبا وشاعرا، بيروت: دار الفكر العربي.

يوسف بخار، 1990، في العروض والقافية الثاني، دار الموناحيل.

يوسف نوفل، 2004، حافظ إبراهيم: شاعر الشعب وشاعر النيل، القاهرة: الدار المصرية اللبنانية.

색인

임병필

부산외국어대학교 아랍어과 졸업
한국외국어대학교 아랍문학 석·박사(현대 아랍 시 전공)
현) 부산외국어대학교 지중해지역원 HK연구교수

『아랍 이슬람문학의 이해』(2002, 공저)
『현대 아랍시의 자유와 전통』(2006)
『아랍시와 신화』(2007)
『중세 동서 시가의 만남』(2009, 공저)
「아랍 까씨다와 스페인 무왓샤하트의 상호 영향에 관한 연구」(2006)
「까시다의 운율체계에 대한 연구」(2007)
「고전과 낭만의 경계 시인 칼릴 무뜨란」(2009)
「해양문학의 고전 '신드바드의 모험', 그 현대적 해석과 적용」(2011)
「이문화 교류에서 본 아랍시의 그리스신화 차용과 해석」(2012)
외 다수

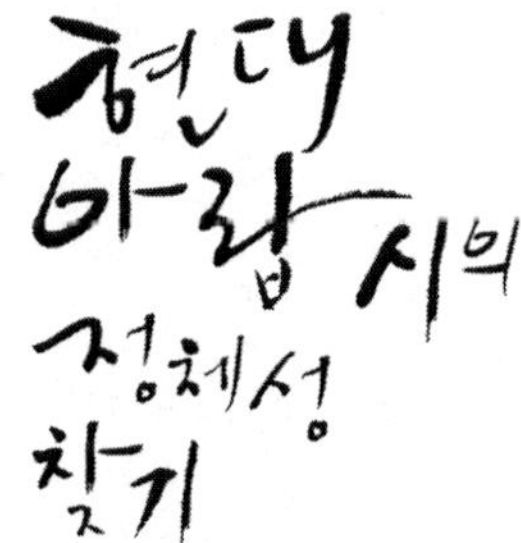

초 판 인 쇄 | 2013년 3월 29일
초 판 발 행 | 2013년 3월 29일

지 은 이 | 임병필
펴 낸 이 | 채종준
펴 낸 곳 | 한국학술정보㈜
주 　 소 | 경기도 파주시 문발동 파주출판문화정보산업단지 513-5
전 　 화 | 031) 908-3181(대표)
팩 　 스 | 031) 908-3189
홈 페 이 지 | http://ebook.kstudy.com
E-mail | 출판사업부　publish@kstudy.com
등 　 록 | 제일산-115호(2000. 6. 19)

ISBN　　978-89-268-4212-6 93890 (Paper Book)
　　　　978-89-268-4213-3 95890 (e-Book)

이담
Books

한국학술정보(주)의 지식실용서 브랜드입니다.